조선의 설화와 전설

- 개화기 독일인 아르노스가 기록한 조선의 이야기 -

송재용 · 추태화 역

제이앤씨
Publishing Corporation

서 문

한국 학술진흥재단 중점연구소 지원 연구과제(단국대학교 동양학연구소 총괄과제 '개화기 대외 민간문화교류 자료초' 중 제2세부과제 '개화기 구미인들과의 민간문화교류 자료초')를 수행하기 위해 2000년 7월 영국에 가서 자료조사를 하던 중, *British Liberary*에서 아르노스(*H.G. Arnous*)의 『조선의 설화와 전설(*Märchen und Legenden*)』이라는 자료를 발굴하여 마이크로 필름을 구입하였다. 이 자료는 독일 *LEIPZIG*에서 발행하였고, 현재 영국의 *British Liberary*에 소장되어 있다. 한국에 돌아와 자료를 검토해 본 결과, 연구과제와 밀접한 관련이 있을 뿐 아니라 자료적 가치가 있다고 판단하였다. 그래서 번역하여 책으로 출판하기로 하였다. 개화기 때 서양인들이 수집 기록한 한국 관련 설화 자료집들은 *H.W. Allen*의 『*Korean Tales: Being a collection of stories translated from the Korean Folklore*』(1889), *E. Griffis*의 『*Fairy Tales of old Korea*』(1911) 등 몇 편 안 된다. 그러므로 아르노스의 『조선의 설화와 전설』은 개화기 때 한국에 온 서양인들이 한국의 설화에 대하여 어떻게 인식하였는지를 파악할 수 있는 자료의 하나인바, 자료적 측면에서도 그 가치가 있다고 하겠다.

그런데 아르노스의 생애에 대해서는 그가 부산 세관에 근무했다는 것 이외에는 알 수 없다. 아르노스가 한국에 언제 와서 언제까지 있었으며, 부산 세관에서 어떤 임무를 맡았는지 확인이 거의 불가능하다. 그리고 조선 관련 설화와 전설을 언제, 어디서, 어떻게, 왜 기록하였는지도 알 수 없다.

그럼에도 불구하고 이 자료는 개화기 때 독일인이 한국의 설화와 전설을 기록으로 남겼다는 점에서 그 의의가 있을 뿐 아니라, 개화기 구미인들과의 문화교류의 일면을 엿볼 수 있는 중요한 자료의 하나로 판단된다.

그리고 해제 및 번역 등에 있어서의 오류나 오역에 대한 최종 책임은 송재용에게 있음을 밝혀 둔다.

이 책이 출판되기까지에는 연구과제에 참여했던 오인영 교수·윤승준 교수·이현우 선생, 그리고 최형원 선생의 도움이 있었음을 밝힌다. 이분들게 이 자리를 빌려 고마움을 표한다. 끝으로 출판을 흔쾌히 허락해 준 제이앤씨 사장님과 관계자 여러분에게도 감사의 마음을 전한다.

2007년 4월

역자

해　제

개화기 구미인들과의 대외민간문화교류 자료 가운데 아르노스(*H. G. Arnous*)가 부산 세관에 근무하면서 수집하여 독일어로 정리한 『조선의 설화와 전설(*Märchen und Legenden*)』<1893년 추정>이 있다. 이 자료는 독일 LEIPZIG에서 발행하였고, 현재 영국의 *British Liberary*에 소장되어 있다. 2000년 7월 한국 학술진흥재단 중점연구소(단국대 동양학연구소) 지원 연구과제 공동연구원으로 영국에서 자료조사를 하던 중 *British Liberary*에서 이 자료를 발굴하여 마이크로필름을 구입하였다.

그런데 아르노스의 생애에 대해서는 부산 세관에 근무했다는 것 이외에는 알 수가 없다. 그가 언제 한국에 와 언제까지 있었으며, 부산 세관에서 어떤 임무를 맡았는지 확인이 거의 불가능하다. 그리고 조선 관련 설화와 전설을 언제, 어디서, 어떻게, 왜 기록하였는지도 알 수 없다.

이 자료는 개화기 때 독일인이 한국의 설화와 전설을 기록으로 남겼다는 점에서 그 의의가 있을 뿐 아니라, 자료적 가치가 매우 높다. 따라서 개화기 구미인들과의 민간문화교류 자료초 가운데 귀중한 자료의 하나로 평가된다. 이 자료는 조희웅의 『이야기문학 모꼬지』(박이정, 1995)에 그 존재와 제목이 소개된바 있다.

아르노스가 어떻게 조선의 설화와 전설을 수집했는지 확인하기가 어려워 아쉬움이 남는다. 짐작컨대 아르노스가 직접 목도하고 기술한 조선과 서울에 대한 전반적인 개괄적 사항과, 전해 내려오는 조선의 설화와 전설에 대한 이야기를 한국인에게 듣고 이를 기록으로 남긴 것 같다. 그런데 잘못 듣거나 보고 이해하고 인식해 기록한 것들도 있다.

어쨌든 그 내용은 당시 조선과 서울의 사정과 문화에 관한 소개를 담은 3편을 앞에 배치하였고, <토끼와 거북이> · <흥부와 놀부, 제비왕의 보답> · <마법의 술병 혹은 개와 고양이가 원수가 된 이유> · <節義의 기생 춘향이> · <직녀와 견우(별들의 사랑)> · <효녀 심청> · <홍길동, 자신이 차별받는다고 생각한 소년의 이야기> 등 7편의 설화와 전설을 수록하였다. 이렇게 배치한 의도는 서양 독자들이 조선이라는 나라와 그 수도인 서울에 대한 전반적인 사항과 문화 등을 먼저 파악한 연후에, 조선의 설화와 전설을 이해하라는 의도로 독자의 편의를 돕기 위해서인 듯하다.

그러면 편별로 그 내용들을 대략 살펴보기로 하자.

1편 <조선에 관한 약술> : 태극기의 유래와 상징, 조선의 위치와 지리, 거리, 인구, 국명(國名)의 유래, 국토, 광물, 기후, 자연경관, 통치제도, 산물, 세금제도, 화폐, 토지소유, 호패제도, 의식주, 건축, 신분제도, 과거제 및 조선인들의 성격과 언어, 종교, 학교 등 전반적인 사항을 대략적으로 기술하였다.

2편 <조선에 관한 기술> : 조선의 四季와 그에 따른 산수 및 자연경관, 꽃, 새들(비둘기, 까마귀, 기러기, 두루미, 제비, 뻐꾸기, 까치, 황새 등)에 얽힌 이야기를 기술하는 한편, 흉조와 길조 등에 대해서도 언급하고 있어 눈길을 끈다.

3편 <조선과 그 수도> : 조선의 수도인 서울의 내력과 성곽, 인구, 도로, 수로시설, 토질, 가옥, 옷차림, 가족생활, 통금에 관한 사실, 궁궐 경계 및 궁궐 상주 인원, 왕의 거동행차 및 준비사항과 호위병의 규모, 왕과 왕비, 왕자의 나이 및 권위, 환관의 의무 등 보고들은 사실을 있는 그대로 기록하였다.

「조선의 설화와 전설」

　1편 <토끼와 거북이> : 고전소설 <별주부전>을 뼈대로 기술한 이야기
인데, 특이한 것은 용왕의 병을 낫게 하기 위해서는 토끼의 두 눈알로 찜질한
다는 내용이 있어 흥미를 끈다. 토끼의 눈알로 용왕을 치료한다는 내용은
기존의 이본들에서는 거의 찾아 볼 수 없다. 그리고 비록 토끼의 계책에
속아 넘어갔지만, 옳지 못한 방법으로 토끼의 눈알을 얻으려고 한 용왕이
뉘우친다는 이야기는 하나의 변형된 형태로 보인다.

　2편 <흥부와 놀부, 제비왕의 보답> : 고전소설 <흥부전>을 토대로
기록한 이야기인데, 1 · 2부로 되어 있다. 1부는 흥부가 부자 되는 과정,
2부는 놀부가 망하는 과정을 그리고 있다. 여기서 놀부가 흥부의 아들을
구박하는 과정이 있어 눈길을 끈다. <흥부전> 이본들 가운데 이러한 내용
이 있는 이본은 흔치 않다. 뿐만 아니라 놀부의 파산이 박을 탈 때마다
등장하는 인물들(광대, 중, 시체, 기생, 포도대장, 무당, 난쟁이, 마술사, 눈먼
거지, 거인 등)에게 놀부가 계속 돈을 지급함으로써 종당에는 망한다는 내용
이 있어 주목된다. 이 같은 내용은 여타 이본들과 차이를 보이고 있다. 당시
에 변형된 것인지, 아니면 기록자인 아르노스가 의도적으로 수정한 것이지
알 수 없다. 어쨌든 놀부가 금전적 문제로 인해 파산한다는 것은 서양적
시각의 일면을 엿볼 수 있는 대목이다. 그리고 박을 탈 때마다 도깨비가
등장하는 것이 아니라 사람들이 등장한다는 것도 특이하다. 이 이야기는
소설 <흥부전> 못지않은 바, 그 자료적 가치가 있는 것으로 판단된다.

　3편 <마법의 술병 혹은 개와 고양이가 원수가 된 이유> : 전래되어
온 이야기를 기록하였는데, 그 내용이 기존의 내용과 차이를 보이는 것 같다.

특히 이 이야기는 내용으로 보아 이 시기에 첨삭된 것으로 짐작되며 어쩌면 기록자가 우리의 전래 동화와 서양의 전래 동화를 적절히 배합한 것이 아닌가 추측된다. 아무튼 이야기 전개가 흥미로워 관심을 끈다.

4편 <節義의 기생 춘향이> : 고전소설 <춘향전>을 토대로 엮은 이야기이다. <춘향전>의 남주인공이 이몽룡이 아니라 이등인 바, 이 계통의 <춘향전> 이본의 이야기를 듣고 기술한 것으로 보인다. 그런데 이도령의 아버지가 춘향의 이름을 기생명부에서 삭제했다는 내용, 소경 점쟁이가 아버지의 친구였다는 내용, 남원 사또가 자신의 생일잔치에서 거지로 변장한 어사 이도령이 시를 짓자 두려워 하인들에게 붙잡아 매질하고 감옥에 처넣으라는 내용 등은 특이하다고 하겠다.

5편 <직녀와 견우(별들의 사랑)> : 전해 내려오는 견우와 직녀의 이야기를 토대로 기록하였다. 이 이야기는 칠석 설화와도 연관이 있는데, 특이한 것은 전래되는 이야기에는 아들이 없는데 여기서는 있다는 점이다. 변형으로 보인다. 그리고 이 이야기는 8부로 되어 있다. 1부는 견우와 직녀 부부가 직무태만으로 옥황상제에 의해 서로 떨어져 살게 되었다는 이야기, 그리고 유타영의 아들인 반우가 공부하기 위해 그의 부모와 떨어져 산다는 이야기, 2부는 반우의 성장기와 운명적 애인 운하와의 만남에 관한 이야기, 3부는 반우의 파혼과 과거급제, 그리고 어사가 된다는 이야기, 4부는 반우의 애인 운하가 장군의 아들과 혼인을 거부해 시련을 겪는 이야기, 5부는 반우가 운하를 찾아다니다 찾지 못하자 오랫동안 병상에 누웠다가 다시 찾아 다닌다는 이야기, 6부는 운하의 방랑과 고생, 그리고 부채로 인해 사또인 반우의 아버지에게 오해를 받고 감옥에 있다가 풀려난 이야기, 7부는 삼촌으로부터 운하가 난리가 난 지역에 있다는 얘기를 듣고 반우가 전쟁에 참여한 이야기,

8부는 전쟁터에서 반우와 운하가 재회하고 공을 세운 뒤 혼인한다는 이야기로 구성되어 있다. 이 이야기는 견우와 직녀의 이야기에 고전소설 <백학선전>, <구운몽>, <주봉전> 등등의 소설들을 재구성 합성한 것으로 추측된다. 다소 장황하지만 나름대로 자료적 가치가 있다고 하겠다.

6편 <효녀 심청> : 고전소설 <심청전> 이본을 저본으로 삼아 기록한 이야기이다. 소개 차원에서 나름대로 의의가 있다고 하겠다. 이 이야기에서 심봉사가 관리로 임명되고, 벼슬아치의 딸을 부인으로 삼았다는 대목이 눈길을 끈다.

7편 <홍길동 자신이 차별받는다고 생각한 소년의 이야기> : 고전소설 <홍길동전>의 이본을 토대로 하여 기록한 이야기이다. 그런데 이 이야기에서는 길동을 낳기 전 홍판서가 길몽을 꾸어 본부인과 합궁하려 하자 기생첩 때문에 거부했다는 내용이 있어 특이하다. 특히 홍길동이 왕이 되었다는 내용을 없고, 섬을 잘 다스리는 수령의 딸이 야인들에게 납치되었는데 홍길동이 그 딸을 구출해 벼슬을 제수 받고 혼인했다는 이야기로 되어 있어 눈길을 끈다. 그리고 아버지 홍판서의 장례에 참석하기 위해 서울로 와 묘자리를 잡아주고, 아버지의 정실과 친모를 섬으로 모시고 와 행복하게 살았다는 내용이다. 이 이야기는 기존의 <홍길동전> 이본 가운데 한 작품을 토대로 해서 첨삭한 것으로 보인다.

목 차

Ⅰ. 조선에 관한 略述

아래에 나와 있는 조선의 國家紋章은 세상의 남성적·여성적 요소를 나타내고 있다. 붉은 빛깔은 남성, 흰색은 여성을 의미하며, 앞의 것은 하늘, 뒤의 것은 大地를 각각 상징한다.

하늘은 바다 너머 보았을 때, 동쪽을 향하여 대지를 포용하려고 그 위로 내려앉는 듯이 보이고, 대지는 자기편에서 우람한 산맥이 치솟아 하늘을 감싸 안으려는 듯 하고 있다. 이러한 모습은 조화로운 全體를 형상화하고 있다. 네 개의 상징은 四方을 상징하고 있다. 이것들은 朝鮮의 初代 임금이 하사했다는 여덟 문자 중의 일부로서 '모든' 언어가 이로부터 비롯된다고 한다. (그림 윗 쪽에 보이는) 여덟 개의 상징들은 조선시대 여덟 개의 고유문자이다.

조선은 중국의 북방에, 자세히 말하자면 중국과 일본 사이에 황해와 일본해를 가로지르듯이 자리 잡고 있다. 그 북쪽으로는 만주, 동북쪽으로는 시베리아, 동쪽으로는 일본해, 서쪽으로는 황해, 그리고 남쪽으로는 대한해협이 자리 잡고 있다. 해안선은 총 *1,740*마일로 부속도서를 제외하면 거의 英國과 그 크기가 비슷하다. 국토는 북위 *33도-43도*에 걸쳐 있으며 모든 부속도서를 합치면 거의 *100,000*마일에 이른다. 그러나 그다지 많은 인구가 밀집되어 있지 않다. 최근의 통계조사에 따르면 총인구는 약 *1천6백만* 명 정도라고 한다.

Corea 혹은 *Korea*라는 이름은 일본어 *Korai*에서 유래되었다. 황해를 최초로 항해했던 포르투갈 사람들이 *Coria*라고 불렀는데, 이는 '고요한 아침의

나라'라는 뜻의 조선(Chosen)에서 유래한다. 조선은 王國으로 여덟 개의 지방으로 구성되어 있다. 평안, 황해, 수도 서울이 위치하고 있는 경기, 충청, 전라, 경상, 강원 그리고 함경도 이다. 기후는 아주 쾌적하다. 남부지방은 북부지방 보다 확실히 더 덥다. 서울에 있는 한강은 동절기에 그 위로 무거운 수레가 지나다닐 수 있을 정도로 단단히 結氷한다. 국토는 산악지형이고 河川이 많다. 동북지방은 大山林이 우거져 있고, 대단히 비옥한 골짜기 지대는 잘 경작되어 있는데, 이는 조선인들이 대부분 농업에 종사하기 때문이다. 鑛物은 넘쳐날 정도로 아주 많이 매장되어 있으나 아직까지 전문적인 조사가 이루어지지 않고 있다. 조선의 자연경관은 웅장하고 또 품위가 있다. 그래서 굉장한 경치가 아닌 이상 좀처럼 놀라지 않는 신분이 높은 여행자들 조차도 이를 보고 찬사를 아끼지 않는다.

국왕은 專制君主로서 나라를 통치하고 있다. 총리대신인 영의정이 있고 그 밑에 좌의정, 우의정이 그를 보좌하며 국정을 수행한다. 또한 이·호· 예·병·형·공조 등 六曹의 判書가 公事, 학문, 사법 등의 업무를 관장한다. 조선은 개항 이래 內·外事를 담당하는 관청을 새로 설치하였고, 출생·사망을 기록하는 일종의 통계청도 신설하였다. 이들 벼슬아치들이 朝廷의 고위 관리계층을 구성하고 있다. 각 지방은 관찰사가 다스리며, 그의 밑에는 고을 수령과 아전들이 있다. 그 외에 국왕이 필요시 임명하는 관리가 있다. 지방 수령 감독관(암행어사 : 역 자)이 그 예이다. 그는 변장을 하고 전국을 순화하는데 이는 민심을 살피고 가난한 백성의 돈이나 곡식을 갈취하는 탐관오리들을 벌하기 위함이다. 지금의 王朝는 李氏 姓의 젊은 장군(이성계)이 王氏 왕조를 전복하여 세운 나라로 창건한지 501년이 되었다. 국왕의 이름은 신성하기에 백성들이 그의 이름을 언급하는 것은 금기시 되어 있다. 국왕을 배알할 수 있는 최고위직의 벼슬아치라도 그의 면전에서는 俯伏하여야 하고 그가 허락할 때만 말을 할 수 있다. 말을 할 때는 궁정에서만 통용되는 온갖 미사여구와 敬意의 찬사를 사용한다.

國稅로 농산물을 거두고 관리들의 봉급도 또한 이것으로 지급한다. 조선의 인삼은 품질이 우수하기로 정평이 나있다. 이것의 판매는 국왕이 독점하고 있는데 어느 의미에서는 국왕의 개인소득에 속한다. 국가의 화폐는 구리로 만들고 돈이라고 부른다. 약 330개가 1마르크이다. 조선에 은행은 없으나 조정에서는 지방 관리들을 위하여 일종의 錢票를 발행하여 여행 시 부족함 없이 어디서나 돈을 조달할 수 있게 하였기 때문에 큰돈
을 가지고 다닐 필요가 없다.

경작하지 않은 모든 임야는 국왕의 소유이다. 그러나 모든 백성에게는 필요하면 (땅을) 소유하여 농사지을 수 있는 권리가 있다. 경작자는 삼 년 동안 책정된 貢物을 완납하면 그 땅의 주인이 된다. 만약 나라에서 그 땅을 필요로 하면 그에게서 다시 사들여야 한다. 남자의 출생과 사망은 기록이 존재하나 신뢰할 만한 것이 못된다. 출생신고 된 사내아이가 15세가 되면, 항성포(Hang-Sung-Po)라 불리는 관청에서 작은 牌(호패 : 역 자)를 주는데, 여기에 이름과 주소 등이 적혀있다. 어린이들에게도 이와 비슷한 것을 목에 걸어주어 迷兒가 되지 않게 한다.

조선인들은 강건하고 욕심이 없고 영리하다. 그들은 센스가 빠르며 그들의 역사는 3,000년 전까지 거슬러 올라간다. 의복은 아마포로 짓는다. 겨울에는 추위를 막기 위하여 여기에 솜을 넣는다. 조선인들의 주식은 쌀인데 북부지방에서는 밀이 대용되기도 한다. 조선에서는 소 사육이 활발하게 이루어지고 있다. 이들 대부분이 도축되어 국내에서 소비되고 가죽들은 수출되고

있다. 집은 아늑하고 바닥에 난방장치가 되어 있으며 모두 단층구조이다. 모든 건물에는 마당이 있고 높은 담으로 둘러 쌓여 있다. 부유한 사람의 가옥은 이러한 구조의 여러 채의 집들로 이루어져 있다. 조선 사회는 귀족(양반 : 역자), 평민, 노동자(천민 : 역자) 3개의 계급이 존재 한다. 귀족, 평민, 노동자. 노동자계급 출신의 사람이 특출하여 과거에 합격하여 관직에 올라 벼슬을 하는 경우도 있으나, 일반적으로는 귀족계급에서 벼슬을 차지한다.

조선의 언어는 독특한 多音節構造이고, 조선에는 고유한 글자가 있다. 관청의 공문서는 한자와 일본 글자로 작성이 되지만, 중국어와 일본어는 통용되지 않는다.

종교에 관해서 말하자면 조선에는 (종교가) 없다. 지금의 왕조 이전에는 불교가 번성했으나, 1498년 이래로 불교 승려들은 도성에 발을 들여놓을 수 없을 정도로 박해를 받고 있다. 산 속에 많은 절이 있지만 그들은 백성들에게 어떠한 결정적인 영향을 주지 못하고 있다. 조선인들의 풍습은 儒敎에서 영향을 받았다고 말 할 수 있으나 죽은 자를 숭상하는 원시신앙의 모습도 관찰할 수 있다. 조선인들은 큰 곤경에 처했을 때, 하늘에 그들의 소원이 이루어지기를 빈다. 그러나 이제 조선에는 많은 선교사들이 오고 있기에 신앙이 문명화하기 시작했다. 유럽식의 세관과 학교가 세워져 그 결실을 거두고 있다. 주화, 화약, 기계공장, 유리제작소, 방직공장 등이 오래 전부터 설립 운영되어 오고 있다. 電信과 전깃불이 최근에 한국에 소개되었다. 또한 다양한 증기선들도 있으나 주로 지방의 공물인 쌀을 서울로 수송하기 위해 사용된다.

중국이 조선에 대해 어떤 이유에서 종주권을 주장하는지에 대해서 말하기는 어렵다. 그것이 얼마나 널리 조선에 정당하게 혹은 부당하게 작용하고 있는지에 관해서는 이 자리에서 언급하지 않겠다. 여하튼 조선이 중국에 대하여 조공의 의무가 있었다는 것과 아직까지 중국의 일부라는 사실은 異論의 여지가 없다.

II. 조선에 관한 기술

조선인은 자연을 대단히 사랑한다. 들과 산으로 유람 할 때 어떤 것도 그의 눈길을 비껴갈 수 없다. 산과 언덕들은 청초하고 아름다운 자태를 자랑한다. 법으로 허용된 지역 이외에서 나무를 베는 것을 금지하고 있기 때문에 村夫들은 땔감으로 사용할 낙엽과 마른 잔가지 등을 조심스럽게 모은다. 들과 하천이 깨끗한 이유가 여기에 있는 것이다. 초봄부터 늦가을까지 들판을 수놓는 꽃들에는 각각 이름이 있다. 매화(*Mah-huh*)는 종종 눈 덮인 땅에서도 피어나 조선인들에게는 봄의 전령으로 상징된다. 반대의 경우 오랫동안 雪氷이 겨울을 상징할 때는 항상 국화가 피어있다. 여름에는 수백만 개의 향기롭고 현란한 꽃들이 정원을 장식하고, 언덕 위에는 화려한 야생화가 만발한다. 그 후 백합이 언덕에 가득히 피어 가을이 다가왔음을 알려준다.

조선인들은 날아가고 오는 새들의 일생에도 관심을 갖는다. 울음소리에 따라서 새들의 이름을 짓는다. 예를 들면 야생 비둘기를 '비둘기(*pe-dul-key*)', 까마귀를 '까마귀(*kaw-mah-gue*)', 제비를 '제비(*chap-pie*)'라고 부른다. *Oirol*(?)이라 하는 새에 관해서 다음과 같은 전설이 내려온다. 옛날에 궁녀 하나가 임금의 고위 신하와 남몰래 밀애를 나눴다. 이것이 발각되어 그녀는 사형을 당하였다. 그러나 육신은 죽었어도 영혼은 계속 살아남아 어떤 새의 몸속에 들어가서는 궁궐로 날아가 '*kim-pul-lah-go, kim-pul, kim-pul-lah-go*' 라고 지저귀었다. 아무런 대답을 듣지 못하자 계속해서 슬피 울며 날아갔다. *kim-poh-go-sip-so*는 대체로 '김을 부르시오', 혹은 '그가 온다고 김씨에게 말하시오', 혹은 '김씨에게 내가 보고 싶다고 말하시오' 라는 뜻이다. 조선의 여자들은 오늘날까지도 이 새의 구슬픈 울음소리가 들리면 김씨를 찾아 헤매는 불쌍한 여인을 생각한다. 조선인들에게는 또 다른 슬픔의 새가 있으니 바로 뻐꾹새이다. 그러나 조선의 여인네들은 그 새의 울음소리를 좋아하지 않는다. 'Pe-chu-kuk'이라 불리는 멧새는 사람들에게 근방에 산적들이 있다는 것을 알려준다. 이 새가 人家로 날아와서 울면 곧 흉년이 올 것이니 식량을 비축하라는 뜻이다. 시체를 뜯어먹고 두려운 熱病 'Jim-pyung(열병?)'을 옮기는 까마귀는 흉조로 간주된다.

이에 반하여 까치는 길조로 여긴다. 이 새의 둥지는 인가 근처에서 흔히 볼 수 있고 (까치에게는) 아주 안전한 장소이다. 까치는 아침에 복을 불러오는 새로 여겨진다. 또한 이들은 제비의 친구이자 이웃이다. 제비는 人家의 기와지붕 밑에 둥지를 트는데 이곳에는 구렁이가 떼를 지어 살고 있어 새끼 제비들을 잡아먹는다. 그러면 어미제비는 용감한 까치에게 날아가 (도움을 청한다). 까치는 뾰족한 부리로 구렁이의 머리를 쪼아대면서 쫓아낸다. 아침에 까치가 울면 사람들은 서울로 간 형제가 과거에 합격하여 벼슬을 하게 되었거나, 아버지가 歸鄕하였다는 등등의 희소식을 기대한다. 그러나 저녁에 까치가 우는 소리를 들으면 밤에 도둑이 들 것이라 생각한다. 오후에 까치가 울면 식량을 축낼 나그네가 찾아 올 징조이다. 조선인들에게 거위는 집을 잘 지키기는 영물로 칭찬이 자자하다. 거위는 용감하여 집안에 들어온 낯선 사람을 종종 쫓아내었다. 야생 거위는 이곳에서 매우 호평 받는 조류로서 혼인식에서 중요한 역할을 담당한다. 혼인식 날 아침에 신부 측에서 이 새를 신랑에게 건네주지 않는다면 장가갈 생각을 접어야 한다. 그 이유는 다음의 전설이 설명해준다. 사냥꾼이 남편 거위를 쏘았는데, 아내 거위는 언제나 남편 거위가 죽은 곳으로 날아와 슬퍼하였다. 이처럼 아내는 남편에게 충절을 다해야 한다는 뜻에서 거위를 선물하며 이렇게 맹세 한다. 이제 거위(기러기를 거위로 착각한 듯: 역자)의 깃털같이 검은 빛깔의 머리가 파뿌리처럼 하얗게 될 때까지 우리의 맹세는 오늘과 같이 변함이 없으리라.

존중받는 또 다른 새는 흰 황새로 이 새에 관해서는 인간에게 유익하다는 내용의 이야기가 많이 전해온다. 인간을 구하기 위해서 종을 울려야 했기에 부리가 부러지도록 종을 쳤다 라는 이야기와, 사냥꾼이 황새의 둥지에서 새끼를 잡아먹으려는 뱀을 쏘아 죽이니 황새가 그에 대한 報恩으로써 사냥꾼이 샘에서 물을 마실 때, 그의 뱃속으로 들어간 뱀을 부리로 꺼내주었는데 황새가 얼마나 조심스럽고 능숙하게 했는지 사냥꾼은 고통도 느끼지 않았고 상처도 입지 않았다 등의 전설 따위이다.

제비도 역시 선한 새로서 여겨진다. 반면에 조선인들은 참새를 틈만 나면 잡아 죽인다. 조선에서 가장 사랑받는 새는 두루미(학인 듯: 역자)로써 보석이나 象牙에 새겨 넣거나 비단 위에 정교하고 호화롭게 수놓아 높은 벼슬아치들의 胸背를 장식한다. 전투 시 전장을 날며 조선군들에게 승리를 가져다준다고 한다. 또 天命을 받들기 위해 하늘로 날아오른다. 두루미가 사람을 태우고 하늘로 올라갔다고 하는 전설이 있을 정도로 英物이다. 그래서 조선인들은 이 새가 옛날에는 강인함과 영리함으로 인해 말처럼 타고 다녔을 것이라고 믿고 있다.

동물들은 조선에서 저마다의 역사를 지니고 있다. 다음 장에서 살펴 볼 전설들에서 우리는 이들이 어떤 위치를 점하고 있는가를 살펴 볼 것이다.

Ⅲ. 조선과 그 首都

프랑스하면 파리를 떠올리듯이 조선의 수도는 서울이다. *Seoul* 혹은 *Soül* 에는 모든 것이 계획되어 있고 갖추어져 있어 이 나라 의 시발점이기도 하다. 지방의 수령으로 나가있는 사람이라도 대개는 서울에 집이 있게 마련 이어서 틈틈이 서울로 올라와 머무른다. 인구가 많아서 또는 다른 여러 이유 들로 서울만큼 유명한 지방 도시들도 있지만, 조선인들에게 서울은 이상향과 같다; 임금의 궁궐도 서울에 있다.

그래서 여기 서울에 관해서 간략히 소개하려고 한다.

서울의 거주인구는 300,000명가량으로 그 중의 절반은 都城 바같에 살고 있다. 盆地에 자리 잡고 있고 높은 산들이 둘러싸고 있다. 산등성이 위로 돌을 쌓아 만든 높은 성벽이 서있고 중간 중간마다 탑 모양의 성문이 배치되 어 있다. 이 성문들은 외적의 침입에 대비하여 아주 튼튼하게 건축되었다.

서울에는 수많은 大路가 있으며 이들은 다시 많은 小路와 골목들로 갈라 져 사방팔방으로 퍼져 나간다. 이전에 이 도로들은 넓이가 적어도 *20피트*의 넓이였고 그 중 몇몇의 궁궐로 통하는 도로는 현재도 그 넓이가 *200피트* 이상이다. 그러나 오늘날 대부분의 도로들은 상인들이 도로 위에 여기 저기 눌러앉아 오두막을 지어 놓았기 때문에 이전의 넓이를 짐작하기 어려울 정도 로 좁아졌다. 예전에 서울은 수로시설이 아주 잘 정비되어 있었다. 복개된 배수구가 大·小路를 관통하며 흐르고 있었다. 그런데 오두막에 살고 있던 사람들 중 어떤 자에게 이 (배수로를) 땅으로 바꾸고자 하는 생각이 떠올라서 배수로의 일부를 (흙으로) 덮었다. 이러한 방법으로 전에는 직선으로 뻗어있

던 도로들이 지그재그 모양으로 변하게 되었다고 한다. (그렇지 않았더라면)
장마철이 아니더라도 토질은 최상의 그리고 가장 자연적인 청정수단이 되었
을 것이다. 그래서 도시의 사망률은 극히 비정상적이 되었다. 가옥들은 도로
와 마찬가지로 거의 치장되어 있지 않다. 그 이유는 집을 치장함으로써 도둑
의 표적이 될 것을 두려워하기 때문이다. 가옥의 前面은 밖에서 보면 삭막한
인상을 준다. 그러나 안으로 들어서면 예쁘고 깔끔하게 가꾼 넓은 마당을
보고 놀라게 된다. 연못, 정원 그리고 귀한 나무들과 怪石들이 장식되어
있다. 반면에 바깥에는 지저분한 담장과 가축우리, 그리고 그 보다 더 불결한
하인들의 숙소가 있을 뿐이다. 내부의 화려함이 바깥에서는 전혀 보이지
않으므로, 특히 무더운 여름에 불쾌한 냄새를 풍기는 불결하고 가난한 하층
민들의 幹線道路邊의 오두막들과 대조적이어서 이 도시를 찾는 방문객들
의 숙소로서 권할 만하다. 서울을 둘러싸고 있는 산 위에 올라가 맑은 공기를
마시며 물결치는 거리의 인파를 굽어보면 장관이 아닐 수 없다. 길거리에
나와 있는 사람들은 대부분 남자들이고 여자들은 간간이 보인다. 이들 여자
들은 하층의 신분이긴 하지만 모두 녹색 의상에 붉은 소매가 달린 쓰개치마
를 하였다. 이것은 입는 것이 아니라 (하는 사람의 머리와 몸을 가리어)
'비천한' 얼굴을 가리기 위해 사용하는 것이다. 傳說은 이전에 조선 여인들
이 이 쓰개치마의 붉은 소매로 외적에 맞서 싸운 남편이나 오라비의 피
묻은 칼을 닦는데 사용했다고 한다.

　연통처럼 생긴 조선의 오래된 모자에도 사연이 깃들어 있다. 옛날에는
모반이 다반사로 일어났기로 이를 예방하기 위해 법령을 공포하여 진흙을
구워 만든 우산 형태의 큰 모자를 쓰도록 하였다. (흙이 아닌 대나무나 짚을
엮어 만든 같은 형태의 모자는 오늘날에도 哀悼의 상징으로써 남자들이

착용한다.)

그 법령은 조선인들에게 반발을 불러 일으켰다. (모자는) 한편으로는 무겁고 또 한편으로는 너무 커서 옆 사람과 모반을 꾸미기 위해 귓속말을 할 수 없었기 때문이었다. 이윽고 세월이 흘러 법령이 바뀌었다. 오늘날에는 비단이나 말총을 엮어 만든 모자가 흙을 구워 만든 모자를 대신하고 있다. 그러나 이와 다른 해석도 있다: 옛날에는 이웃 지방 사람들 사이에 소규모 충돌이 빈번하게 일어나 많은 사망자가 발생하였다. 이에 조정에서는 예전의 土器로 된 모자를 착용하게 하여 만약 (싸움질로 인하여) 모자가 깨졌을 때는 사형에 처하도록 했다. 그리하여 사람들은 형벌이 두려워 싸움을 중단하였다. 그러나 오늘날 조선인들은 더 이상 진흙 모자를 쓰지 않아도 되었기에 다시 부지런히 서로 치고 받고 싸움질에 열중하고 있다.

그들이 흰옷을 선호하는 사연에 대한 이야기도 전해 온다: 아버지가 세상을 떠나면, 아들은 입고 있던 有色의 옷을 벗어 놓고 베로 지은 無色의 옷으로 갈아입는다. 허리에 새끼줄을 매고 머리에는 대나무를 엮어 만든 우산 모양의 큰 모자를 쓴다. 이와 더불어 항상 크고 흰 부채를 얼굴 앞에 대고 다닌다. 상주가 담배를— 조선인들은 모두 담배를 피운다. — 피울 때에도 곰방대에 흰색의 종이나 베를 감아 놓는다. 3년 동안 이렇게 입고 다녀야 하며 이 기간에는 어떤 일도 해서는 안 된다. 그렇기 때문에 식구들 중 사망자가 줄줄이 발생했을 시에는 온 식구가 구걸에 나서야 하는 경우도 있다. 임금이 사망하면 모든 백성은 상복을 입어야 한다. 즉 슬픔의 표시로 오직 흰색 옷만을 입도록 강요된다. 한번은 10년 안에 3명의 임금이 사망한 사례가 있었다. 이 일로 인하여 백성들은 계속해서 흰옷으로 갈아입어야 했고, 이 또한 경제적으로 큰 부담이 아닐 수 없었다. 그리하여 조선인들은 불필요한 지출을 막기 위해 흰옷을 즐겨 입게 되었다. 그럼에도 불구하고 조선인들은 색깔 있는 옷을 입기를 좋아한다. 가난한 사람일지라도 의복에 색깔을 넣기를 즐기며, 부자, 귀족 그리고 높은 벼슬아치들도 모두 알록달록한 비단옷을 입는다.

외부인이 (조선의) 가족생활을 알기는 극히 어렵다. 조선 귀족의 저택들은 크고 작은 문을 들어서도 내부의 구조에 대해서 거의 알 수가 없다. 그 이유로는 여자들은 폐쇄된 공간에 살고 있고, (손님은) 남자 가족구성원들하고만 접촉하기 때문이다. 그보다는 오히려 가난한 계층의 집을 지나가다 들여다보는 것이 더 수월하다.

이러한 집의 가족구성원들이 아궁이 앞에서 쪼그리고 앉아 식사준비를 하면서 동시에 (아궁이에 불을 때) 방바닥을 덥히는 것을 보고 있으면 극히 정겹고 평온한 인상을 받는다. 방바닥은 커다란 돌을 쌓아 그 위에 진흙을 발라 그 위에다 질긴 기름종이를 깔아 놓았다. 혹은 화로 주변에 둘러앉아 서로 이야기하거나 생각에 잠긴 것처럼 묵묵히 담배를 피운다. 담배를 피우지 않는 조선인들은 극히 예외적으로 간주 된다. ―나는 한 번도 그런 조선인을 만나 본 적이 없다― 일꾼들이 일하고 있는 중이나 일이 끝난 후나 곰방대에 불을 붙이는 것을 본 사람만이 나의 주장에 동의할 것이다. 만약 신이 어떤 민족에게 끼연의 축복을 내렸다면 바로 조선인들 이있을 것이나. 그들은 食後에 담배를 피운다. 저녁에 하루일 끝낼 때까지 그리고 곰방대에서 재를 떨어 낼 때까지 계속 피운다. 그러고 나서 온돌 위에 요를 깔고 누워 그 날의 피곤과 근심을 잊고 잠을 청한다. 해가 진후에는 일정한 간격을 두고 종소리가 길게 울려 퍼진다. 같은 때에 성문으로부터 일종의 음악소리가 울려 나온다. 성문은 밤에는 닫아걸고 일출 전에 임금의 명으로 다시 열린다. 일몰 후에도 길거리에 나와 있는 모든 남자들과 성문을 통과하지 못한 나그네들은 서둘러 그들의 집으로 가거나 머물 곳을 찾아야 한다. 왜냐하면 저녁 종이 울리고 다음 날 이른 아침 다시 종이 울릴 때까지는 상류층 부녀자들이 밖으로 외출하는 시간이기 때문이다. 베일로 온몸을 가리고 손에는 초롱불을 들고 이 집에서 저 집으로 서둘러 돌아다닌다. 이전에 법으로 규정한 이러한 관습은 최근에 사라졌다. 여자들은 혼자서 다니는 경우가 드물고 남편과 동행한다. 도적들은 이처럼 여자들이 밤에 외출한다는 것을 이용해 그들의 귀금속을 강탈한다. 포도군사들도 점점 늘어나는 이러한 피해를 막지 못하고 있다.

밤의 정적은 이따금 개 짖는 소리로 이내 깨어지기도 한다. 고양이의 ‘小夜曲’은 조선에서 거의 들을 수가 없는데, 이는 조선인들이 고양이를 좋아하지 않아 가축으로 취급하지 않기 때문이다. 그러나 다른 큰 소음이 밤의 고요를 깨뜨리지만 조선에 살고 있는 이방인들도 곧 이 소리에 익숙해진다. 이 소음은 조선의 세탁 일과 관련된다. 옷감(특히 밝은 빛깔로 염색된)을 본래의 아름다운 빛깔로 되살리려면 (다듬이 방망이로) 오랫동안 강하게 두들겨야 한다. 이를 위하여 옷을 네모나게 말아 두고 두 명의 여인이 마주보고 앉아서 앞으로 뒤로 당기며 때린다. 이것은 박자가 잘 맞아 마치 음악을 연주하는 것처럼 들린다.

이 연주가 갑자기 중단이 되면 듣는 사람은 이들이 잠깐 휴식을 취하려는구나 라고 정확히 추측한다. 우리나라 같으면 이때 커피 한잔이라도 마시련만, 조선 여인들은 이러한 豪奢를 모른다. 그래서 담배 한 대를 빨며 그날 있었던 일을 화제 삼아 잡담한다거나, 그들보다 일찍 일을 끝낸 이웃집 여인이 찾아 왔다면 그를 맞이하여 담소를 나눈다.

대궐은 대낮같이 밝다. 대개 밤에 조정의 업무를 보기 때문에 다음 날에는 모든 업무가 순조롭게 진행된다. 일몰 후에 남쪽에 자리 잡아 도성의 남쪽 경계를 이루고 있는 항시 푸른 산 위에 봉화가 점화된다. 북쪽 경계를 이루고 있는 북쪽 산 위에서도 불이 밝혀진다. 남산은 대궐의 전면에 자리 잡고 있어 봉화지기들이 있는 다른 산들을 조망하기가 좋다. 이 산들의 꼭대기에서 밤마다 봉화를 점화한다. 당직병들이 이 봉화를 보고 곧 불을 켜기 시작하는데 이 모든 것을 궁궐에서 지켜보게 된다. 그러면 백발의 늙은 신하가 임금의 앞으로 가서 머리를 바닥에 깊이 조아리며 모든 봉화불이 밝혔다고 보고한다. 이는 곧 온 나라가 태평하고 무사하다는 의미이거나 아니면 여러 지방에 소요가 일어났음을 뜻한다. 그런 연후에 임금은 집무에 들어간다.

서울에는 궁궐이 세 곳에 있다. 임금은 그 중 한 곳에만 거처하고 있다. 다른 한 곳은 이전에 아버지를 대신하여 등극한 한 통치자가 살던 곳인데 그에게는 너무 컸다. 지금은 황폐하여 그 곳에 오디 나무를 심어 누에를 기르고 있다.

현재 임금이 살고 있는 궁궐은 면적이 수백 헥타르에 이르고 3천명 이상이 거주하고 있다. 수백 미터 길이의 호수가 궁궐의 내부에 있고, 그 호반에는 큰 정자가 서 있고, 정자의 지붕을 화강석 기둥들이 떠받치고 있다. 호수에는 연꽃이 자라고 있어 야생 조류에게 안식처를 제공하고 있다. 이 외에도 궁궐에는 작은 호수와 연못들이 많이 있는데, 산에서 흘러 내려오는 시냇물에서 그 근원이 비롯된다. 이 산에서 흘러온 시냇물들은 궁궐의 담장에 나있는 성문들을 통하여 내부로 흘러든다. 궁궐 내에 이 시냇물 위로 설치된 다리들에는 막 일어서서 찬물로 뛰어 들려는 자세를 취한 海神이 조각되어 있다. 궁궐의 어디서든지 石像들을 볼 수 있는데 대부분 건물의 지붕 위를 장식하고 있다. 石像 중 가장 큰 것은 御殿에 있으며, 그 위에 지붕을 얹었는데 *100피트*가 넘는 나무 기둥이 이를 떠받치고 있다.

임금의 居所는 호숫가에 있고 밖에서 안을 엿볼 수 없도록 담장이 둘러쳐져 있다. 그의 거실은 국내와 해외의 값진 예술품으로 장식해 놓았다. 임금은 중국과 일본에서 요리기술을 습득한 요리사들을 두고 있는데, 이는 각종 연회에서 외국의 사신 및 귀빈들을 위한 향응을 베풀기 위함이다. 임금은 그러한 만찬에 참석하는 법이 없고, 궁궐의 고위관리에게 위임하여 대리로 참석케 한다. 일반적으로 임금의 가족들은 남의 눈에 뜨이지 않게 숨어서 이러한 만찬을 지켜본다. 임금은 선왕들의 능으로 행차할 때를 제외하고는 궁궐을 비우는 경우가 거의 없다.

임금이 궁궐 밖으로 행차할 때는 거리에 있는 노점들을 전부 철거하고, 그 밖의 눈에 거슬리는 것들을 치운다. 그리고 거리에 물을 뿌려 청소한 다음 길을 폐쇄시켜 놓는다. 임금이 밖으로 행차하는 날이 조선인들에게는 축제일과 같아서 모두들 盛裝하고 거리에 나온다. 임금을 뒤따르는 騎兵들은 연대 급의 규모로 옛날 갑옷과 창 등으로 고풍스럽게 무장한 반면에, 행렬의 앞장에 선 군대는 대검을 꽂은 장총을 지닌 신식군대이다. 이와 함께 귀청이 떨어질 듯 엄청나게 큰 소리를 내는 수백 년 된 나발과 현대적 나팔이 울리며 악대가 행진한다. 임금은 붉은 칠을 한 御駕에 앉는데, 이것을 *36*명의 잘 훈련된 가마꾼들이 어깨에 메고 간다. 수많은 높은 벼슬아치들이 교자나 말을 타고 임금의 뒤를 따른다. 행렬 중에는 외바퀴가 달린 교자에 앉아 있는 벼슬아치를 볼 수 있는데 그의 종들은 그것을 밀고 당기며 나아간다.

임금은 현재 *41*세이고, 왕비는 *34*세이며, 외아들인 왕세자는 *18*세이다. 사람들은 임금이 아주 영민하고 늘 백성들의 복지를 생각한다고 말한다.

그의 말은 곧 법이며 어떤 벼슬아치라도 감히 그의 말을 거역할 수 없다. 그렇게 하면 곧 패가망신되기 때문이다. 임금은 일반 백성들과 격리된 생활을 하고 있으며, 언짢은 소식을 접하는 것도 금지되어 있기에 그는 그의 측근들에게 전적으로 의지하고 있다. 특히 바로 그의 곁에서 시중을 드는 환관들은 마음먹기에 따라서 善과 惡을 모두 일으킬 수 있다. 그러나 조선에서 모든 범죄는 斬刑에 처하도록 되어있고 환관들도 이에 예외가 될 수 없다. 따라서 환관이 임금을 기만하였다면 앞서 언급한 형벌을 받게 된다. 그러므로 환관은 임금에게 항상 올바르고 진실 되게 아뢰는 것을 의무로 삼고 있다.

IV. 조선의 설화와 전설

1. 토끼와 거북이

어느 날 용왕이 물속을 여기저기 헤엄치며 다니던 중 바로 눈앞에서 통통하게 살찐 벌레 한 마리가 오르락내리락 하는 것이 보였다. 이것을 덥석 삼키니 낚시 바늘이 목구멍에 걸렸다. 그렇지만 용왕은 재빨리 낚시 줄을 끊고 탈출하였기에 하마터면 인간의 먹이가 될 뻔한 불운을 피할 수 있었다.

고래를 비롯해서 거북이까지 용궁나라의 모든 대신들이 病床에 누운 용왕의 부름을 받았다. 그들은 모두 근심스러운 표정을 지으며 어떻게 하면 용왕의 목구멍에서 낚시 바늘을 빼낼 수 있을까를 곰곰이 생각하였다. 마침내 거북이가 나서며 말하기를 '(용왕의 병을 고칠 수 있는) 유일한 방법은 갓 뽑은 토끼의 두 눈알로 찜질하는 것이오?' 라고 하였다. 주위의 모든 이들이 그의 말에 동의하긴 했으나, 어디서 갓 잡은 토끼의 신선한 눈알을 얻는단 말인가? 그러나 거북이는 이 문제를 해결할 방법도 스스로 알고 있었다. '나에게는 안면이 있는 토끼 한 마리가 있는데 이놈을 용궁으로 유인해 오겠소. 용궁에 도착한 즉시 나는 모습을 감출 것이오. 왜 그런가 하니 그 다음 일은 의사의 몫으로 토끼의 두 눈알을 뽑는 일인데, 나는 피가 튀는 장면을 보기가 역겨워서 그렇소.' 이에 용왕이 거북이를 크게 칭찬하였기로, 그는 토끼만 손에 넣는다면 자신의 출세가도에 거칠 것이 없다고 생각하였다.

다음 날 화창한 아침에 거북이는 토끼가 있다고 믿어지는 언덕을 기어오르고 있었다. 그의 추측이 옳았으니 그때 토끼는 아침을 먹다가 귀를 쫑긋 세우고 거북이가 언덕을 기어오르는 소리를 듣고는 막 달아날 작정을 하고 있던 중이었다. 그러나 거북이라는 것을 알아차리고 뒷발을 세우고 앉아서 그에게 '자네 무슨 일로 여기에 왔나?' 하고 물었다.

이에 거북이가 '오래 전부터 이곳 경치가 좋다는 말을 수 없이 많이 들어왔기에 내 오늘은 직접 확인하러 이렇게 온 것이야.' 하고 대답하고는, 자기의 긴 모가지를 뽑아서 사방을 둘러보더니 '소문과는 달리 특별히 경치가 좋은 곳이 아니로구나!' 하였다. 그러자 토끼가 '수려한 경관을 보려면 더 높이 올라가야 해!' 하였으나, 거북이는 '아냐, 됐어. 더 올라갈 필요 없어. 충분히 봤어. 이제 내가 사는 물속으로 돌아갈 테야. 거기는 화려한 푸른 숲, 계곡, 언덕, 크고 시원한 동굴, 화려한 궁궐 그리고 온갖 다양한 물고기들이 뛰노는 넓은 들판이 있단다. 그렇지만 무엇보다도 그곳이 최고인 이유는 물이 (가고 싶은 곳은) 어디든지 데려다 주기 때문에 陸上에서처럼 피곤을 느끼지 않는단다. 자네나 이 삭막한 땅 위에서 지내게! 나는 어서 내 고향 물속으로 돌아가련다.' 이 말을 마치자 거북이는 왔던 길로 천천히 되돌아가니 토끼는 잠시 곰곰이 생각하다가 그의 뒤를 좇았다.

토끼가 거북에게 말하기를 '나도 자네가 사는 곳을 한번 구경하고 싶은데 물에 들어가기가 겁이 나네. 물이 눈, 귀 그리고 입 속으로 들어가면 고통스럽지 않을까?', '당치도 않는 소리, 육지에서 공기를 마시는 것과 다를 바 없네. 고통 같은 것은 없어.'

'거북이 자네와 함께 가고 싶은데 나는 수영을 할 줄 몰라.' 라고 토끼가 말했다. 거북이는 흥분되어 좀처럼 마음을 다스리기 힘들었으나 겉으로는 태연한 척하며 다음과 같이 대꾸하였다. '자네 혼자 가기는 불가능 할 것이야,

그렇지만 자네가 우리 사는 곳을 보기를 진정으로 원한다면 내 등 위에 타고 자네 앞발을 내 입에 물려! 그러면 자네를 데리고 갈 수 있지.' 그러면서 거북이는 토끼에게 아무 위험이 없을 것이라고 안심시키고 함께 물속으로 들어갔다. 물속으로 들어가는 初入에 토끼는 크게 겁먹었으나 차츰 익숙해졌다. 그는 육지에서는 겪어보지 못한 아름다운 물속 세상 풍경을 아주 넋을 놓고 구경하였다. 이미 소식을 접하고 용궁에서 나온 한 무리의 물고기 떼가 토끼를 마중하며 용왕의 이름으로 환영하였다. 거북이는 토끼를 용궁으로 데려다 주고는 곧 숨었다. 토끼가 병상의 용왕을 알현하니 용왕의 병을 치료하는 많은 의사들이 그를 정중히 맞이하며 자리를 권하였다. 토끼가 조개껍질로 만든 의자에 앉아 있자니 의사 두 명이 서로 쑥덕거리는 소리가 들려왔다. 그들은 어떻게 하면 토끼를 죽이지 않고 그의 눈알을 빼낼 수 있을까? 하고 의논 중이었던 것이다. 그들의 밀담을 엿듣고 나서 토끼는 온 몸에 털이 쭈뼛할 정도로 놀랐으나 이내 정신을 가다듬어 침착하게 '대체 나의 두 눈을 어디다가 쓸려고 하는 것일까?' 하고 생각하였다. 의사들이 그에게 다가와 전후 사정을 설명하자, 토끼는 한동안 귀를 쫑긋거리며 이 위기상황을 탈출할 꾀를 생각하였다. 이윽고 토끼는 말하기를 '네 네 좋습니다. 그런데 거북이가 미리 나에게 얘기해 주었으면 좋았을 텐데…. 실은 우리 토끼들에게는 눈이 두 쌍이 있어요. 흐리거나 먼지가 많이 날리는 날에는 수정으로 만든 가짜 눈알을, 청명한 날씨에는 진짜 눈알을 사용하지요. 나는 물속에 들어가기 전에 진짜 눈알이 짠 바닷물로 인해 상할까 염려하여 빼어서 땅에 묻어 두고 대신에 수정 눈알을 끼고 왔소. 용왕님의 병환이 나의 눈알로 치료될 수 있다면 기꺼이 도와드리지요 용왕님이 내 눈알을 가지고 찜질을 하면 반드시 회복할 수 있다고 확신해요. 거북이더러 나를 다시 뭍으로 올려 보내라고 용왕님이 윤허하시면 가능한 한 빨리 내 눈알을 직접 용왕님께 갖다 바치는 영광을 누리고 싶소' 그러자 그 자리에 있던 모든 이들이 토끼의 착한 마음씨에 감동하였다. 용왕도 옳지 못한 방법으로 토끼의 눈알을 얻으려 했던 것을 크게 후회하고 스스로 부끄러워하였다.

거북이는 크게 꾸지람을 듣고 난 후, 토끼를 원하는 장소로 데려다 주고 그가 부를 때까지 대기하고 있으라는 명령을 받았다.

토끼는 뭍으로 올라오자 털에 묻은 물기를 떨어내고는 거북이에게 말하기를 '네 눈알이나 직접 빼내라? 내게는 한 쌍의 눈알 밖에 없다. 욕심 많은 용왕에게 주느니 내가 그냥 지니고 있는 게 낫지!' 하며 혼신의 힘을 다하여 산 위로 달아났다. 그 후로 토끼는 어떤 거북이든지 만나면 매우 조심하였다.

2. 홍부*(Hyung Bo)*와 놀부*(Nahl Bo)*, 제비왕의 보답

- I -

옛날에 조선의 남부 지방 전라도 땅에 형제가 살았는데, 형은 아주 부자였고 동생은 아주 가난하였다. 그들의 재산이 이렇게 차이가 나는 이유에는 다음과 같은 사연이 있다: 형제의 아버지가 세상을 떠날 때 형인 놀부는 재산을 동생과 나누지 않고 전부 독차지하였다. 그리하여 동생은 가난에 허덕여야 했던 것이다. 형인 놀부는 본부인 외에 많은 노비와 첩들을 거느리고 있었다. 그러나 슬하에 자식은 없었다. 반면에 홍부에게는 부인이 하나뿐이었으나 자식은 많았다. 놀부는 늘 부인을 위시해서 첩들과 싸우는 일이 잦았고, 이들도 서로 간에 반목하여 자주 다투며 살았다. 그러나 홍부는 자신의 부인과 금슬이 좋아 가난 속에서도 서로 곤경을 극복하는 노력을 하며 화목하게 살고 있었다. 형 놀부는 크고 아름다운 정원과 겨울에도 따뜻하게 지낼 수 있는 집들을 소유하고 있었다. 반면 동생 홍부는 작고 허름한 초가집에 살았는데 너무 낡아 곧 무너질 것만 같았다. 또 비가 온 후에는 방바닥이 빗물에 잠기기가 예사였다. 단 한 칸뿐인 방은 너무 비좁아 홍부가 기지개라도 켤라치면 발이 얇은 흙벽을 뚫고 나갔다. 불을 때서 구들을 따뜻하게 해 보려고 하면 벌레들이 여기저기서 모여들어 방바닥을 차지하였다. 그래서 홍부는 이 해충들에게 방을 양보하고 식구들을 데리고 나와 마당에서 잠자기가 일쑤였다. 홍부는 하루하루 식구들을 먹여 살리는 것에 만족해야 했기에 당연히 재산을 거의 모으지 못했다. 날씨가 허락하는 한 그는 날품팔이로 밭에 나가 일을 하였고, 아내는 삯바느질로 생계를 꾸려 나갔다. 그

외에 다른 일거리는 찾을 수 없었기에 그들 내외는 짚신을 삼아 이웃마을로 가 내다 팔았다. 이렇게 자신들 손으로 일을 하여 먹고 살 수 있었던 시절은 그나마 다행이었다. 그러던 어느 날 일거리도 없고, 또 짚신 삼을 새끼를 살 돈이 수중에 한 푼도 없는 상황이 들이닥쳤다. 가난한 내외는 배고파 밥 달라고 울며 보채는 자식들의 굶주린 배를 어떻게 채워줄 수 있을까? 하고 생각하니 앞이 캄캄하였다. 집에는 쌀 한 톨 남아있지 않았다. 흥부의 집에 살고 있던 늙은 쥐 한 마리가 밤마다 먹을 것을 찾으러 집안 구석구석 샅샅이 돌아다니다 먹을 거라고는 빵부스러기 하나 발견하지 못하자, 마침내 이웃에서 잠자던 사람들이 깰 정도의 큰 소리로 다음과 같이 울어대었다: '헛되이 이리저리 돌아다니는 바람에 내 다리만 짧아졌다.'

이처럼 어려운 지경에 이르자 흥부의 아내는 맏이를 남편의 부자 형 놀부에게 보내 약간의 양식을 빌려오게 하고 나중에 돈을 벌면 꼭 갚겠다고 말하도록 시켰다.

맏이는 (가기 싫었으나) 마지못해 어머니의 말을 들었다. 그 이유는 큰아버지를 길에서 만나 인사를 해도 그를 거들떠보지도 않아 찾아간다 해도 집 안에 들어서기도 전에 매를 맞고 쫓겨나는 것이 않을까 하는 불안감이 앞섰기 때문이다. 그러나 어머니의 말에 순종을 해야 했기에 아들은 무거운 마음으로 큰아버지의 집으로 발길을 옮겼다. 이윽고 놀부의 집에 당도하니 들판에 살찐 소들이 풀을 뜯고 있고, 돼지우리에 돼지들이 가득 있고, 마당에는 한 무리의 닭들이 모이를 쪼고 있었다. 그러나 그 외에도 그의 큰아버지는 송아지만한 큰 개들을 기르고 있었으니 아이를 보자마자 미친 듯이 짖어대며 달려들어 옷을 물어 찢었다. 아이는 크게 겁을 먹고 그 자리에서 도망쳐 집으로 되돌아가려 했으나, 식구들이 큰 곤경에 처해있는 사실이 주마등처럼 뇌리에 스쳐갔다. 그가 개들을 다정한 목소리로 부르니, 그 중 한 놈이 꼬리를 흔들며 다가와 마치 동료들의 행동을 사죄하듯이 그의 손등을 핥았다. 그러나 곧 계집종이 나타나 아이를 내쫓으려 하자, 아이가 말하기를 '나는 이 집 주인의 조카요 큰아버지를 만나 뵙고 드릴 말씀이 있어 왔소' 그러자 종년은 고분고분해지며 안으로 안내하였다. 그의 큰아버지는 대청마루에 가부좌를 틀고 앉아 담뱃대를 빨고 있다가 조카가 들어서는 것을 보자 '너는 누구냐?' 하고 물었다. '저는 큰아버지 조카입니다.' 하고 아이가 대답하며 '저희는 사흘 동안 아무 것도 먹지 못하고 있어 굶어죽기 직전 입니다. 아버지는 일거리를 찾으러 나갔습니다. 저희에게 양식을 주시면 훗날 반드시 갚겠습니다.' 하였다.

놀부가 심술이 가득 찬 눈초리로 조카를 째려보았다. 아이는 곧 그 혐악한 눈길을 미루어 보아 더 이상 아무 것도 바랄 수가 없다는 것을 직감하였다. 마침내 놀부가 화난 듯이 버럭 소리를 지르며 말하였다. '쌀은 이미 가마니에 들어가 있고, 내가 이것을 다시는 풀지 말라고 일렀기 때문에 열 수 없다. 밀가루도 자루에 넣어 봉했기 때문에 열 수 없다. 내가 네게 먹을 것을 주면 개들이 달려들어 너를 물어 버릴 것이다. 술 찌기를 주면 돼지들이 아우성을 칠 것이다. 네가 밀기울을 가져가면 우리 소들이 뿔로 너를 받아 버릴 것이니 이 또한 너에게 줄 수 없다. 그러니 여기서 당장 꺼져라!' 하며 아이를 움켜잡고 문 밖에다 내동댕이쳤다.

맏이는 울면서 집으로 돌아갔다. 한편 흥부 아내는 아들이 돌아오기를 학수고대하고 있었다. 그는 우는 아이들에게 '형이 큰아버지에게 가서 먹을 것을 얻어 올 거야.' 하며 달래고 있었다. 아들이 울면서 돌아옴에 근심스럽게 물어 보았다. '큰아버지가 너를 때리더냐?', '아니오 볼일 보러 출타하셔서 댁에 안계셨어요.' 아들은 어머니가 상심하지 않도록 하기 위해, 그리고 큰아버지의 난폭한 행동을 수치스럽게 생각해서 사실대로 말하지 않고 거짓으로 말씀드렸다.

'이제 죽는 것 외에 남은 일이 없구나.' 하고 어머니는 생각하였다. 그러나 이 때 아직 한 쌍의 짚신이 남아 있다는 생각이 문득 머리에 떠올랐다. 곧장 이것을 저당 잡혀서 쌀을 얻어 왔다. 흥부의 아내는 아이들의 허기를 채워 준 그날 저녁 오랜만에 흐뭇한 마음으로 잠자리에 들 수 있었다. 그러나 다음 날 아이들의 먹을 것을 마련할 생각에 잠을 이루지 못했다. 저녁 늦게 흥부가 돌아왔다. 그는 산에서 섶나무들을 모아와 내다 팔았다. 그리하여 돈을 마련하여 짚신을 도로 찾아오고 남은 돈으로 식량을 살 수 있었다. 행운은 다시 찾아오기 시작했다. 다음 날 흥부 아내에게 삯바느질 일감이 생겼고, 흥부도 많은 품삯과 함께 배불리 한 끼를 먹여 준다는 여행자의 짐을 운반해 주는 일을 맡았기 때문이다. 그리고 나서 흥부는 한 장사치로부터 중요한 書簡을 급히 전달해 달라는 심부름을 하고는 역시 많은 돈을 받았다.

그가 심부름을 하고 돌아 왔을 때, 그는 아주 부유한 어떤 사람이 포졸들에게 아무 죄 없이 잡혀가 감옥에 갇히게 되었는데, 사또에게 큰돈을 갖다 바치지 않으면 공개적으로 곤장을 맞을 것이라는 소문을 들었다. 흥부는 곧 그 부자를 찾아가 대신 곤장을 맞아 줄 테니 그 대가로 3,000냥을 달라고 제안하였다. 부자는 아주 기뻐하며 그의 제안을 즉석에서 받아들였다. 그리하여 흥부는 그를 대신하여 곤장을 맞았다.

그러나 이것이 곧 발각되어 부자는 뒤늦게 곤장을 맞아야 했고, 이로 인하여 화가 나 흥부에게 약속했던 돈을 한 푼도 주지 않았다. 흥부 내외는 다시 신세를 한탄하는 지경에 이르렀다. 그러나 그들은 서로 위로하며 '우리가 정직하고 성실하게 살면, 반드시 하늘이 복을 내리리라!' 하며 재기를 다짐하였다.

이 사건 후 얼마 지나지 않아 봄이 왔고, 제비들이 날아와 홍부의 오두막 처마에 둥지를 틀었다. '불쌍한 것들 같으니라구. 하필이면 곧 쓰러질 것 같은 우리 집 처마에 둥지를 틀었누?' 하며 홍부는 아내에게 말했다.

제비들이 알을 낳으니 둥지는 곧 새끼 제비들로 가득하게 되었다. 홍부네는 이를 기뻐하며 얼마 되지 않는 자신들의 식량을 쪼개 제비 새끼들에게 나눠주니 부모 제비와 새끼 제비들은 이내 길들여지고 친해져서 홍부네 집 앞을 깡충깡충 뛰어 다녔다

어느 날 홍부가 문 앞아 앉아 있는데 큰 구렁이 한 마리가 쏜살 같이 제비 둥지로 기어 올라가 홍부가 미처 손 쓸 겨를도 없이 새끼 여러 마리를 잡아먹었다. 이 불의의 습격에 놀란 어린 새끼 제비 한 마리가 둥지에서 떨어져 대롱대롱 매달려 있는 것을 보고, 뱀이 잡아먹으려고 다가왔다. 그러자 홍부는 급히 뱀을 쫓아 버리고, 새끼 제비를 구했으나 불쌍하게도 두 다리가 부려져 있었다. 홍부는 아내와 함께 부러진 제비 다리를 묶어주고 다리가 다 나을 때까지 정성껏 돌보아 주었다. 상처가 다 아물자, 제비는 날아가 자기 무리와 반갑게 다시 만날 수 있었다.

가을이 깊어갈 무렵인 9월 9일 홍부네는 문 앞에 모여 쭈그리고 앉아 있었다. 그 때 다리가 구부러진 작은 제비가 빨랫줄에 앉아 그들에게 무어라 말하는 것처럼 지저귀었다. 홍부는 '저 작은 새가 강남으로 떠나기 전에 우리에게 고맙다고 하며 이별인사를 하는 것 같구나!' 하고 중얼거렸다.

그의 생각은 옳았고 그 어린 새를 그 후로는 다시 볼 수 없었다. 어린

제비는 다른 새들과 함께 새들의 나라로 날아가 새들의 임금을 배알하러 갔던 것이다.

새들의 임금이 다리가 불편한 어린 제비를 보고 왜 그렇게 불구가 되었는가? 하고 이유를 물었다. 어린 제비가 하마터면 뱀에게 잡아먹힐 뻔한 것이며, 놀라 둥지에서 떨어져 부러진 다리로 매달린 것하며, 가난하지만 마음씨 착한 사람이 구해주고 치료해 준 것 등을 상세히 아뢰었다.

임금은 자신의 백성을 도와 준 가난한 사람의 선행에 크게 감동을 받고, 그 제비에게 금 글씨가 쓰인 씨앗 하나를 하사하며 박 씨의 일종인 이 씨앗을 오는 봄에 은혜를 베푼 사람에게 갖다 줄 것을 명하였다.

가을이 가고 겨울도 지나고 마침내 봄이 왔다. 그 사이 홍부네는 빈한한 가세가 더욱 기울어 그의 몰골은 더욱 가엽게 변하였다. 어느 따스한 봄날 아침, 홍부는 맑은 목소리로 지저귀는 새소리를 들었다. 그 새를 자세히 살펴보니 작년에 치료해 주었던 어린 제비였던 것이다. 홍부가 자신을 알아보자 제비도 기뻐하는 것처럼 보였다. 제비는 임금이 보은으로 보내 준 금 글씨가 붙은 박 씨를 땅바닥에 떨어뜨리고는 날아가 버렸다.

홍부는 그 씨앗을 주워들어 금 글씨를 읽어보고는 놀라워했다. 한 면에는 박 씨의 이름이 적혀 있고, 다른 한 면에는 '박 씨를 땅에 묻고 부지런히 물을 주시오.' 라고 적혀 있었다. 홍부가 그대로 따라 하였더니, 나흘 만에 박 씨에서 싹이 나오기 시작했다. 곧 황금색 꽃이 피기 시작하는데, 그 꽃향기가 주위에 가득하였다. 그리고 나서 4개의 작은 박이 열리더니 얼마 지나지 않아 아주 크게 자랐다. 홍부는 서둘러 박들을 타려고 했으나 그의 아내가 말리며 말하기를 '서리가 내릴 때까지 줄기에 매달려 있게 그냥 둡시다. 완전히 여물면 속은 파먹고 껍질은 물동이로 만들어 쓰면 일석이조 아니겠소?' 하였다. 그래서 홍부는 9월까지 박타기를 기다렸다. 이윽고 그는 넝쿨에 4개의 박 말고는 더 이상 아무 것도 남아 있지 않다는 것을 보고 호기심과 설레는 마음으로 톱과 도끼를 가져와 박을 타기 시작했다. 박을 탄지 수 시간 후에야 박이 두 쪽으로 갈라졌다. 그러자 홍부는 거의 기절할 뻔했으니, 박 속에서 보석으로 화려하게 장식한 작은 탁자를 들고 있는 귀여운 童子 두 명이 나왔던 것이다. 탁자 위에는 술병 몇 개와 귀한 술잔들이 놓여 있었다. 홍부는 아내를 불러 이 놀라운 광경을 보도록 하니, 그의 아내가 보고는 역시 놀라 말을 잇지 못했다. 이윽고 동자 중 한 명이 귀여운 목소리 로 말하기를 '새들의 왕이 곤경에 빠진 자신의 백성을 치료해주고 돌봐 준 은혜에 대한 보답으로 당신들에게 이 선물을 보냈어요. 제비가 당신의 선행 에 대해 아뢰었소?' 하니, 그 때야 홍부 내외는 비로소 (상황을) 이해할 수 있었다. 홍부 내외가 미처 대답할 틈도 주지 않고 동자는 銀製 병을 홍부 앞에 놓고는 '이 병에 든 것은 죽은 사람도 살릴 수 있는 약이오.' 하고 말하였다. 두 번째 병을 집어 들고는 '이것은 장님도 눈뜨게 할 수 있는 약이라오.' 하였다. 세 번째 金製 병을 홍부에게 주며 '여기에는 담배가 들어있는데 피우면 벙어리도 말문이 트이게 되오.' 그리고 마지막으로 두 번째 金製 병을 집으며 '이 병에 든 약은 늙음과 죽음에서 지켜줄 것이 오' 말을 마치고 동자들은 절한 후 놀라 아무 말도 하지 못하고 있는 홍부 내외를 두고 이내 사라져 버렸다. 홍부 내외는 서로 바라보다가 이것이 꿈이 아니고 생시라는 것을 확인하기 위해 박들을 바라봤다. 이윽고 홍부가 말하 기를 '박 때문에 더 이상 놀라고 있을 수만은 없다. 나는 지금 몹시 배가 고파 쓰러질 지경이야.' 내외가 다시 여러 시간 동안 힘껏 다른 박을 타니 이번에도 속에서 고운 비단, 면포, 그리고 무명 등을 비롯한 온갖 종류의 많은 세간이 쏟아져 나와 그 수를 헤아릴 수 없을 지경이었다. 그것들은 홍부의 작은 오두막에 전부 들어가지 않아 마당에 쌓아 놓아야 했다. 다음 박에서는 무엇이 나올까? 하는 호기심에서 홍부는 배고픈 것도 잊고, 또 다시 톱질을 하기 시작하였다. 세 번째 박을 열고 보니 그 안에서 一群의 목수들이 연장을 가지고 나와 채 10분도 안되어 순식간에 웅장한 기와집과 하인들이 거처할 행랑, 가축우리, 그리고 곳간 등을 짓고는 집 주위에 담장을 높이 쌓았다. 집짓기가 끝나자 쌀과 식량을 가득 실은 소와 말이 끝없이 나타났다. 그 뒤를 이어 남녀 노비들을 비롯하여 돈, 옷, 그리고 홍부 네가 살고 있는 지방의 온갖 産物이 속속 박에서 나왔다.

홍부 내외는 마치 仙境에 든 듯 황홀한 기분이었다. 이어 박에서 나온 노비들을 시켜 돈은 사랑방에, 옷과 옷감은 다락에, 쌀과 그 밖의 식량은 곳간에 넣어 두도록 하였다. 홍부 아내가 목욕물을 준비하라고 하자, 곧 더운물을 대령하는 것을 보고 두 사람은 놀라워 했다. 홍부 내외는 아직 열어보지 않은 박이 하나 남았다는 사실을 잊고 있다가, 노비들이 말을 해 주었을 때야 비로소 깨닫고 박을 타도록 시켰다. 그랬더니 속에서 여태껏 보지 못했던 절세미인이 나왔다. 그러나 홍부 아내는 이를 보고 기뻐하기는 커녕 질투심을 느껴 '너는 누구며 무엇 하러 왔느냐?'고 무뚝뚝하게 물었다. 그랬더니 그 미인은 '새의 임금님이 홍부님의 첩이 되라고 하며 저를 보냈습니다.' 하고 대답했다. 이에 홍부 아내는 '네가 온 곳으로 돌아가거라. 우리 서방에게 첩 같은 것은 필요 없다.' 라고 소리쳤다. 그리고 4번째 박을 타도록 한 것에 대해 남편 홍부를 힐난하며 '이 계집은 당신이 박 세 개에 들어있던 재물에 만족하지 않고 욕심을 내어 계속해서 박을 타도록 했기 때문에 생긴 천벌이요.' 하였다.

그러나 그녀는 곧 남편으로부터 반격을 받았으니, 홍부는 심히 노하여 아내를 꾸짖으며 말하기를 '임자의 질투하는 언행을 부끄러워 할 줄 아시오 이 모든 것이 하늘의 복이요, 이들이 없었다면 우리는 거지 신세를 면하지 못했을 것이요' 홍부는 아내를 안방에 들어가 있으라 하며, 또 한 번 그런 소리를 하면 별당에 가두어 두겠다고 으름장을 놓았다.

- Ⅱ -

놀부는 곧 (홍부가 부자가 되었다는) 사실을 전해 듣고 동생을 찾아가니 과연 으리으리한 집과 재산이 엄청나다는 소문이 과장된 것이 아님을 깨달았다. 그는 동생이 도술을 부려 (부자가 되었다고) 꾸짖었지만, 어디서 그런 재물을 얻었는가를 자세히 알고자 하였다. 홍부가 놀부에게 자신이 부자가 된 전후 사정을 모두 이야기 해 주니, 놀부는 동생의 행운을 같이 기뻐하기는 커녕 오히려 불같이 성을 내었다. 놀부는 홍부가 재물을 자기에게 나누어주지 않고 혼자 독차지 했다 하여 도둑놈이라 욕했다. 이에 마음씨 좋은 홍부도 심히 화가 났으나, 곧 마음을 가라앉히고 놀부에게 많은 재물을 주었다. 놀부는 (홍부의 첩이 된) 박에서 나온 미녀를 자기에게 양보하라고 말하지 않았더라면 더욱 더 많은 재물을 얻을 뻔하였다. 홍부가 (놀부의 이러한 요구에) 완강히 저항하니 놀부는 하는 수 없이 불평을 하며 돌아가는 수밖에 없었다. 놀부는 자신만이 알고 있는 비법을 써서 홍부가 소유하고 있는 것보다 많은 재물을 얻어 그에게 복수하기로 마음먹었다. 그는 집에 돌아오자마자 하인들을 시켜 새들을 돌멩이를 던져서, 그리고 막대기로 쳐서 몽땅 잡도록 명하였다. 그리고 자신도 직접 이 잔인한 일을 거들었다. 한 무더기의 새들이 죽고 나서야 마침내 놀부는 새 한 마리를 생포할 수 있었다. 그는 그 새의 다리를 부러뜨린 후에 (부러진 다리를) 묶어 치료해 주었다. 그 새는 완쾌되자 불구의 다리를 이끌고 날아가 버렸다. 새의 임금이 그 새에게 다리가 불구가 된 사연을 물으니 새는 놀부가 저지른 악행을 보고하였다. 새의 임금은 곧 놀부의 행태의 의도를 알아차리고 (그 새에게도) 씨앗을 주어 다음 해 봄에 놀부에게 갖다 주도록 하였다.

봄이 되자 놀부는 자기 집 문 앞에 앉아 새들이 지저귀는 것을 듣고 있었다. 그러나 그는 무슨 뜻인지 이해하지 못하는 것 같았다. 그는 주위를 둘러보다가 자신이 다리를 부러뜨렸던 새가 근처 나무 위에 앉아 부리에 씨앗을 물고 있는 것을 보았다. 놀부는 이를 보고 너무나 기뻐서 물고 있던 담뱃대를 떨어뜨리고는 새가 앉아 있는 나무를 향해 달려가는데 주위를 물리치고 따라오지 못하게 하였다. 얼마나 급했으면 신을 신는 것도 잊고 버선발로 진땅을 뛰어갔다. 그 새는 놀부가 바짝 다가오자 물고 있던 씨앗을 땅에 떨어뜨리고 훌쩍 하늘로 날아가 버렸다. 욕심 많은 놀부는 그 씨앗을 주어 (겉에 쓰여 있는 글월대로) 손수 땅에다 심었다. 그 씨앗은 전년의 흥부의 것보다 훨씬 더 빠르게 자라났다. 박들이 놀부의 집, 가축우리, 그리고 곳간을 뒤덮을 정도로 엄청나게 크게 자라니 놀부도 집이 박들에 깔려 무너지지 않을까 염려하였다. 또 박의 개수도 4개가 아니라 12개로 늘어났고, 그 크기도 단단히 매놓지 않으면 지붕에서 굴러 떨어질 정도로 대단히 컸기에 놀부는 아주 기뻐하였다. 흥부가 부자가 된 사연이 여러 사람들에게 알려지면서 너도나도 그러한 박을 탐내고 있다는 사실을 알고 있던 놀부는 도둑맞을까 두려워하여 사람을 사서 밤새 박들을 지키게 하였다.

놀부는 그 사람들에게 그 대가로 많은 돈을 주어야 했다. 무거운 박들은 놀부네 집 지붕과 벽에 많은 피해를 입혔다. 박 덩굴은 기와 밑으로 파고 들어가 집을 이루고 있는 많은 돌들을 떨어지게 했다. 덩굴의 무게에 이기지 못하여 담장에는 균열이 생겼다. 지붕에서 떨어지는 흙덩이들이 종이를 바른 방 천장을 뚫어 놓아 방안에 빗방울이 떨어졌다. 그러나 놀부는 박 속에 들어있을 재물을 생각하며 이 모든 것들을 즐거운 마음으로 참아냈다. 마침 내 (박을 탈) 날이 왔다. 많은 인부들이 밧줄로 잘 여문 박들을 지붕에서 끌어내렸다. 놀부는 박들을 안마당에 쌓아놓고는 박을 탈 목수와 자기 식구 들을 제외한 다른 사람들을 모두 내보내고 대문을 닫아걸었다.

곧 얻게 될 재물에 대한 기대감에 들떠 놀부는 목수에게 50냥을 이미 주었음에도, 그가 1,000냥을 요구하자 대뜸 주겠노라고 선심을 썼다. 목수 들이 첫 번째 박을 타니 곧 두 쪽으로 갈라졌다. 이때 박 속에서 한 무리의 외줄타기 패거리들이 나와 조선의 공공장소에서 흔히 하는 것처럼 묘기를 펼쳐 보였다. 이러한 뜻하지 않은 상황에 놀부는 당황하였으나, 짐짓 부드러 운 표정을 하고 광대패들이 노는 것을 지켜보았다. 애초에 그와 그의 식구들 은 그 광대패들이 다음 박들 속에 들어있을 무진장한 재물을 알려 주기 위해 나타났을 것이라 생각했었다. 놀부는 새로운 순서를 보여 주려는 광대 들에게 말하기를 '이제 충분히 구경했으니 떠나 달라.'고 하였다. 그러나 광대들이 자신들이 보여준 묘기의 대가로 5,000냥을 받지 못하면 떠나지 않겠다고 완강하게 버티는 바람에 놀부는 마지못해 요구한 돈을 주고는 목수 를 나무랐다. '네놈 상판대기가 곰보인데다 입술마저 토끼 모양 갈라진 언청 이라 추악하게 생겨 박 속의 황금이 부정을 타 (광대패들로) 변한 것이 틀림 없다.' 하였다.

두 번째 박도 별반 차이가 없었다. (박 속에서) 새 절을 창건하기 위해

모인 한 무리의 중들이 나오더니, 시주를 하면 天福을 받아 많은 자손이 번성하리라 하며 돈을 희사할 것을 요구하였다. 중들을 한시바삐 쫓아버릴 요량으로 놀부는 그들에게도 5000냥을 주고는 당장 집에서 나가 달라고 하였다. 세 번째 박에서는 분명히 황금이 들어있을 것이라는 확신이 있었기에, 세 번째 박을 중들에게 빼앗기고 싶지 않아서 중들에게 돈을 주고 빨리 보내버린 것이다.

그러나 세 번째 박을 타고 보니 그 결과는 비참하였다. 박 속에서 일단의 시체행렬이 서서히 보이기 시작했던 것이다. 시체들은 자기들을 장사지낼 돈을 보태달라며 귀가 찢어지게 흐느끼며 곡을 하였다. 그러자 놀부는 시체들에게 '너희를 알지 못하며 돈을 주지 않겠다. 하며 어서 여기서 떠나라.'고 하였다. 시체들은 이에 대꾸하기를 '돈을 받기 전에는 이곳을 떠나지 않겠다.'고 하였다. 결국 놀부는 그들에게 5,000냥을 주어 보내는 것 외에 다른 방도가 없었다. 돈을 주고 나니 상여꾼이 관을 매고 성문 밖으로 나갔다. 이때 놀부 아내가 안마당에 나타나 목수를 힐난하며 욕을 해댔다. 이 모든 불상사는 목수의 추한 몰골에서 연유한 것이니 그가 책임을 져야 한다는 것이다. 그러자 목수도 성을 벌컥내며 자기 품삯을 달라고 요구하며 다음 박을 타는 것을 거부하였다. 놀부는 이제 다른 목수를 불러오기에는 때가 이미 늦었기로 이미 탄 박 세 개에 대한 품삯을 주고 나머지 박들을 마저 타도록 했다. 그러나 목수가 크게 겁을 먹고 네 번째 박 타기를 주저하기에 품삯을 더 얹어 주어야 했다. 네 번째 박 속에서도 고대하던 황금은 나오지 않고 그 대신 기생들 한 무리가 그 속에서 나타났다. 各道에서 온 그 기생들은 각자 출신지의 歌舞를 선보였다. 하나는 바람의 신인 양왕(*yang wang*)을 노래하고, 다른 하나는 아기가 태어나면 대들보에 놓아두는 돈(錢)인 성지

(*sung jee*)를 노래하였다. 세 번째 기생은 뻐꾸기에 대한 노래를 하였다. 기생들은 또한 나무에 관한 노래도 하였다. 움푹 파이고 말라비틀어진 고목일지라도 매년 봄이 오면 새 잎사귀가 돋아난다는 내용이었다. 인생의 희노애락에 대한 노래도 불렀는데, 사망한 이들에게 쌀밥을 제물로 올릴 것을 잊지 말 것을 경고하는 내용이 담겨 있었다. 마지막 노래는 *1년 12달 24시* 등 계절과 출생과 사망 등 인생의 슬픔과 새해에는 정갈하게 옷을 입고 명절음식을 차려 행복하게 지내라는 것이었다. 기생들은 노래를 마치고 놀부에게 노래 부른 값을 달라고 요구하니 이번에도 그는 울며 겨자 먹기로 5,000냥을 주어야 했다.

놀부 아내는 이제 박타기를 더 이상 하지 말자고 말렸으나, 그는 듣지 않았다. 기생들의 가무에 흥이 난 목수는 다음 박은 500냥을 받고 타주기로 놀부와 합의했다. 놀부는 목수에게 다섯 번째 박을 타도록 했다. 박을 거의 다 타고 보니 틈새로 뭔가 누런 것이 보였다. 주위에 서 있던 사람들은 이것이 금이 틀림없을 것이라 생각하고 목수를 재촉하여 톱질을 계속하도록 했다. 그러나 박 속에서는 고대하던 금 대신에 한 늙은이가 계집아이 차림을 한 사내아이의 손을 잡고 나오더니 아이를 자기 어깨에 앉혀 무동을 태우고는 곡예를 부리며 노래를 하는 것이었다. 그의 노래는 어느 사악한 임금의 이야기였다. 그 임금은 너무나 방탕하고 사치스러워 백성들의 원성을 샀다. 궁궐을 지으면서 바닥은 은으로, 벽은 보석들로 치장하였다. 밤에는 수 천 개의 등불을 켜 놓아 궁궐이 대낮같이 밝았다. 가장 좋은 술과 안주를 먹으며 밤낮없이 풍악에 젖어 총애하는 기생의 품에서 살았다. 이러한 임금의 사치가 널리 알려져 적국의 기습공격을 받아 임금의 방탕한 생활은 마침내 종지부를 찍고 말았다.

이들이 돈을 주지 않으면 곡예를 그만두지 않겠다고 버티는 바람에 놀부는 하는 수 없이 또 5,000냥을 내놓아야만 했다. 주위에서 말렸으나 놀부는 여섯 번째 박도 타도록 했다. 그 속에서 광대가 하나 나오더니 다짜고짜 놀부에게 자신의 긴 여행에 대한 대가로 돈을 달라고 요구하였다. 놀부는 그에게 당장 주었는데, 그 광대에게서 정보를 얻을 수 있을 것이라는 계산이 있었기 때문이다. 놀부는 광대를 옆에 앉히고 '어느 박 속에 황금이 들어있느냐?'고 물었다. 그랬더니 광대는 박들을 냄새 맡아보고 만져보고 두드려 보더니 모든 박 속에 황금이 들어있다고 대답했다.

그래서 일곱 번째 박도 톱질하여 열어 보았을 때 놀부는 거의 기절초풍할 지경이 되었다. 그 속에서 포도대장이 한 무리의 포졸들을 이끌고 뛰어 나왔던 것이었다. 이들도 엄청난 액수의 돈을 내놓으라고 요구할 것을 짐작한 놀부는 초죽음 상태가 되어 그 곳을 얼른 피하려고 했으나, 이를 눈치 챈 포졸들이 그를 붙잡아 흠씬 두들겨 팼다. 포도대장은 書記를 불러 놀부가 포도대장의 노비이며, 많은 돈을 바칠 의무가 있음을 명시한 글월을 낭독하게 했다. 놀부가 대답하기를 집에 현금이 더 이상 남아있지 않다고 하자, 그들은 動産, 不動産 가리지 않고 놀부의 전 재산을 몰수하고 검토한 후에 떠나갔다.

일이 이렇듯 악화되자 놀부는 울면서 말하기를 '내게 더 이상 불운이 일어날 것이 없다. 나머지 박들을 열어보자.'

다음 박을 열어보니 무당 패거리들이 나왔다. 무당들은 악귀를 몰아내고 병마를 물리치고 위독한 자를 살려낸다고 하며 깃발을 펼쳐들고 북을 쳐댔다. 그리고 신령에게 바치기 위한 쌀과 옷가지 등을 놀부에게 요구했다. 이에 화가 치민 놀부는 '여기서 당장 나가지 못할까!' 하고 소리쳤다. '나는 병에 걸리지도 않았고, 우리 집에 귀신이 들지도 않았으니 너희들 같은 무리는 필요 없다. 네년들의 허튼 수작에 속아 넘어 갈 다른 팔삭둥이나 찾아보아라?' 그러나 무당들은 먼저 번 박에서 나온 남자들처럼 쉽게 떠날 생각을 하지 않았다. 그래서 놀부는 할 수 없이 5,000냥을 주었다. 화가 난 놀부는 무턱대고 다음 박을 열어 보았다.

아홉 번째 박에서는 태생부터 난쟁이인 키 작은 마술사가 나왔다. 놀부는 이 자를 처치하기는 쉬울 것이라 생각하고 그의 머리카락을 움켜쥐고 문 밖으로 던져 버리려고 하였다. 그러나 난쟁이는 놀부의 허리를 낚아채 어깨 위로 들어 올려 땅바닥으로 내동댕이쳤다. 놀부가 기절하여 누워 있으니 난쟁이는 놀부의 손과 발을 묶고는 곧 다시 때릴 듯이 자세를 취하였다. 그러자 놀부 아내가 급히 난쟁이에게 5,000냥을 주어 보내니 놀부는 목숨을 보존할 수 있었다.

열 번째 박을 타니 눈먼 거지 떼들이 한 손으로는 긴 지팡이를 휘적거리며, 다른 한 손으로는 허공을 허우적거리며 나왔다. 거지들은 방울을 울리며 天上의 四方에 있는 善神들에 관한 노래를 하고는 算筒을 흔들어 (점을 쳤다.) 놀부는 그들이 죽음이라든가 다른 불길한 말을 할까봐 겁을 먹고 많은 돈을 주어 얼른 쫓아 버리고 나서야 비로소 안도의 한숨을 쉬었다.

놀부는 다음 박을 아주 조심스럽게 타려고 하였으나 톱질을 조금만 하였는데도 벌써 박이 둘로 쪼개지면서 그 속에서 거인이 나왔다. 그 거인은 천둥소리와 같은 고함을 치면서 시체처럼 하얗게 질려있는 놀부에게 성큼성큼 다가가 마치 볏 짚단 던지듯 어깨 위로 높이 들어 땅바닥으로 내동댕이치며 곧 죽일 것 같이 험악한 표정을 지었다. 그러자 놀부의 아내가 거인 앞에 무릎을 꿇고 놀부를 더 이상 때리지 말라고 애원하며 원하는 것은

다 들어주겠다고 하였다. 이에 거인은 바닷가에서 태풍이 부는 듯 웅 웅 울리는 거대한 목소리로 집에 더 이상의 현금이 없으면 5,000냥에 대한 차용증을 내놓으라 했다.

이 광경을 보고 크게 겁을 먹은 목수는 약속한 나머지 돈을 달라고 하며 떠나려 했다. 그러나 놀부는 마지막 박 속에 금은보화가 있을 것이라 확신하고 있었기에 목수에게 품삯을 추가로 주며 박을 마저 타 달라고 부탁했다. 목수가 마지막 박에 톱을 대자마자 박이 저절로 쪼개지더니 그 자리에 있던 사람들이 모두 피해야 할 정도로 아주 지독한 악취가 뿜어져 나왔다. 그 악취가 안개처럼 놀부의 집을 뒤덮으니 사람들이 (견디지 못하고) 모두 밖으로 나왔다. 그러자 엄청난 태풍이 불어와 놀부의 집과 곳간 그리고 가축우리를 부수었다. 파괴되지 않은 것들은 불이 일어나 온 담장 위로 화염을 날름거리며 다 태워버렸다.

놀부는 그의 식구들과 먼 곳에서 자신의 집이 파괴되어 가는 것을 어떻게 손써 볼 방법 없이 참담한 마음으로 지켜보았다.

이처럼 새들의 임금이 보내 준 씨앗은 마음씨 착하고 정직한 흥부에게 행운과 복을 가져다주었으나, 비정한 놀부에게는 불행과 재앙을 내렸다.

그러나 흥부는 놀부에게 자비를 베풀어 그를 자기 집으로 데려다 목숨이 다 할 때까지 보살펴 주었다.

3. 마법의 술병 혹은 개와 고양이가 원수가 된 이유

옛날에 어느 큰 강가의 나루터에 백발이 성성한 노인이 살고 있었다. 가난하였지만 정직하고 올바른 이 노인에게는 아내도 자식도 없었다. 그는 주막을 차려서 생계를 꾸려 갔다. 그의 주막은 아주 작았으나 술맛이 좋기로 주위에서 명성이 높았다. 또 노인은 주막에서 언쟁이나 싸움하는 것을 용납하지 않았고, 술을 마시러 주막에 들르는 손님보다 술을 사가려고 오는 손님을 더 좋아했다. 그는 술을 빚기 위한 재료를 사러 외출한 적이 한 번도 없었지만 그의 술독은 바닥나는 법이 없었다. 노인은 (손님들에게) 항상 같은 술병에서 술을 따라 주었는데, 그 노인이 집에 있는 술통에서 술병에다 술을 옮겨 붓는 것을 본 사람은 아무도 없었다. 그러나 그 술병은 동이 나는 법이 없어 아무리 많은 손님이 와도 감당해 낼 수 있었다. 목이 길쭉한 호리병 박 술병은 본래 누런색이었으나 오랜 연륜으로 아주 검게 변했고 윤이 나 반질반질 하였다. 신기하게도 그 노인은 나이 드는 것을 잊은 듯 세월의 흐름에도 변함없이 언제나 똑같은 모습을 하고 있었다.

지나가는 길손의 눈에도 띄어 그 특별한 술병에 대해 사람들에게 물어 보는 것 외에, 이 모든 것들은 고을에 익히 알려져 있어 더 이상 인구에 회자되지 않았다. 사람들은 그 술맛이 변함 없음에 만족하였지 술의 출처에 대해서는 알려고 하지 않았다.

외로운 그 노인에게는 개와 고양이가 있었는데 식구처럼 잠자리와 먹을 것을 함께 나누었다. 그 개는 잘 생겼다고 말할 수는 없었지만, 아주 영특하여 이 세상에서 비견할 만한 개가 없었고 천성이 참을성이 많고 착하였다. 다만 그 개가 사나워질 때는 그의 주인이 취객에게 모욕을 당하거나, 또는 벼룩들이 주인을 성가시게 할 경우인데 그러면 고양이가 나서서 그들을 물리쳤다.

고양이는 이미 오래 전부터 자신의 꼬리를 잡으려고 애쓰고 있는 괴짜인 데다 아주 거만하고 불손하였다. 고양이는 자신의 친구인 개가 잠을 잘 때 이따금 죽은 쥐를 개의 코 등에 떨어뜨렸다. 그러면 개가 화들짝 놀라 잠에서 깨어 방구석을 이리저리 뛰어다니는 것을 보고, 속으로는 고소해 하면서도 겉으로는 짐짓 점잖은 표정을 하고 개의 점잖지 못한 행동에 놀란듯이 등을 굽히고 꼬리를 허공으로 바짝 치켜세웠다.

그러나 이 두 마리 동물은 주인과 더불어 행복하게 살았다. 노인이 저녁에 곰방대를 물고 문 앞에서 담배를 피우면, 개와 고양이는 그 옆에서 컹컹 짖거나 야옹하고 울면서 이웃 사람들에게 그들이 화목하게 살고 있고 언제든지 적을 물리칠 준비가 되어있다는 것을 과시했다.

노인이 처음부터 지금처럼 술장사를 하며 넉넉하게 살았던 것은 아니다. 그에게도 내일 먹을 양식을 걱정하며 살아야 했던 어려운 시절이 있었다. 그의 형편이 좋아진 것은 그가 그의 술병에 남은 마지막 술을 어느 지친 늙은 거지에게 적선한 직후이었다. 그 거지는 그 마지막 술을 마시고 나서 노인에게 琥珀처럼 생긴 작은 돌을 하나 주면서 말하기를 '이 돌을 당신의 술통에 넣어 놓으시오! 그러면 당신의 술통에 이 돌이 있는 한 술이 바닥나는 일이 없을 게요' 라고 하였다.

노인이 거지가 시키는 대로 하였더니 빈 술통에 금방 술이 가득 찼다. 노인이 그 술을 실컷 마셨는데도 여전히 그대로 가득 차 있고 줄어드는 법이 없었다. 이제 노인은 술병을 이리저리 둘러보며 다시 한 모금 마시고 술병을 흔들어 보고 또 다시 한 모금 마셨다. 그러고 나서 술통 안을 들여다

보고 다시 한 모금을 마셨다. 문뜩 그 거지가 옆에 있다는 것이 머리에 떠올라 그에게도 한 모금 권하려고 돌아다보니 그는 온데간데없이 사라져 버렸다. 對酌할 사람이 아무도 없어 노인은 혼자서 계속 마셨으나 흥이 나지 않았다. 그가 곰곰이 생각해 보니 온종일 술을 마실 수 없는 노릇이었다. 만약에 그가 술에 취하여 있을 때 도둑이 들어 그 술통을 훔쳐갈 지도 모르는 일이었기 때문이다. 그리하여 그는 작은 주막을 열기로 결심했던 것이다. 그 장사가 잘되는 것을 우리는 이미 앞에서 보았다. 노인은 지혜로웠기 때문에 탐관오리들의 눈에 띄지 않게 술장사를 큰 규모로 확장하지 않고 작게 그리고 조용히 운영했다. 단지 그가 기르고 있는 개와 고양이만이 이 사실을 알고 있었기에 그들은 잠시도 한눈을 팔지 않고 술통을 지켰다.

그러나 모든 사물에는 종말이 있으니 그 주막의 성업에도 종지부를 찍을 날이 왔던 것이다.

어느 날 늙은 주막집 주인의 술병이 바닥이 나고 더 이상 채워지지 않게 되었다는 소문이 나돌기 시작했다. 곧 사람들이 그의 집에 모여들어 자초지종을 물으니 노인은 힘없이 소문은 사실이라고 말했다.

노인의 개는 그 일에 충격을 받아 머리를 아래로 푹 숙이고 긴 귀를 축 늘어뜨린 채로 바로 앉아서 마치 잠든 것과 같은 모습을 하고 있었다.

반면에 노회한 고양이는 흥분하여 잠시도 가만 앉아있지 못하고 탁자 위에 올랐다가 다시 내려왔다 하기를 반복하고 있었다. 이에 아무도 자기를 주목해 주질 않자 탁자에서 천장 아래 대들보로 뛰어 올라 쥐잡기를 하기 시작했다.

모든 이웃사람들이 노인을 측은히 여겨 위로하였으나, 노인은 이웃들에게 더 이상 그 맛좋은 술을 제공할 수 없게 되었다는 사실이 마음 아팠다.

밤이 되자 노인은 잠자리에 들기 전에 혼자 중얼거리면서 어디서 이런 불상 사가 시작되었나를 곰곰이 생각해 보았다. 얼마 후에 그는 그 마법의 돌이 술통에서 어느 손님의 술병으로 술을 따를 때 그 속으로 휩쓸려 들어 가버린 것이라고 추측했다.

개와 고양이는 그의 옆에 앉았다가 노인의 이 獨白을 듣게 되었다. 둘은 서로 눈을 껌벅이며 과연 어떤 방법으로 선량한 주인에게 그 돌을 다시 찾아 줄 수 있는가를 의논하였다. 노인이 잠 들자 마침내 그 둘은 본격적으로 계획을 세우기 시작했다.

'나는 그 돌을 찾을 수 있을 것이라고 확신한다. 내가 그 돌의 냄새만 맡을 수 있어도 찾기는 아주 손쉬운 일이야. 근데 어디에 그 돌이 있을까?' 하며 고양이가 말했다.

그러자 개가 대꾸하기를 '우리는 이웃집을 모두 뒤져 봐야 해. 나는 (이웃 집으로) 그냥 구경(KukKyung)온 것처럼 하고, 고양이 너는 집안에 들어가 냄새를 맡으며 잘 찾아봐라! 나는 집 밖에서 다른 개들과 함께 얘기(yay gee)하고 있을 테니까. 뭔가 냄새나는 것이 있으면 내게 와서 이야기 해 줘?' 하였다.

이렇게 얘기하고 나서 그날 밤 두 동물들은 계획을 실행에 옮기기 시작했 다. 첫날밤은 성과가 없었다. 두 번째, 세 번째 날도 헛수고를 했으나 계속해 서 꾸준히 찾아다녔다.

몇 번은 집안에 들어가지 못했고, 한 번은 수색하기도 전에 큰 싸움이 일어났다. 그들은 한 집도 빠짐없이 찾아다녔으나 별 소득이 없었다. 그들은 그 돌을 갖고 있는 사람이 강의 맞은편에 살고 있을 것이라 결론짓고 강 건너편에 있는 집들을 수색하기로 하였다. 그러나 그들은 강에 얼음이 얼어 그 위로 지나갈 수 있게 될 때까지 기다려야 했다. 왜냐하면 사람들이 나룻배에 자기들을 태워주지 않을 것이라 생각했기 때문이다. 개는 강을 헤엄쳐 건널까도 생각해 봤으나 그러기에는 계절이 계절인 만큼 강물이 너무 차가웠다.

마침내 강물이 얼어붙자 그 둘은 두 달 동안 매일 밤 건너편 강가로 가서 빈손으로 아침에 집으로 돌아오기를 거듭했다. 노인은 몇 푼 안 되는 돈으로 식량을 구하러 갈 때만 집을 비우곤 했다. 시간이 흘러 노인이 이제 사람 만나기를 꺼려할 지경이 되었다. 노인은 자신의 개와 고양이의 모습을 볼 수 없게 되자, 이제 그들도 그의 주막집 손님들처럼 자신을 떠나갔다고 생각하게 되었다.

그러던 중 봄이 왔건만 개와 고양이는 그들이 희구하던 것을 여전히 찾지 못하고 있었다. 그러나 어느 날 고양이가 어떤 집 천정 위를 이리저리 돌아다니던 중 아주 낯익은 냄새를 맡고 놀라 하마터면 잠자고 있는 집주인의 이불 위로 떨어질 뻔하였다. 그 냄새는 바로 그토록 찾아 헤매었던 돌의 냄새였다. 고양이는 그 냄새를 추적하니 돌로 만든 담뱃갑으로부터 흘러나오는 것이었다. 아마 지금의 임자는 그 돌의 진가를 알지 못하여 술병에서 돌을 꺼내 거기에 넣어 둔 것 같았다. 담뱃갑의 뚜껑은 마치 한 덩어리로 되어있는 것처럼 견고하고 꼭 닫혀 있어서 고양이가 그것을 열기는 불가능했다. 그래서 고양이는 친구인 개에게 가서 그가 찾아낸 것에 대해 설명했다. 개와 고양이는 어떻게 하면 그 돌을 되찾아 올 수 있을까? 하며 심사숙고를 거듭했다. 개는 자기가 천장으로 기어 올라가 담뱃갑을 갖고 내려올 수 없음을 안타까워했다. 그러자 고양이가 말하기를 '그 담뱃갑은 아주 무거워서 떨어뜨리면 깨질 염려가 있다.'고 하였다. 한참 동안 숙고한 끝에 개에게 좋은 수가 떠올랐다. '고양이 네가 이 집에 사는 쥐들의 우두머리에게 가서 이르기를, 우리를 도와 주면 앞으로 십 년 동안 쥐들에게 어떤 해악도 끼치지 않겠다고 약속한다고 말해라?' 라고 했다. '그게 무슨 소용이 있을까?' 하며 고양이가 비아냥거리자, 개가 대꾸하기를 '너는 그런 종류의 돌이 나무보다 약하다는 것을 모르는 게로구나. 쥐들의 우두머리가 쥐들로 하여금 담뱃갑의 한 군데를 교대로 쉴 새 없이 갉아먹게 한다면 곧 구멍이 생길 게 아니겠니? 그러면 돌을 꺼내오기는 아주 쉬운 일이 된단다.' 하였다.

이에 고양이가 개의 총명함에 머리를 숙이고 곧장 쥐들의 우두머리를 만나러 갔다.

개도 걸음을 재촉하여 그 집 앞으로 가 마치 자기 주인집에 자주 들리던 어떤 관리의 고상하고 거만한 행동을 흉내 내려는 듯 꼬리를 흔들어댔다. 이윽고 고양이가 쥐들의 우두머리를 만나고 돌아와 보니 놀라지 않을 수 없었다. 자신의 기품 있는 친구가 다른 개들과 싸움을 벌이고 있었다. 그의 거만함과 뻔뻔스러운 행태가 다른 개들의 비위를 거슬러 화나게 한 것이었다. 고양이는 자기 친구를 도울 방법을 몰라 담 위로 뛰어 올라 야옹야옹 울기 시작했다. 이 소란으로 인하여 인근의 사람들이 자다가 나와서 싸우고 있던 개들을 쫓아버렸다. 주막집 노인의 개는 고양이에게 도와주어서 고맙다는 말을 일언반구도 하지 않고 쥐들의 우두머리와 협상한 것이 어떻게 되었는지 설명하도록 했다. 쥐의 우두머리는 고양이가 어떠한 나쁜 의도도 갖고 있지 않다는 것을 확인하고 나서 함께 담뱃갑이 있는 곳으로 가 고양이로부터 그가 원하는 바를 설명 들었다. 그 즉시 그는 쥐들로 하여금 상자를 갉아먹어 구멍을 내도록 하고, 구멍이 상자 속에 있는 마법의 돌을 꺼낼 수 있을 정도로 커지면 고양이에게 알리기로 하였다.

그러는 사이에 얼었던 강물이 녹아 우리의 용감한 개와 고양이는 집으로 돌아갈 길이 막히게 되어 꼼짝없이 이쪽 강가에 머무르며 주어진 환경에 순응하며 사는 수밖에 다른 방도가 없었다. 그들은 이따금 친구들을 사귀기도 했지만, 다른 개와 고양이와 싸움이 붙으면 도망하는 법이 없었기에 친구보다 적이 훨씬 많았다.

어느 따스하고 화창한 날 고양이가 마법의 돌 냄새가 나는 집의 다락에 앉아 있자니, 뚱뚱한 쥐 한 마리가 자기 앞을 살금살금 지나가는 것을 보았다. 고양이는 당장 덮치려고 몸을 잔뜩 웅크렸으나, 곧 쥐들을 해치지 않겠다고 약속한 말을 떠올리고는 이내 포기했다. 이렇게 하기가 천만다행이었으니 이 뚱뚱한 쥐는 다름 아닌 쥐들의 우두머리로 그에게 보고하러 오던 참이었다. 그는 고양이에게 이제 구멍을 다 뚫었으나 안쪽으로 너무 좁게 뚫려있어 속에 있는 마법의 돌을 어떻게 꺼내야 될지 모르겠다고 하였다. 고양이는 앞발로 넣어 꺼내 보려고 애썼다.

고양이는 개를 급히 찾아가 설명을 하고 도움을 청하니, 둘은 곧 현장으로 가 살펴보았다. 고양이는 구멍 안으로 앞발을 넣을 수는 있었으나 상자 안 반대편 구석에 있는 마법의 돌까지 닿지 않았다. 그들은 낙담했으나 곧 개가 좋은 수를 생각해 내었다. 쥐를 한 마리 안으로 들여보내 돌을 꺼내오도록 한다는 것이었다.

들어가기는 쉬웠으나 나오는 것이 문제였다. (몸통이 구멍에 끼어) 밀어 넣고 당기기를 여러 차례 시도했으나, 실패만 거듭하다가 마침내 날씬한 새앙 쥐를 들여보내어 돌을 꺼내 오게 하는데 성공했다. 개는 곧 그 돌을 받아 잘 간직해 두었다.

바라던 일이 성사되자 개와 고양이는 기뻐서 멍멍, 야옹야옹 소리치며 자신들의 우정을 새로이 확인하였다. 쥐들은 이제 고양이가 자신들을 해치지 않을 것이라 안심하며 돌아가고, 두 친구는 그들 주인에게 다시 찾은 마법의 돌을 갖다 주기 위해 길 떠날 채비를 했다.

이제 개는 다시 한 번 지혜를 발휘하여 강을 건너는 방법을 생각해 내어야 했다. 그것은 간단한 문제가 아니었다. 마침내 그들은 고양이가 돌을 입에 물고 개의 등에 올라타면 개가 헤엄쳐서 강을 건너기로 서로 의견 일치를 보았다. 개는 고양이에게 자신의 등에 올라탈 때의 자세와 주의해야 할 것 등을 아주 신중하게 일러주고 나서 출발했다.

모든 것이 순조롭게 진행되었다. 그 둘이 거의 강변에 다다랐을 때 마침 거기서 놀고 있던 아이들이 이 이상한 모습의 두 짐승을 보더니 크게 웃었다. 이 둘이 얼마나 웃기게 보였던지 몇몇 아이들은 바닥에 떼굴떼굴 구르며 자지러지게 웃어댔다.

그러나 개는 지칠 대로 지쳐 있어서 깔깔대는 아이들에게 신경 쓸 여력조차 없었으나, 고양이는 아이들을 따라 자기도 속으로 웃었다. 고양이가 (속으로) 웃느라고 몸을 들썩거리는 바람에 개는 머리가 물속으로 가라앉아 원치 않는 물을 먹어야 했다. 이에 고양이는 더욱 더 신이나 개의 털을 꼭 움켜쥐었다. 마침내 고양이는 웃음을 터뜨리고 말았고 이 바람에 입속에 들어있던 돌을 강물 속으로 떨어뜨리고 말았다. 개는 이 상황을 알아차리자마자 고양이가 자신의 등에 타고 있다는 사실을 잊은 채 돌을 낚아채기 위해 곧바로 물속으로 잠수했다. 이때 고양이는 물을 겁내어 발톱으로 개를 힘껏 붙잡으니 개가 아파하며 몸을 돌리는 사이에 돌은 깊이 가라앉아 그 행방을 알 수 없게 되고 말았다. 고양이는 겁을 먹고 허겁지겁 혼자 헤엄을 쳐서 육지로 올라왔다.

이윽고 개도 뭍으로 헤엄쳐 나와 몸에서 물을 떨어내고는 고양이의 경솔

함 때문에 반년 동안의 고생이 헛수고가 되어버린 것에 대한 분노가 치밀어 올라 곧장 그에게 달려들었다. 그러나 고양이는 여유 있게 나무 위로 올라가 해가 질 때까지 계속 앉아있었다.

젖은 털을 햇볕에 말리면서 고양이는 아까 강에서 물을 들이킨 것에 대한 분을 삭이지 못하고, 나무 주위를 맴돌며 짖어대는 개를 향해 뿜어내고 쉭쉭 소리를 내며 응수하고 있었다. 고양이는 이제 개와 사이좋게 지내기 어렵게 되었다는 것을 잘 알고 있었기 때문에, 개가 저렇게 미친 듯 짖어대는 한 그냥 나무 위에 조용히 앉아 있는 것이 상책이다 라고 생각했다. 다만 개구쟁이 아이들이 자기에게 돌을 던지지나 않을까 하는 것이 유일한 걱정거리였다. 해가 진 후 고양이는 나무에서 내려와 자기를 더 이상 용서하지 않을 개와 마주칠까 두려워 조심스럽게 길을 갔다.

개는 그 후에도 돌을 찾으러 여러 번 물속으로 잠수했으나 번번이 성공하지 못했다. 그에게는 평생 두 가지 소원이 있었으니, 하나는 그 마법의 돌을 되찾는 것이고, 다른 하나는 고양이를 잡아 목을 조르는 것이었다.

다시 겨울이 왔고 강은 얼어붙었다. 어느 날 어떤 사람이 강가로 가 얼음이 언 강에 구멍을 뚫어 낚시를 드리워 고기를 잡았다. 우리의 친구 개가 이것을 유심히 보다가 첫 번째 물고기가 낚시에 걸려 올라와 얼음 위에 놓이자 잽싸게 달려들어 낚아채고는 달아났다. 개는 이것을 늙은 주인에게 가져갔는데 그는 그 동안 더 가난해져서 구걸을 하면서 연명하고 있었다. 노인은 개가 물고기를 구해오자 아주 기뻐하며 즉시 식사준비를 했다.

그토록 오랫동안 찾아 헤맸던 돌이 물고기의 몸속에서 나오게 되었을 때 이 둘이 받은 驚愕을 어찌 글로 표현할 수 있으랴!
개는 너무나 기뻐서 어찌할 바를 모르고 주인의 곁에서 껑충껑충 뛰어오르며 그의 얼굴과 손을 핥고 멍멍 짖어대었다. 이윽고 흥분이 어느 정도 가라앉은 후, 이제 고생도 끝이 났다라고 생각하며 노인은 옷장에서 전에 고물장수에게서 샀던 나들이옷을 꺼내 입고는 마지막 남은 얼마 남지 않은 동전 몇 닢을 술빚을 재료를 사기 위해 주머니에 넣었다. 그러는 사이에 그는 생선을 석쇠에 올려놓았다. 그가 외출에서 돌아왔을 때 생선은 먹음직스럽게 구워져 있었고, 그것을 개와 함께 맛있게 먹었다.

노인이 그의 나들이옷을 다시 옷장에 걸어두려고 보니 놀랍게도 노인의 나들이옷과 똑같은 옷이 옷장에 걸려 있었고, 그뿐만이 아니라 주머니에 아까 그가 넣어 두었던 액수와 똑같은 동전이 들어 있었다.

이제야 노인은 자신이 마법의 돌을 가지고 있다는 사실을 (뒤늦게) 깨닫고 이 마법의 돌이 술만 만들어 내는 것이 아니라 다른 모든 것들도 똑같이 만들어 낸다는 사실을 깨달았다. 그는 점점 부자가 되었고 소유하고 있는 것은 무엇이든지 두 배로 만들어 낼 수 있게 되었다. 충성스러운 개를 극진히 돌봐주었고 개는 평생 동안 쥐를 한 마리도 잡아 죽이지 않았다. 고양이에 대한 분노는 누그러들지 않았으나 좀처럼 복수할 기회가 오지 않았다.

오늘날에도 고양이가 개를 피하는 것을 볼 수 있다. 개를 보기만 해도 고양이는 자신의 선조가 나무 위에 앉아 있어야만 했던 일, 그리고 차가운 강물에 빠졌던 일 등을 떠올린다.

마치 강물을 먹었던 것처럼 고양이는 무의식적으로 침을 뱉기 시작하고 꼬리를 수직으로 세운다. 이러한 행동이야말로 당시 고양이가 물에 젖어 오들오들 떨며 나무 위에 앉아 햇볕에 털을 말렸던 연유에서 나왔음이 아니고 무엇이랴!

4. 節義의 기생 춘향이(*Chun Yang Ye*)

전라도 남원 고을의 수령으로 이동위가 살았다. 그에게 *16*살 먹은 아들이 있었는데 외아들이라 어려서부터 귀여움을 독차지하며 자랐다. 그 아이는 외모가 수려하고 아버지의 말을 잘 듣는 착한 아들일 뿐만 아니라 재주도 뛰어났다. 아들은 아버지 官邸의 뒷채에 살며 종일 글공부에 전념하였다. 저녁이 되면 아버지에게 가 문안인사를 하고, 아침이 밝으면 또 다시 아버지에게 가 밤새 안녕히 주무셨냐?고 문안인사를 했다.

이 이야기는 그가 이 고을로 전근되어 와 부임한 이후에 펼쳐진다.

추운 겨울이 가고 따뜻한 봄이 와 새가 울고 나무에 꽃이 피기 시작하니 그 동안 집안에서 글공부에만 열중하던 이도령 – 간략히 도령– 에게 봄날을 즐기려는 마음이 생겨났다. 겨울잠을 자던 동물이 따사로운 햇볕을 쬐어 다시 생기를 북돋는 것과 도령도 매한가지였다. 그는 이 모든 것을 보고 싶은 마음에서 그의 종 방산(방자?)에게 '근방에서 경치가 제일 좋은 곳이 어디인가?' 하고 물었다. 그러자 이 고을 토박이인 그는 소문난 한 곳을 언급하기를 '가장 경치가 좋은 곳은 광한루(*Kang Hal Loo*)로 모든 벼슬아치들이 이곳으로 갑니다. 그 곳 정자에는 수려한 경관을 칭송하는 문객들의 이름들이 새겨져 있습니다.' '좋다' 하며, '우리 그리로 가자. 너는 먼저 가서 내가 당도하기까지 모든 준비를 하고 있어라.' 하였다.

종은 젊은 주인의 명을 좇으매 서두르지 않았다. 도령이 광한루에 당도하여 보니 방자가 자기가 올 것을 대비하여 준비해 놓은 것을 보고 대단히 만족해했다. 방자는 경치가 가장 좋은 정자들 중 하나를 물색하여 도령이 그 곳에 오랜 기간 체류할 때 필요한 갖가지 편의시설들을 갖추어 놓았던 것이다. 바닥에는 화려한 새 돗자리를 깔고 푹신한 방석을 갖다 놓았다. 도령은 그 곳에 앉아 훌륭한 경치를 탄복하며 감상했다. 그는 매우 피곤했으나 방자를 불러 '이곳 경치는 아주 수려하여 신선이라도 탄복할 것이 분명하다.'고 말하며, 좋은 거처와 아름다운 경치에 대해 흡족해 했다.

'그러하옵니다.' 하며 방자가 대답하기를 '도령님이 말한 것처럼 귀신일지라도 천하 절경에 감탄하여 이곳에 머물려고 할 것입니다.' 라고 말했다.

방자가 이렇게 말하는 사이에 도령이 허공으로 눈길을 돌리니, 갑자기 눈앞에 아리따운 소녀가 나타났다 사라지기를 반복하는 것이었다. 도령은 헛것이 눈에 비쳤겠거니 하고 생각했다. 그러나 그의 눈앞에 그 물체가 다시 나타나 자세히 보니 어린 소녀였다. 그 소녀는 그네를 타며 도령의 눈앞에서 허공으로부터 미끄러지듯 내려오고 있었다. 소녀가 이미 그네타기를 멈춘 후에도 도령은 오랫동안 그의 잔영이 눈에 선하여 그 미끄러지듯 내려오던 물체가 사람인지 귀신인지, 혹은 자신이 꿈을 꾸고 있는 것인지 구분하지 못했다.

그러자 방자가 그 아름다운 물체는 귀신이 아니라 기생이며, 이름은 '춘향이(양이)'라고 하고 이 근방에서 어머니 월매(*Uhl mah*)와 산다고 말했다.

'아!' 도령이 말하기를 '아주 아름답구나. 너 곧 그 집에 가서 내 앞에서 노래하고 춤추라고 이르거라?'

종이 도령의 분부를 받들어 월매의 집 앞으로 뛰어갈 때까지 도령은 초조해 하며 기다리고 있었다. 이윽고 방자가 월매가 사는 집 대문을 힘껏 두드리며 춘향이를 부르니, 춘향이가 안에서 '누가 나를 부르느냐?' 하며 물었다. 방자는 '누가 너를 부르던 중요치 않다. 문이나 어서 열어라?' 하였다. 춘향이 문을 열어주고 묻기를, '너는 누구이며 내게 무슨 볼 일이 있는가?' 하며 물으니 '내가 네게 볼일이 있는 것이 아니라 이 고을 원님의 자제인 이도령이 滿開한 봄을 보려고 하신다.' — 이는 곧 춘향이라는 이름을 뜻한다. — '누가 도령에게 내 이름을 말했느냐?' 하고 춘향이가 방자에게 물으니, 방자가 '누가 도령에게 네 이름을 알려 줬는가는 중요하지 않다. 네가 공개적으로 알려지기를 꺼려했다면 여러 사람이 볼 수 있게 그네를 타지 말았어야지. 우리 도령님이 수려한 경치를 즐기려 여기에 왔는데 너를 본 이후로는 아무것도 눈에 들어오지 않는다더라. 우리 도령님은 점잖은 사람이니 과히 두려워 마라. 네가 춤을 춰 그를 즐겁게 하면 많은 상금을 내릴 것이다. 그는 이 고을 원님의 獨子이니까.' 하였다.

기생은 한숨을 깊이 토하고는 양반들의 기분에 맞춰 순종해야 하는 자신의 신세를 한탄했다. 춘향이는 의상을 갖추어 단장하고는 방자의 뒤를 따라 길을 나서 도령이 머물고 있는 정자로 갔다. 그리고는 방자가 이도령에게 그녀의 도착을 고하는 동안 현관 앞에서 기다렸다. — 왜냐하면 기생은 허락 없이 양반의 집에 들어가는 것이 금지되어 있었기 때문이다. 도령은 그녀를 들어오라 했다.

'네 이름은 무엇이며 나이 몇 살이냐?' 하고 도령이 물었다. 그러자 춘향이는 '이름은 춘향이라 하고 나이는 二八이요' 라고 은빛처럼 맑은 목소리로 대답하자, 도령이 웃으며 '그거 아주 잘 맞는다. 내 나이는 四四이다. 그러니까 우리는 동갑이구나. 너는 정말 곱구나!' 하며 말을 잇기를 '네 이름이 네 자태를 말해주고, 네 뺨이 봄을 불러오는 아름다운 꽃처럼 활짝 피었도다. 네 눈은 독수리의 눈처럼 맑은가 하면 달빛과 같이 은은하도다. 네 생일이 언제냐?' 하며 물었다.

'이 몸의 생일은 4월 8일로 한밤중에 태어났나이다.' 하며 고운 자태의 춘향이가 대답하니, 도령은 이 또한 상서롭다 하며 소리 높여 말하기를 '이럴 수가! 바로 연등행사의 날 아니냐. 나도 그 날 태어났으나 자정이 아니고 11시경이라. 한 시간 늦게 세상에 태어났더라면 좋았을 것을 안타깝도다. 그러면 우리 둘은 딱 들어맞는 동갑내기가 되었을 것이 아니냐? 그렇지만 우리가 같은 날 태어나 16살 나이에 함께 하게 되었음은 필시 천지신명의 뜻일 것이다. 이는 필시 하늘이 우리 둘을 혼인시켜 함께 살도록 하려는 것이 틀림없다.' 그러자 춘향이는 깜짝 놀라 뛰쳐나가려 했으나, 도령은 춘향이를 진정시키고 다시 자리에 앉도록 했다. 그러나 자신이 방안으로 들어가 앉아 흥분을 억누르지 못하여 그녀에게 무엇을 말해야 할지 몰랐다. 이윽고 흥분된 마음을 가라앉히고 말하기를 '나는 그 동안 온화한 봄날 밤에 아리따운 기생을 불러 춤추고 노래 부르게 하고 自作한 詩歌를 불렀다. 그러나 아직까지 너의 미모에 비길만한 기생을 만나 마음을 뺏긴 적이 없었다. 너를 처음 본 순간 범상치 않다고 생각했으며 너와 혼인해야 할 운명이라고 확신하게 되었다.'

춘향이는 이도령의 말에 감동하였으나, 그와 혼인하게 되면 장차 자신의 운명은 어떻게 될 것인가? 하고 이마에 주름을 지으며 곰곰이 생각고난 후, 말하기를 '자고로 양반의 자제는 부모의 허락 없이 기생과 결혼할 수 없다는 것을 도령님도 알고 있으리라 믿소. 나는 이름으로 보나 재주로 보나 기생에 불과하오만 지금까지 나름대로 절개를 지키며 살아왔고 앞으로도 그렇게 살아갈 것이오.'

'물론이다.' 하고 도령이 말했다. '우리는 六禮(납채, 문명, 납길, 납폐, 청기, 친영)를 갖출 수 없으니 비밀리 혼인을 맺자.'

'아니 되오. 그럴 수 없소.' 하며, 춘향이가 거부하며 '도령의 아버님은 허락하지 않을 것이오 만약 그가 이곳을 떠나 다른 곳으로 이임한다면 도령은 나를 데리고 가겠다고 감히 말할 수 없을 것이오 도령님은 아내를 맞이하게 될 것이고 나를 이내 잊게 될 것이오. 그리 될 것 이오.' 하며 일어나 나가려고 하였다.

'기다려 봐라.' 하며 도령이 말하기를 '그것은 옳지 않다. 나는 너를 잊지 않을 것이며, 너 이외에 다른 여자는 취하지 않을 것이다. 네게 이를 맹세할 수 있다. 양반은 일구이언하지 않는다는 것을 너도 알고 있으렷다. 내가 이곳을 떠난다면 너를 잊지 못하여 너를 데리러 다시 올 것이다. 그러니 너는 더 이상 거부하지 말아라.'

'그러나 도령님이 약조를 잊는다면 어찌하겠소?' 하며 춘향은 아직도 주저하며 말을 이었다. '약조는 하기 쉬우나 지키기는 어려운 것이 아니오? 이 몸과 혼인하겠다는 약조를 글로 써 주오 그러면 도령이 하자는 대로 하겠소'

도령은 곧 춘향의 소원대로 글을 쓰기를 '나 도령은 경치를 즐기러 광한루에 왔다가 거기서 하늘이 점지해 준 배필 춘향을 만났다. 나는 춘향이와 한 몸이 되어 백년해로 하고 성실한 夫君이 될 것을 천명한다. 내가 이 약조를 하나라도 어긴다면 이 誓文을 관아에 갖고 가 고발해도 좋다.'

그가 글을 다 쓴 후 종이를 조심스럽게 접어서 춘향에게 건네주니, 춘향은 소중한 이 서간을 주머니 넣고 나서 '말(言)은 다리가 없지만 천리를 간다고 했소 도령의 아버님이 우리가 혼인한 사실을 알게 된다면 어떻게 하시겠소?' 하고 물으니, 이도령이 '걱정할 것 없다. 내 아버님도 소싯적에 지금 내가 한 것과 같은 행동을 하지 않았다고 그 누가 장담할 수 있겠느냐? 너와 나는 이제 일심동체가 되었기로 설사 아버님이 우리를 떼어 놓으려 하신다 해도 그리 되지 못하리라. 아버님이 우리의 혼인 때문에 나를 廢嫡한다

해도 나는 네게 떨어지지 않고 生死를 함께 할 것이다.'

이윽고 춘향은 일어나 눈같이 흰 손을 들어 근처에 있는 대나무 숲을 가리키며 말하기를 '저기 우리 어머니의 집이 있소 나는 더 이상 도령에게 갈 수 없소 도령이 내게 와야 하오 우리 어머니의 집을 도령의 집이라 생각하고 도령이 자식으로서 부모에게 행해야 할 도리가 허락하는 한 와서 머무르시오' 하였다.

다음 날 아침 해가 떠 강한 햇살이 산꼭대기를 황금 빛깔로 물들일 때 그들은 서로 작별을 했고, 도령은 방자를 대동하고 집으로 돌아왔다.

도령은 집으로 돌아 온 후부터 글공부에 흥미를 잃었다. 책을 손에 잡으면 글자들이 예쁜 춘향이의 모습이 되어 그를 부르는 것 같았다. 그의 머릿속에는 온통 춘향이의 생각으로 가득 차 있었고 글 읽기 대신 (다음과 같은 말을) 쉬지 않고 노래했다: '춘향이 보고 싶소(*Chun Yang Yo poh go sip so*).' 마침내 그의 아버지가 그가 부르는 노래를 듣고는 하인을 시켜 그 노래가 무엇을 뜻하는지 알아보도록 했다. 도령은 하인의 물음에 들은 척도 않고 더욱 크게 노래를 부르기만 했다: '오랜 가뭄으로 인해 메마른 땅이 비를 갈구하는 것 같이 내 영혼은 춘향을 갈망한다. 내게 춘향의 얼굴은 9일간 비가 내린 후 나타나는 햇빛과 같다.' 아버지는 아들의 노래에서 '보고 싶다, 보고 싶다.' 라는 구절만 알아들을 수 있었다. 그리하여 비서(아전 : 역자)를 시켜 도령이 왜 그토록 쉬지 않고 노래하는가? 하는 사연을 알아 오도록 했다. 이에 도령은 비서에게 '나는 지금 새롭고 흥미로운 책을 공부하고 있는 중이오' 라고 대답했다. 비서가 돌아가 그대로 고하니 원님은 아무 말없이 머리를 절레절레 흔들었다.

이 일이 있은 후 아들은 더 이상 노래하지 않았으나, 해가 지기만을 초조하게 기다리다가 수백 번 방자를 보내 아버지가 주무시는지 알아보도록 했다. 마침내 아버지의 침소에 불이 꺼지자, 도령은 살금살금 나가서 방자를 대동하고 담장을 넘어 월매의 집이 있는 방향으로 달려갔다.

멀리서 춘향이 가야금을 뜯으며 구슬프게 노래하는 소리가 들려왔다. 노래는 사랑하는 애인을 오래도록 만나지 못하여 슬프다는 내용이었다. 아직은 도령을 미심쩍어 하는 늙은 월매가 문을 열어 주어 그는 춘향의 방으로 들어섰다. 집의 환상적인 구조는 젊은 도령의 마음에 쏙 들었다. 主室은 정원 쪽으로 나있고, 푸른 등잔불이 방안을 훤히 비추고 있어 방이 마치 푸른 물에 떠있는 것처럼 느껴졌다. 벽들은 온통 글귀로 장식되어 있었다. 춘향의 방문 옆에는 先人들의 친필이 쓰여 있었다. 인생의 행운을 잡는데 백년이 짧다고 하소서. 자자손손 복을 누리소서. 열려있는 창문을 통해 달빛이 비추는 연못이 보이고, 수면 위에 백조 두 마리가 목을 날개 아래에 넣어 자고 있고, 연못에 또 다른 생물이 있는 듯 물결이 찰랑찰랑하며 소리내고 있었다.

또 연못 한가운데 섬 위에는 작은 정자가 담쟁이덩굴에 휘감겨 서 있고, 그 주위를 대나무가 숲을 이루어 호기심 많은 세인들의 눈길로부터 가려주고 있었다.

춘향은 도령에게 귀한 음식과 화려한 문양이 아로새겨진 술병에 담긴 좋은 술을 상다리가 부러지게 가득 차려 내온 후 도령과 마주 앉았다. 춘향은 남편에게 술을 한 잔 따르며 말하기를 '이 술은 젊음의 묘약이라 낭군께서 드시면 설사 천년이 지난다 해도 변함없이 젊음을 느낄 것이오. 낭군님은 불변하는 산봉우리처럼 우뚝 서 계실 것이오' 그리고 나서 춘향은 귀여운 목소리를 높여 노래했다. '우리 서로 인생을 한껏 즐겨 보세.' 도령은 그녀의 노래 솜씨를 크게 칭찬하고 재차 청하니 춘향이 계속 노래하였다. '젊을 때 술 마시세. 죽으면 누가 우리 무덤에 술을 따라 주겠나? 젊어서 놀아보세. 늙으면 걱정 근심 온다네. 우리네 인생은 한 시절 피는 꽃과 같아 피었다가 시들면 씨앗을 뿌리고 죽는다네. 보름달도 차면 기울고 새달이 떠오른다네.'

도령은 독한 술과 춘향의 노래에 한껏 흥겨워져서 더욱 더 술과 노래를 청했다. 그러나 춘향은 이를 거절하고 그날의 酒宴을 파하며 도령과 정답게 얘기를 나누었다. 그러나 둘이 심각한 얘기도 나누었으니, 춘향은 도령이 한 약조를 상기시키며 앞으로도 그리고 죽어서도 서로서로 위할 것을 다짐했다. 춘향은 죽어서 꽃이 되고, 또 도령은 나비가 되어 그의 품에 안겨 달콤한 향기를 맡겠노라고 했다.

도령의 아버지는 자신의 집무실에 있는 기생 명부에서 춘향의 이름을 지우도록 했으나, 자신의 아들이 춘향과 결혼했으리라고는 꿈에도 생각하지 못했다. 춘향은 이 기생 명부에 이름이 삭제되었기 때문에 더 이상 다른 기생들과 같이 (술자리에) 불려나가는 일이 없어졌다.

도령은 종전과 다름없이 아침저녁으로 아버지께 문안인사를 갔지만, 밤이 되면 언제나 광한루에 있는 춘향의 집을 찾아가 머무르고 왔다. 두 사람은 마치 천당에서 꿈을 꾸는 듯한 시간을 보냈건만, 도령의 아버지는 전혀 눈치 채지 못하고 있었다. 그는 자신의 직무에 충실했고 고을 백성들의 처우를 개선하는데도 열중했다. 그가 고을 수령으로 있을 때에는 왕실에서 부과한 貢物이 단 한 번도 채워진 적이 없었지만 (그렇다고 해서) 고을 백성들이 임금의 곳간을 절반도 못 채웠던 시절처럼 괴롭힘을 당하지 않았다. 임금은 그(*Ye Tung Uhi*)의 善政을 듣고는 나라의 재정을 담당하는 호조판서로 임명했다.

그가 아들에게 임금이 자신에게 높은 벼슬을 내렸다고 알리자, 도령은 너무 놀라 하마터면 바닥에 주저앉을 뻔했다. 도령은 머리를 떨어뜨리고 어머니에게 이 소식을 전하고 곧 서울로 이사할 준비를 함께 도왔다.

그는 잠시 한가한 틈을 엿보다가 빠져나와 곧장 춘향에게 달려갔다. 처음에 춘향은 도령의 안색이 수상해 보여 어디가 아픈 모양이라고 생각했다. 그러나 도령이 아버지가 얘기한 것을 전하자 춘향은 대성통곡을 했다. 잠시 후 어느 정도 진정을 한 후, 춘향은 '우리가 서로 이별해야 한다니 있을 법한 말이요? 떨어져서는 살 수 없으니 같이 죽읍시다. 지금 이별한다면 앞으로 영원히 만나지 못할 것 같은 생각이 드오 아! 그동안 얼마나 행복했던 시간이었나! 서방님의 아버님에게 그런 명을 내린 자는 살인자요 우리의 이별은 곧 나의 죽음을 뜻하기 때문이요 서방님이 떠난다면 나는 죽고 말거요. 나는 의지할 곳 없는 가녀린 여자이기에 서방님 없이 살 수 없소.'

도령은 춘향을 품에 안고 위로하였다. '울지 마라. 나는 네가 우는 모습을 볼 수 없구나. 내 가슴이 찢어질 것만 같다. 항상 봄날 같기만 바랐건만 이제 우리의 처지가 저 산꼭대기에 있다가 갑자기 골짜기로 내려와 봄을 쫓아내고 어린 木草를 죽이는 겨울에 든 것 같구나. 그러나 종국에는 봄이 이기리라. 우리는 백년을 서로 함께 하기로 하지 않았더냐? 우리의 이별은 순간이라 재회할 그 날이 더 아름다운 것이 아니겠느냐?'

'허나 서방님이 서울에 있을 동안 내 어찌 홀로 살라는 말이오?' 하며 춘향이 대꾸하기를 '길고 긴 무더운 여름날과 끝없는 겨울밤을 생각해 보시오 아무도 만날 수 없고 서방님의 소식을 전혀 들을 수 없는데 내 어떻게 견뎌 나갈 수 있겠소?'

'임금이 우리 아버지에게 그렇게 높은 벼슬을 내리지 않았다면 우리가 이별하는 일도 없었을 것이다. 그러나 기왕지사 일이 벌어졌으니 다른 방도가 없구나. 너는 나를 믿고 내가 돌아올 것이라고 확신하고 있어라. 이 수정거울을 맹세의 징표로 줄 터이니 받아라.' 하며 작은 손거울을 그녀에게 건네주었다.

'언제 내게 돌아올지 말해 주오?' 하며, 춘향이 도령에게 말하며 대답도 듣지 않고 곧바로 노래를 불렀다. '고목나무에 새싹이 트고 죽었던 새가 다시 울면 나는 서방님을 보게 되리라. 東山이 강물에 잠기면 서방님이 배를 타고 내게 오는 것을 보게 되리라.'

도령은 춘향의 이런 절망어린 언사를 나무라고 다시 돌아오겠노라고 재차 다짐을 주었다. 마침내 춘향도 동의하며 손가락에서 가락지 하나를 빼어들고 말하기를 '이 반지를 사랑의 징표로 받으시오 내 사랑은 이 반지와 같아서 시작도 없고 끝도 없소 서방님이 떠나야한다는 것을 이제 깨달았소 내 마음도 서방님과 함께 갈 것이오 이 가락지는 언제나 서방님과 함께 하며 위험에 처했을 때나, 급물살의 강을 건널 때 서방님을 지켜 줄 것이고, 언젠가는 서방님을 내 품으로 돌아오게 해 줄 것이오 서울에 가 잘 지내시오 열심히 공부해서 과거에 급제하시오 그리하여 벼슬을 하면 온 천하에다 나를 서방님의 정실로 맞아들이신다고 말하시오 그때까지 나는 눈 위에 손을 대고 서방님이 돌아오기를 학수고대하고 있겠소' 이렇게 그들은 이별하였다.

그 긴 여정이 도령에게는 죽으러 가는 길처럼 발길이 떨어지지 않았다. 그의 마음은 항상 춘향에게 가 있고, 밤낮없이 춘향의 얼굴이 머릿속에서 지워지지 않고 있었다. 그러나 그는 극기심으로 진지하게 앞으로의 계획을 세우고 있었다.

서울에 도착한 후 도령의 부모는 아들이 변모한 것에 크게 탄복했다. 방문을 걸어 잠그고 글공부에 열중하여 두문불출 하며 타인과 일체 접촉을 하지 않고 그와 어울리려는 같은 또래의 양반 자제들과의 교제도 조심스럽게 삼갔다. 그리하여 여러 달이 화살과 같이 빠르게 흘러갔다.

그러는 사이에 남원 고을에는 새 원님이 부임했는데 성질이 난폭하고 탐욕스러운 위인이었다. 방탕한 생활을 하는데다 고을 백성들의 안녕은 안중에도 없었다. 그는 부임한 지 얼마 안 되어 춘향이 절세미인이라는 소문을 듣게 되었다. 조사를 하여 소문이 사실임을 확인하자 곧 그녀와 혼인하기로 마음먹었다. 그는 자신의 비서를 시켜 춘향을 자기 앞에 대령하도록 시켰으나, 그의 비서는 춘향이 이전 원님의 아들인 이도령과 결혼한 사이라서 기생 명부에서 그 이름이 삭제되었고 이제는 지체 높은 신분의 부인이 되었다고 말했다. 그러자 누가 자기의 뜻을 거스르거나 포기하게 하려는 것을 용납하지 않는 성격의 새 원님은 '이 거짓말쟁이 비서 놈아!' 하며 벽력같이 소리치며 '양반의 자식이 기생과 결혼할 수가 있느냐? 이런 육시를 할 놈 같으니 당장 그 지체 높은 부인에게 내 말을 전해 바로 곧 이리 대령하라 이르라?'

그의 비서는 할 수 없이 하인을 시켜 춘향이에게 원님의 명을 전달하도록 했다. 하인들도 그 고을 토박이들로 춘향과는 안면이 있는 사이라 마지 못해 원님의 명을 받들었다. 그러나 그들은 춘향으로부터 선물을 많이 받고 돌아와서 원님에게 춘향이 지금 병상에 누워 있어 올 수 없다고 말했다. 원님은 하인들을 치도곤으로 처벌한 후, 다시 명을 내려 춘향이 아프든지 건강하던지 간에 의자에 앉혀 데려오도록 하고 거역할 시에는 사형에 처하겠다고 협박했다.

그리하여 하인들은 다시 춘향이에게 갔다. 그들은 춘향이가 절망하는 것을 보고 원님에게 데려가지 않으려고 했으나 춘향은 동행했다. 그녀는 얼굴을 지저분하게 하고 머리를 풀어헤치고 누더기를 걸친 후 원님에게 갔다.

춘향이 비통하게 통곡을 하였다. 춘향의 이러한 행색은 원님의 눈에 더 매력적으로 보였다. 그는 화를 내며 당장 울음을 그치지 않으면 곤장을 치겠다고 을러댔다. 춘향의 모습은 소문보다 더 아름다웠다.

'무슨 의도로 그런 행색을 하고 나타났느냐? 가공하지 않은 보석처럼 아름다운 계집아! 기생인 주제에 어찌 나의 부름을 마다했느냐?' 그러자 춘향이 대답하기를 '소인은 비록 기생으로 태어났으나 혼인을 하여 유부녀가 되었기로 사또의 명을 좇을 필요가 없었나이다.' 하였다. '닥쳐라.' 하며, 원님이 호통을 치며 말하기를 '네 년은 다른 기생들과 매한가지로 내 앞에 불러오게 된 것이다. 그렇지 않으면 후환이 있으리라.'

'천 번 죽으면 죽었지 내 결코 사또 앞에서 춤추고 노래하지 않을 것이오 사또는 내게 명령을 내릴 아무 권한이 없소 사또는 임금님의 신하로서 누구보다도 법을 지키고 존중해야지 무시하고 어겨서야 쓰겠소?' 하고 춘향이 대꾸했다.

원님은 화를 내며 춘향을 사슬에 묶어 감옥에 처넣도록 했다. 주위에 있던 모든 이들이 울며 말렸으나 오히려 그의 화를 돋우었을 뿐이었다. 그는 간수를 불러 춘향이를 동정하는 사람들이 그녀에게 동정을 베풀지 못하게 엄격히 감시하도록 특별히 명하였다.

간수는 겉으로는 그의 명을 따랐으나 속으로는 춘향을 동정했다. 춘향의 어머니가 감옥으로 춘향을 찾아와 그의 몰골을 보고 통곡을 했다. 그녀는 춘향에게 다시는 돌아오지 않는 서방을 위해 그토록 오랫동안 절개를 지키니 너는 바보가 아니냐고 하며 나무랐다.

그러자 주위에서 그 모녀의 대화를 듣던 사람들이 춘향의 편을 들며 어찌 그런 어리석은 말을 할 수 있느냐며 그 어미를 비난했다. 사람들은 우는 춘향을 위로하고 그녀의 처지가 나아질 방도를 찾았다.

불쌍한 춘향은 그날 밤 남편인 도령의 조상신들에게 이 고통에서 헤어나게 해달라고 빌었다. 다음 날 아침 어머니가 왔을 때 춘향이 알아들을 수 없을 정도로 낮은 목소리로 말하자, 어머니는 춘향이 병이 난 것으로 생각하고 심히 놀랐다.

'나는 아직 목숨이 붙어 있소' 하며, '그러나 곧 죽을 것 같소. 도령을 다시는 보지 못할 것 같소. 내가 죽으면 시신을 서울을 향하게 하여 도령이 다니는 길거리에 묻어 주오. 그러면 살아서는 도령과 가까이 있지 못했지만 죽어서라도 함께 할 수 있지 않겠소?'

이에 춘향의 어미는 다시 딸을 나무라며 고집 그만 피우고 새 원님에게 시집가라고 말했다. 그러나 춘향은 어머니를 나무라며 원님의 애기만 하려거든 다시는 감옥으로 찾아오지 말라고 말했다. 그러면서 말을 잇기를 '나는 내 양심의 소리에 따르고 옳은 일을 하는 것이오. 누가 내일 일을 알 수 있겠소? 오늘 해가 떴다고 내일도 해가 뜨리라고 그 누가 장담하겠소. 나는 그 동안 내가 한 일에 대해 후회하지 않소. 어머니, 제발 나를 나무라고 꾸짖어 더 괴롭게 만들지 말고 이 고통을 나 혼자 감수하게 내버려두시오?' 하였다.

날이 가고 달이 가도 감옥생활은 계속되었건만 춘향의 도령에 대한 절개는 변할 줄 몰랐다. 춘향은 심히 병들어 있었으나 충직하고 선한 마음씨의 간수가 아니었다면 이미 숨을 거두었을 것이다. 어느 날 밤 춘향이 꿈을 꾸었는데, 꿈에 그녀가 다시 집으로 돌아가 도령이 준 거울로 몸단장을 하던 중에 갑자기 거울이 두 조각으로 깨지는 것이었다. 그녀는 이 꿈을 곧 자신이 죽을 것이라는 흉조로 여겼다. 그렇지 않고서는 거울이 두 동강이로 나는 꿈을 달리 해몽할 방법이 없었다. 춘향은 마침내 사또의 박해에서 해방된다는 기대와 더불어, 한편으로는 그토록 그리워하던 남편인 도령을 보지 못하고 쓸쓸히 죽어야 한다는 생각에 한없이 슬펐다. 그러나 정확한 해몽을 듣고자 춘향은 간수에게 해몽을 잘하는 장님 점쟁이를 불러달라고 부탁했다. 그녀가 이 말을 하자마자 근방에서 소경이 나무지팡이를 탁탁 소리를 내며, 통상적으로 장님들이 내는 소리로 말하며 다가오는 것이었다. 장님이 들어와 자리를 잡고 앉으니 춘향이가 잘 아는 이였다. 장님은 눈이 멀기 전에 죽은 춘향의 아버지와 친구 사이였다. 춘향은 그에게 아버지가 살아 계실 때 친한 친구였으니, 자신이 언제 어디서 죽게 되는지 점을 봐 달라고 부탁했다. 그러자 그 장님은 말하기를 '꽃이 진다고 죽는 것이 아니라 그의 씨가 다시 새 삶을 이어 나가는 것이라. 네가 죽으면 이 세상에서 명이 다하는 것일 뿐 저 세상에서 더욱 행복하고 아름다운 모습으로 환생할 것이니라.' 하고 말했다.

춘향은 그에게 꿈 이야기를 해주고는 해몽을 청했다. 장님은 잠시 망설이다가 말하기를, '꿈에서 아무 이유 없이 거울 두 동강이가 나는 것은 길몽이 아니다.' 하며 춘향에게 더 자세히 말해보라고 했다. 그래서 춘향은 '거울이 두 동강이 나던 순간에 새가 창문을 통해서 날아들어 왔었다.'고 말했다. 장님은 '새는 도령에 대한 좋은 소식을 뜻하고, 거울은 도령에 대한 소식을 뜻하는 것이라 풀이할 수 있다. 이것이 좋은 소식인지 나쁜 소식인지 점을 보자꾸나.' 하며, 옷자락에서 산통을 꺼내어 흔들며 주문을 외우더니 산 가지를 바닥에 쏟아서 그 중 하나를 집어 올렸다. '그 소식은 좋은 소식이야.

네 남편은 지금 장원급제하여 머지않은 장래에 내게 돌아올 것이야' 하고
장님 점쟁이가 말했다.

춘향은 이 말에 기뻐하는 한편, 장님이 자기를 위로하기 위해 아버지가
우는 아이를 달래듯이 일부러 그런 해몽을 했다고 생각했다. 그러나 이것이
춘향이로 하여금 새로운 희망을 갖게 하고 원기를 북돋아 주었음은 틀림없다.

이제 도령이 어떻게 지내고 있는가 알아보기로 하자.

도령은 밤낮없이 글공부에 전념하고 있었다. 마침내 그 결실을 볼 시기가
왔다. 임금님은 풍년이 들어 추수가 끝난 후, 전국에 어명을 내려 과거를
시행하겠으니 응시할 자는 서울로 올라오도록 했다. 그리고 자신도 친히
과거를 참관하겠다고 했다. 곧 과거에 응시하려는 사람들이 줄을 이었다.
그들 중에는 공부를 마친 도령도 끼어 있었다.

과거 당일이 되자 응시생들은 임금이 신하들과 함께 있는 누각 아래로
운집했다.

과거의 주제는 소나무 아래서 노는 아이들에게 지나가는 나그네가 여러
가지 질문을 한다는 내용이었다. 도령은 잠시 생각한 후 글을 써 내려 가기
시작했다. 도령의 실력은 이러한 주제에 대한 글을 능히 쓸 수 있었을 뿐만
아니라, 젊은 유생의 글이 아닌 마치 노련한 문장가의 솜씨로 여겨질 만큼
훌륭한 것이었다. 그의 답안은 임금과 신하들에게 주목을 받았다. 도령은
답안을 작성하고 나서 이름을 쓰지 않고 제출하였다. 그는 다른 수험생들이
시작도 하기 전에 이미 답안을 제출했다. 임금은 도령의 답안을 낭독하도록
하고는 모범답안이며, 게다가 글씨도 훌륭하다 하며 칭찬을 아끼지 않았다.
더구나 그가 이조판서의 아들이라는 사실을 알고는 더욱 기뻐했다. 임금은
이 영리한 젊은이를 누각으로 불러 칭찬하고 장원급제를 축하했다. 그리고

나서 장원급제의 상징으로 술 석 잔을 내렸다. 도령이 황공하게도 잔을 다 비우자, 다시 어사화를 하사하며 도령의 장원급제를 공포했다. 그리고 날개가 꽂힌 화려한 모자를 도령에게 씌웠는데, 이는 임금의 칙령을 새처럼 신속하게 받든다는 뜻이 담겨 있다. 그 밖에도 임금을 알현할 때 착용하는 화려하게 수놓은 비단 흉배를 받았다. 도령이 말을 타니 취주악대가 그를 수행했다. 삼일 동안 이 행렬은 계속되었고 온 백성들은 이에 환호했다. 이 행사 후에 도령은 조상들의 묘를 찾아가 제사를 올리고 나서 장원급제에도 불구하고 슬퍼할 수밖에 없는 자신의 운명을 하소연했다. 조상 묘를 참배한 후 도령은 다시 대궐로 들어가 임금을 알현했다. 임금은 앞으로도 열심히 공부하고 아버지를 본보기로 삼으라고 말하고는, '어떤 벼슬을 하고 싶은가?' 하고 물었다. 도령은 '어떤 벼슬이든 간에 임금님께서 하사하시면 감사히 받겠다고 하며, 허락한다면 어사의 직책을 수행하고 싶다.'고 대답했다. 그러면서 말을 잇기를 '풍년이 들어 탐관오리들이 사리사욕을 챙기는데 급급하여 백성들을 수탈하고 대궐에 바쳐야 할 세금을 가로챌까 봐 염려스럽다.'고 했다. 도령이 그러한 자리를 원하는 이유에는, 그래야지만 임금에 대한 봉사 의무도 소홀히 하지 않고 춘향에 대한 소식을 알 수 있을 것이라는 계산이 있었기 때문이다.

임금은 오래 전부터 어사 자리를 맡길 사람을 찾고 있었기에 때마침 도령이 이 자리를 원하자, 매우 흡족하게 생각하며 '그가 적임자로구나!' 하였다. 그 자리에서 즉시 어사로 임명을 받아 마패와 직인을 하사받았다.

도령은 거지로 변장해서 짚신을 신고 망건을 두르지 않아 산발한 머리 위에 다 떨어진 갓을 얹고 여행길을 나섰다.

그의 도포도 역시 낡아서 기우지 않은 곳이 없었고, 얼굴도 지저분하여 영락없는 거지의 형상이었다.

성문 밖 역에서 문서와 직인을 보여 주고 말과 하인을 지급받았다. 그의 任地는 전에 그의 부친이 수령으로 있던 남원이었다. 남원 성문 앞에 당도한 후, 하인을 들여 보내 내부 사정을 알아보도록 하고 자신은 성문 근처에 있는 허름한 오두막에 머물렀다.

다시 봄이 왔다. 나무에 꽃이 피고 농부들은 밭을 갈며 태평성세를 노래하며 임금을 칭송했다. 어사는 밭에서 일하고 있는 농부들에게 가 그들에게 흰소리를 하며 말을 건넸다. 그러나 그들은 어사의 말을 받아주기는커녕 거칠게 대꾸할 뿐이었다. 그러나 그들 중 한 늙은이가 젊은 농부, 아마 자신의 아들인 듯, 주의를 주며 말하기를 '저 자가 하는 말이 우리 평민들이 하는 말투하고는 영 달라. 아마 뭔가 숨기고 있는 것이 분명해. 양반이 변장하고 있는 것이 틀림없어.' 라고 하였다. 그러자 도령은 노인을 불러다가 이야기를 나누며 그 고을에 대해 여러 가지 물어보고, 마침내 그 고을 수령이 술주정뱅이인가, 올바른 재판관인가, 백성을 착취하는 자인가, 고을 수령으로서 자신의 직분을 다 하는가, 주지육림에 빠져 업무를 게을리하지 않는가? 등을 물어봤다.

'원님에 대해 아는 바가 없소' 하며 노인이 대답하기를 '원님은 고을 백성들을 돌보지 않고 있어 우리들의 소원은 그가 여기서 떠나는 것이오 그는 부당한 방법으로 돈과 쌀을 수탈하고 있소 내가 아는 그 자의 가장 나쁜 행태는, 어여쁜 춘향이가 이전의 후덕한 사또의 아들과 결혼하였기로 그와 결혼할 수 없다고 버틴다고 하여 감옥에 가두고 있는 것이오' 이 말을 듣자 이도령은 화가 나서 한시바삐 이 나쁜 고을 원님을 잡아다 벌을 주기로 결심했다. 그는 흥분하여 더 이상 이야기를 계속 나눌 기분이 아니었다.

그가 자리를 떠나 길을 갈 때 멀리서 농부들이 노래하는 소리가 들려 왔다. '누구는 대궐 같은 집에 살고, 누구는 밤에 잠 잘 오두막 한 칸 없나? 누구는 부자로 태어나 장가가고, 누구는 가난하여 굶어 죽나?'

도령은 이 가난하고 억압당하는 사람들에게 동정심을 느끼며 깊은 생각에 빠져 한숨을 쉬며 갈 길을 재촉했다. 도령은 냇물이 두 줄기로 갈라지는 골짜기에 당도했다. 냇가에는 작은 오두막이 한 채 서 있었고 그 집 문 앞에 한 노인이 앉아 있었다. 도령이 그에게 다가가 인사를 했는데도 노인은 아무 대꾸가 없었다. 도령이 재차 인사를 하자 노인은 그를 위아래로 훑어보고 말하기를 '公事에서 나이는 중요하지 않아. 계급과 관직이 우선이야. 백발이 성성한 노인이 풋내기 상관에게 머리를 조아려야 하지. 그러나 이곳에서는 그런 것이 통하지 않아. 여기서 노인은 존경을 받아. 너는 어찌하여 어린놈이 감히 내게 말을 걸려고 하느냐?' 어사는 노인에게 사죄하고 사또가 춘향이와 혼인하려고 한다는 소문이 사실인지 대답해 주기를 간청했다.

'그 이름을 입에 올리지 말아라. 너는 그럴 자격이 없느니라.' 하며, 노인은 화를 내며 말하기를 '너는 춘향에 대해서 절대 말도 꺼내지 말아라. 춘향은 지금 무정하게 떠나버린 개 같은 남편과의 약속을 지키는 대가로 감옥에서 죽어가고 있다.'

도령은 더 이상 듣고 싶지 않았다. 그는 서둘러 성문 옆의 오두막으로 돌아가 하인들에게 말하기를 사또가 눈치 채기 전에 어서 바삐 성 안으로 들어가겠다고 말할 작정이었다. 그러나 하인들이 아직 돌아오지 않아 도령은 기다려야만 했다. 곧 그들이 돌아와 도령에게 사또에 관해 보고 들은 것들을 보고하여 도령이 이미 알고 있는 사또의 실정과 악행을 재차 확인해 주었다. 도령은 성문으로 들어가 곧바로 전에 춘향의 집이 있던 곳으로 향했다. 집에는 가구가 하나도 남아 있지 않았는데 춘향이 감옥살이하는 고생을 조금이라도 덜어주고자 모두 팔아 버린 것이었다. 늙은 월매가 문가에 서 있는 그를 보자 도령인지 알아보지 못하고 날카롭게 소리를 질렀다. '너는 낯선 인간으로 우리 집에 구걸하러 왔느냐? 너는 나의 불행에 대해 들은 바가 없느냐? 남편은 오래 전에 죽었고, 딸은 감옥에 갇혀 죽어가고, 내 재산은 전부 날아 갔다. 내게 원하는 것이 무엇이냐? 나는 네게 줄 것이 아무 것도 없다.'

'나를 자세히 보게. 나를 알아보겠는가? 사위 이도령일세.'

'이도령이라구? 거지가 이도령이라니 믿을 수 없어. 우리의 모든 희망을 네게 의지하고 있었는데. 아냐 내가 너한테 속았다. 우리 불쌍한 춘향이는 이제 죽는구나.'

도령은 아무 것도 모르는 체하고 무슨 일이 일어났는가? 하고 물었다. 월매는 모든 것을 설명하고는 모든 잘못은 사위인 도령에게 있다고 몰아쳤다. 도령이 월매에게 감옥으로 안내하라 했다. 이에 월매는 도령이 춘향과의 신뢰를 저버려 결국 자신의 말이 옳았다는 것에 내심 기뻐했다.

그러나 월매는 감옥에 도착한 후 더 이상 속마음을 감추지 못하고 춘향을 소리쳐 부르기를 '여기 네 잘난 서방이 왔다. 죽기 전에 그토록 보고 싶어 하지 않았느냐? 여기 서 있는 거지가 네 서방이다. 그 때문에 너는 그토록 상심하여 허구한 날을 기다리며 살지 않았느냐? 욕이나 실컷 해 주고 쫓아 버려라?'

도령이 춘향의 이름을 부르자, 춘향은 그의 목소리를 알아듣고 '내가 꿈꾸고 있는 것이야!' 하며, 힘없는 목소리로 중얼거리며 몸을 일으켜 세우려 했으나 목에 매단 쇠사슬로 인해 나지막한 탄식 소리와 함께 다시 바닥에 털썩 주저앉아 버렸다. 도령이 아무 말없이 있자, 춘향은 비탄에 젖은 목소리

로 말하기를 '왜 좀 더 빨리 오지 않고 이제야 왔소? 그동안 公事가 多忙했
소? 강이 깊어 건너지 못했소? 아니면 너무 멀리 떨어져 있어 나를 찾느라
이토록 오래 지체되었소?' 그러나 춘향은 이 말을 한 것을 곧 후회하고 다시
말을 잇기를 '서방님을 저 세상에서나 다시 보게 될 것이라 생각했는데 이승
에서 이렇게 만나니 나는 기뻐서 할 말을 잊었소. 사람들아! 서방님에게
다가 갈 수 있도록 내 목에서 칼과 팔다리의 사슬을 풀어 주오?'

이때 도령은 감옥의 벽 위쪽에 죄수에게 음식을 넣어 주는 작은 창이
있는 것을 보고 그리로 가 춘향을 보았다. 춘향이 도령의 남루한 옷차림을
보자 눈물을 흘리며 통곡하기를 '아!, 우리가 무슨 죄가 많아서 이런 고통을
겪어야 하나? 하늘도 무심하지. 서방님은 거지가 되었고, 나는 죽어야 할
몸이 되었소'

'내 비록 빈곤하나 우리는 서로 행복하게 살 수 있을 것이다. 나는 다시
돌아오겠다고 한 약속을 지키지 않았느냐? 춘향아, 희망을 버리지 마라?
우리 장차 웃으며 살아갈 날이 올 것이다.'

춘향이 어머니를 부르니 그녀는 이제 몽매간에도 잊지 못하던 서방이 왔으
니 무엇을 바라느냐며 비아냥거리는 어조로 물었다. 그러나 춘향은 어머니의
이러한 말을 무시하고 집안에 숨겨둔 몇 가지 패물이 있는 장소를 일러주며
'그것들을 팔아 서방님의 새 의복과 음식을 장만해 주오 서방님을 내 방에서
재우고 되돌릴 수 없는 旣往之事에 대해 서방님을 욕하지 마오' 하였다.

도령은 월매를 따라 그녀의 집으로 갔으나 들어가지 않고 자신의 부하들
을 불러 모았다. 그들은 사또가 곧 그의 생일을 맞아 주지육림의 큰 잔치를
베풀 것이라 보고했다. 근방에서 기생을 모두 불러들여 춤추고 노래하게
할 것이라 했다. 벌써부터 멀리서도 풍악소리가 들려온다고 했다. 어사는

이 잔칫날을 사또의 방탕과 실정을 직접 목격하는 기회로 삼기로 작정했다. 그리하여 도령은 잔치에 직접 가 현장에서 탐관오리들을 체포하여 벌을 주려고 계획했다. 다음 날 아침 일찍 도령은 사또의 저택에 도착하였다. 그러나 하인들이 나와 하는 말이 걸인들을 위한 잔치가 아니니 어서 가라고 하며 들어보내 주지를 않았다. 그러나 도령은 가지 않고 기다리며 틈을 엿보다 안으로 들어가 실성한 사람처럼 행세하며 하인들의 욕설과 뭇매에도 아랑곳하지 않고 주연이 벌어지고 있는 곳으로 갔다. 사또는 이미 취해 있다가 갑자기 들이닥친 거지를 보고 크게 놀라며 그를 끌어내도록 하고, 더불어 그가 들어오도록 내버려 둔 문지기를 매질하라고 명을 내렸다. 포졸들이 그를 끌어냈으나 어사는 담장의 개구멍을 통하여 다시 들어와 또다시 사또 앞에 나타났다. 이에 사또는 화가 머리끝까지 나서 할 말을 잊었다. 도령은 이 틈을 이용하여 말하기를 '나는 비록 걸인이오만 남을 웃길 줄 아는 재주가 있소. 내게 술과 음식을 주시오?' 하였다. 잔치에 온 사람들은 그가 미친 자이겠거니 여기며 노리갯감으로 삼을 요량으로 사또에게 그의 청을 들어주도록 권했다. 그러자 사또가 잔치의 주객들의 권유를 받아들여 거지에게 술과 음식을 주도록 하고 연회의 한 귀퉁이에 자리를 만들어 합석시켰다. 그러나 거지는 그것으로 만족하지 않고 다른 참석자들과 동등하게 대해 줄 것을 청하여 술 따라주고 노래해 줄 기생을 옆에 앉혀 달라고 했다. 이 뻔뻔스런 말을 주연 참석자들은 재미있어 하며 사또에게 다시 그의 요구를 들어주도록 청했다. 그의 옆에 앉은 기생은 거지 앞에서 노래해야 한다고 생각하니 자존심이 상했다. 그녀는 거지에게 말하기를 '너는 내 노래에 술 한 잔 마실 위인이 못된다.' 하며, 長壽의 뜻이 아닌 어서 죽으라는 내용의 노래를 불렀다.

사또와 주객들이 거지를 빈정대고 놀려댄 지 한참이 지난 후에 거지가 일어나 말하기를 '이 흥겨운 자리에 합석시켜 주고 술과 음식을 대접해 주어 고맙소. 이에 보답하는 뜻으로 시 한 수를 지어 보겠소.' 하며 옆에 있던 종이에다 시를 썼다. '사또의 음식상에 있는 기름은 가난한 백성들의 피요, 그들이 흘리는 눈물은 초에서 떨어지는 수많은 촛농과 같도다.'

이 시를 낭독하자 좌중은 크게 술렁이기 시작했다. 참석자들은 머리를 흔들고 이 시가 내포하는 사또의 불행에 대해 서로 수군거리며 두려워했다. 참석자들은 중요한 일이 있다고 둘러대며 서둘러 그 자리를 빠져 나왔다. 사또는 그들을 비웃었으나 내심으로는 두려워져서 하인들로 하여금 그 거지를 매질하여 감옥에 처넣으라고 명하였다. 그러나 하인들이 거지를 덮치려고 하자, 때마침 어사와 미리 약속을 한 시간에 어사의 부하들이 나타났다. 어사는 마패를 꺼내 보이고 사또의 하인들을 물리쳤다. 술에 취한 하객들은 임금이 하사한 마패를 보자 크게 놀라 얼굴이 백지장처럼 하얗게 질렸고, 사또는 도망하려 했으나 곧 어사의 부하들에게 붙잡혀 사슬에 묶이게 되었다. 하객 중 한 사람은 못에 머리털이 걸리자, 자신도 붙잡힌 것으로 착각하고 목숨만 살려달라고 애걸하였다. 모든 사람들이 집안에서 이리저리 뛰는 통에 마치 지진이 난 것으로 생각했다.

어사는 관복으로 갈아입고 근엄한 목소리와 엄숙한 태도로 명을 내렸다. 그는 사또를 엄중히 감시하여 서울로 압송하여 처벌받게 하라 하고, 미결상태에 있는 모든 공무를 자세히 검토하고 조사했다. 그는 부하들을 시켜 춘향을 감옥에서 빼내어 가마에 태워 오도록 명하고, 이전의 일에 대해서는 한마디도 말하지 말고 그냥 관아로 데리고 오도록 명하였다.

춘향은 술 취한 사또가 자기를 죽이려고 하인들을 보내구나! 하고 생각하였다. 그녀는 그 낯선 거지에게 데려다 달라고 청했으나 하인들이 말하기를 '그는 아마 춘향이 너 때문에 이미 사또에게 잡혀있어 여기로 올 수 없다.'고 말해 주었다. 그리고 춘향을 데리고 도령에게 갔다. 그는 음성을 꾸며서 춘향에게 사또에게 무엇이라 말했는가?를 물었다. 가엾은 춘향은 그를 쳐다보고 싶지도 대답할 마음도 없어 시선을 바닥에 향하고 아무 말 없이 가만히 있었다. 어사는 자신의 의도가 빗나가자 본래의 목소리로 춘향에게 말하기를 '춘향아, 안심하고 나를 보아라.'

춘향이 깜짝 놀라 눈을 떠 화려한 관복을 입은 늠름하고 잘생긴 서방님을 알아보고는 이내 기절하여 쓰러졌다. 곧 업어서 방안으로 옮기니 잠시 후 월매가 나타났다. 월매는 감옥에 있는 딸에게 약간의 음식을 넣어 주러 왔다가 사람들이 모여 있는 것을 보고 이리로 온 것이었다. 월매는 기쁨에 겨워 갖고 있던 음식과 접시를 내동댕이치고는 '사또 생일날에 이 얼마나 좋은 생일선물인가!' 하며 소리쳤다.

모든 친구들과 이웃들이 춘향의 행복하게 변한 운명에 기뻐했으나, 월매는 이 행복에 아무런 기여를 하지 못했다 하며 비난했다. 어사는 다른 관청 직원으로 하여금 그의 앞에서 결혼에 필요한 수속절차를 밟아 후에 서울에서 춘향과 공식적으로 혼인을 치렀다. 그리고 이도령은 그날로 진급하여 새로운 관직을 하사받았다. 그의 부모는 훌륭한 아들과 예쁜 며느리를 둔 것에 자랑스러워 했다. 온 백성은 도령의 서민적 품성을 좋아했고 그에게 많은 자식을 낳아준 착한 부인에 대해서도 크게 칭찬했다.

5. 직녀와 견우(별들의 사랑)

- Ⅰ -

직녀(*Ching Yuh*)와 견우(*Krjain oo*)는 태양을 섬기는 별들이었다. 둘은 서로 사랑하였기에 옥황상제의 허락을 받아 결혼했다. 결혼 후 둘은 서로가 서로를 아껴주었고 서로의 눈빛만 보아도 무엇을 원하는지 알 수 있었다. 서로 잠시라도 떨어지지 않고 항상 붙어 지내어 蜜月은 끝없이 지속되는 것처럼 보였다. 그러나 둘은 서로 사랑하기에만 몰두한 결과 맡은 바 직무를 게을리하고 말았다. 옥황상제는 이에 대한 벌로 둘 사이를 떼어 놓기로 작정 하고 하나는 동쪽 하늘의 가장자리에, 다른 하나는 은하수 건너 반대편 가장 자리로 옮겨 놓았다. 이리하여 둘은 멀리 떨어져 있게 되었고 서로 만나기 위해서는 반년이라는 시간을 기다려야 되었으며, 오고 가는데 만도 일 년이 걸렸다. 둘은 매년 실시되는 감사를 받아야 했기 때문에 정해진 자리에 있어 야 했고, 하룻밤 동안의 짧은 만남을 위해서 옥황상제의 명을 어겨 가면서 먼 길을 떠날 엄두를 내지 못하였기로 은하수 강가에서 서로 만나는 것으로 만족해야만 했다. 그러나 이것은 까마귀들이 강 위로 큰 다리를 놓아주어야만 가능한 일이었다. 까마귀들은 자신들의 머리 위에 다리를 놓는 재료를 얹는 데, 이것이 매년 7월에 까마귀 머리가 숱이 없는 대머리가 되는 까닭이다.

이 둘은 자신들이 그렇게 짧은 시간 동안에 만났다가 곧 바로 헤어져야 한다는 현실에 낙담하며 슬퍼했다. 여기서 우리는 그들이 슬픔에 겨워 우는 이유를 이해할 수 있다. 이때 이들의 울음은 비가 되어 내려 地上을 가득 적신다. 이 슬픈 만남은 거의 예외 없이 일 년에 한번, 즉 7월 7일에 이루어진

다. 이때 예외적으로 雨期가 시작되지 않아 땅이 건조하여 메말라지면 사람들은 너무 슬퍼서 눈물조차 흘리지 못하는 둘의 슬픔에 공감한다.

유타영(*You Tah Yung*)은 아주 총명한 관리이자 좋은 사람이었다. 그는 동료들의 악행을 못마땅하게 여겨 공직에서 물러나 남은여생을 전원에서 살기로 결심했다. 그는 자신에게 예쁘고 영리한 아내가 있음을 기뻐했고, 그녀가 단조로운 농촌 생활에 활력소가 되어 주기를 기대했다. 그의 아내는 마음씨도 고와 남편과 마찬가지로 늘 이웃에 대한 배려와 염려를 소홀히 하지 않았다.

그러한 그들에게 유일한 근심거리가 있었으니 자식이 없다는 사실이었다. 그는 자신의 농토를 보면서 풍년을 기뻐하다가도 자식이 있으면 얼마나 좋을까? 하는 생각을 하곤 하였다. 그는 낚시를 하며 자연을 노래하는 새소리에 귀를 기울이며 시간을 보냈다. 그러나 봄이 되어 새들이 짝짓기를 하는 것을 보면 기분이 언짢아져 세상을 떠나면 잊어지고 말 자신의 신세를 탄식하였다. 그는 獨子였기로 무덤에 제사 지내 줄 후손을 두지 않고 죽는다면 저 세상에서 조상을 대할 면목이 없었다. 그의 부인 또한 이를 탄식하며 자기와 헤어지고 다른 여자를 맞아들이기를 권했다. 그러나 그는 어떠한 경우에도 헤어지지 않을 것이라 말하며 듣지 않았다.

불행이 이 선량한 부부의 인연을 끊어 놓지 못하니 그들의 정은 속으로 끈끈하게 더욱 깊어 갔다. 그들은 경건한 마음으로 자식을 점지해 주기를 빌고 또 빌었다. 어느 날 부인은 기도 중에 깜빡 잠이 들어 꿈을 꿨다. 북극성 근처에서 한 잘생긴 아이가 큰 부채를 타고 그녀에게 내려왔다. 그녀가 '네가 누구며 어디서 왔느냐?'고 물으니, 사내아이가 '나는 북극성의 童子인데 잘못을 저질러 오랫동안 땅 위에서 살게 되었소. 당신에게 흰 부채 전하라는 명을 받았소. 이것이 장차 당신 생명과 나의 생명을 구할 것 이오' 하였다.

꿈에서 깨어나자 그녀는 모든 것이 한바탕 꿈이었다는 사실에 허탈해 하며 슬퍼했다. 그러나 세월이 지남에 그 꿈은 현실이 되었다; 홍수가 들었을 때 그녀는 아들을 낳았고 모든 이들이 그 아이의 영민함을 칭찬했다.

아이가 태어난 후 십년 동안은 이들 부부에게는 하루하루가 잔칫날과 같았다. 부모는 아이에게 반우(Pan Noo)라 이름 지어 주니 성이 유씨라 유반우이다.

어머니는 아들에게 공부의 기초단계를 가르쳤는데, 커갈수록 총명함이 빛을 발하여 나중에는 어머니는 물론 아버지도 그를 더 이상 가르칠 것이 없을 만큼 놀랍도록 빠르게 글공부를 깨우쳐 나갔다. 그때 그 곳에서 얼마 떨어진 곳에 마여운(Mam Yuh Oon)이라고 하는 선생이 살고 있었는데 모든 사람들이 그의 높은 학식에 혀를 내둘렀다. 부부는 아이와 떨어져야 한다는 사실에 마음이 아팠으나 이 선생에게 아이를 맡기기로 결심했다. 이별의 날이 되자 부부는 아이의 앞길에 축수를 하고는 집안의 가보인 아름 다운 부채를 쥐어주며 소중히 간직하라고 당부했다. 부부는 이 부채가 꿈에 서 본 그 부채와 동일한 것이라고 간주했기 때문에 반우에게 부적과 같은 역할을 할 것이라 믿었다.

- Ⅱ -

아주 비슷한 일이 같은 때에 그 곳에서 멀리 떨어진 지방에 있는 조성누 (Cho Sung Noo)의 집에서 일어났다. 조성누 또한 정직하고 선량한 사람으로 낙향하여 유유자적한 생활을 하고 있었다. 그와 그의 처는 금슬이 아주 좋은 사이였으나 유타영의 경우처럼 자식이 없어 고민하고 있었다.

유타영이 아들을 낳았던 때와 거의 동시에 조성누의 처도 집 옆 나무가 울창한 언덕에 앉아 있었다. 달 밝은 밤이었다. 조성누의 처는 견우와 직녀가 만나는 것을 보기 위해 하늘을 올려다 봤다. 그녀는 그렇게 밤의 적막 속에서 혼자 앉아 있다가 스르르 잠이 들면서 묘한 꿈을 꾸게 되었다. 사방에서 바람이 일어나 구름 위에 있던 의자가 자신에게 날아왔다. 그 의자는 금은보화로 화려하게 장식되어 있었고 거기에 아주 예쁜 여자아이가 앉아 있었다. 의자가 자신에게 다가오자 그녀가 여자 아이에게 '아가, 너는 누구냐?' 라고 물었다. 그랬더니 '나를 예쁘다고 하니 기쁘네요. 댁의 집에 머물도록 허락해 주세요.' 하며 그 여자아이가 청했다.

'나도 너를 우리 집에 머물게 하고 싶구나. 그렇지만 네가 누군지 말해주련?'

'나는 옥황상제의 시녀이고 잘못을 저질러 그 벌로 (하늘로 올라가지 못하고) 땅에 머물러야 합니다. 나를 당신 집에 데려다 있게 해 주시겠어요?'

'그래 너를 우리 집으로 데려가겠다. 그런데 무슨 죄를 저질러서 벌을 받게 되었느냐?'

아이는 한숨을 쉬며 말하기를 '견우와 직녀는 매년 서로 만날 때마다 자기들은 1년에 겨우 한 차례만 서로를 볼 수 있는데, 인간은 평생 동안 밤낮으로 함께 살아가는구나 하며 탄식하였습니다. 그러나 그들은 인간의 수명은 길어야 80세이라는 사실과 우리들은 영원불멸의 존재이자 선택받은 존재라는 사실을 잊고 있었습니다. 나는 그들의 이러한 질투심을, 큰 피해를 끼치지 않는 범위 내에서 벌주기로 결심했습니다. 다리가 거의 완성이 되었을 때 나는 까마귀들을 흩어놓아 다리가 완성되면 만날 수 있었던 그 둘의 갈망을 깨뜨려 버렸습니다. 경솔한 마음에 나는 그들이 흘릴 눈물을 미처 생각하지 못했습니다. 결국 그들이 엄청나게 많은 눈물을 흘렸기 때문에 지상에서는 홍수가 나 인간들이 많은 피해와 고통을 받았습니다. 내가 한 행동은 악한 마음에서 나온 것이 아니라 단순히 경솔한 생각에서 나온 것입니다. 그럼에도 불구하고 나는 온갖 수심에 가득 찬 인간 세상으로 추방되었습니다. 청하오니 제발 나를 당신의 집에 같이 살도록 해 주세요.' 아이가 이야기를 마치자 다시 바람이 불기 시작하였고, 황금의자는 아이를 남기고 멀리 사라졌다.

부인은 꿈에서 깨어나면서 바람이 강하게 불어 추위를 느꼈으나 그냥 꿈이었겠지 하고 생각했다.

그 후 얼마 되지 않아 딸아이가 출생했다. 아이는 천당에서 온 아이의 환생으로 아름다웠고 행복하게 무럭무럭 자랐다. 모든 이들은 이 아이를 귀여워했고 열 살이 될 때까지 '하늘의 아이' 라고만 불렀는데, 이는 그 아이 엄마가 모든 이들에게 꿈 이야기를 들려줬기 때문이다.

아버지는 딸아이가 열 살이 되자 이름을 운하(Uhn Hah) 라고 지어 주었다.

어느 날 늙은 유모가 아이를 데리고 할머니 댁으로 가다가 잠시 쉬려고 그늘을 찾아 앉았다. 그 때 반우는 서당으로 가던 중이었는데 장옷을 쓰고 있는 어여쁜 운하의 얼굴을 보더니 그만 눈길을 떼지 못하고 사랑에 빠지게 되었다. 그는 무어라 표현할 말을 잊고 어찌할 바를 몰랐다. 운하는 오렌지 몇 개를 가지고 있었는데, 반우가 유모에게 아주 공손하게 말하기를 '나는 이름이 반우라 하고 서당에 가는 길인데 아주 목이 마릅니다. 오렌지 하나 주실 수 없겠습니까?' 그러자 역시 그의 용모에 반했던 운하가 그가 원했던 작은 오렌지 하나가 아닌 오렌지 두 개를 얼른 주었다. 반우는 운하에게 말하기를 '나도 당신에게 뭔가 선물할 것이 있오 낭자가 허락하면 이 부채 위에 당신의 이름을 적어서 선물하고 싶소' 운하의 이름을 듣고 나서 그리고 그녀가 선물을 받아들이겠다고 하자 그는 부채 위에다 이름을 썼다. '운하보다 아름다운 여자 아이는 없다. 나는 그녀와 약혼하고 다른 어떤 여자와도 결혼하지 않을 것이다.' 그러고 나서 반우는 다시 한 번 그림같이 아름다운 운하를 바라보고 감탄하며 서당으로 갔다. 반우는 운하에게 부채를 접은 채로 전해주었기로 아무도 그 내용을 읽지 않았으리라 생각했다. 운하는 부채를 받아서 그 위에 무엇이 쓰여 있는지 알아차리지 못하고 그냥 소중히 집어넣었다.

- Ⅲ -

반우는 열심히 공부하여 아무리 총명한 학생일지라도 *10년*은 걸려 배워야 할 것을 *3년* 안에 끝냈다. 그래서 그의 스승은 그에게 더 이상 가르칠 것이 없다며 더 이상 서당에 나올 필요가 없다고 말했다. 반우 또한 부모님을 찾아 뵙고 싶었기에 눈물을 쏟으며 스승과 이별하고 忠僕을 대동하고 길을 나섰다. 집에 도착하니 그 동안 아들을 애타게 그리워하던 어머니는 아들이 건강하고 총명하고 그리고 의젓하게 변모한 것에 대단히 기뻐했다. 그러나 아버지는 부채가 보이지 않은 것을 이상히 여겨 반우에게 부채를 어디다 두었는가? 하고 물었다. 그는 아버지에게 사실대로 말하지 않고 도중에 잃어버렸다고 둘러대었다. 그러자 아버지는 화를 내었으나 곧 아들의 불찰을 용서하여 온 가족이 단란하게 살았다.

반우가 *16살*의 소년이 되자, 그는 온 고을에서 사랑받는 아이가 되었다.

그러나 그의 부모는 그가 항상 슬프고 말이 없는 것이 마음에 걸렸다. 그러나 그들은 아들이 그동안 공부를 열심히 하느라 피로가 쌓여서 그렇겠지! 하고 생각했다. 이 무렵 높은 벼슬아치가 반우의 아버지를 찾아와 자기 딸과 혼사를 맺기를 원했다.

유타영은 자신의 아들이 좋은 가문의 사위가 된다는 것에 아주 기뻐하여 즉석에서 그 제안을 받아들였다.

그러나 반우가 혼인하지 않겠다고 버티는 비통한 심정을 그 누가 알랴! 그는 자신이 혼인할 수 없는 이유를 끈질기게 설명하였다. 마침내 아버지를 설득하여 이미 동의해 놓은 혼사를 없었던 것으로 했다.

반우에게 자신의 파혼으로 인해 실망하고 있는 아버지를 위로할 수 있는 좋은 기회가 왔으니 과거시험을 실시한다는 포고령이 내린 것이다. 반우는 곧바로 자신의 결심을 알리고 과거에 응시하기 위해 서울로 향했다. 과거는 대궐 내 격리된 장소에서 치루어졌다. 임금은 신하들을 거느리고 특별히 제작된 정자에 올라 직접 참관했다. 과거를 보려고 수천 명의 응시자들은 온 나라의 방방곡곡에서 모여들어 큰 종이우산으로 그늘을 만들고 돗자리를 깔고 앉았다. 반우는 주어진 문제에 쉽게 답안을 작성했다. 그가 자신의 답안을 지정된 곳에 제출하자, 신하가 이를 임금이 있는 정자로 가지고 올라갔다.

임금은 답안이 아주 훌륭하게 작성된 것을 보고 대단히 감탄했다. 그는 당장 이 답안의 작성자를 데리고 오도록 명을 내렸다. 반우의 답안이 일등을 차지했고, 이는 곧 나팔소리와 함께 공표 되었다. 반우가 임금을 알현하니 임금은 그가 마음에 들었다. 그리하여 그에게 높은 벼슬을 내리고 그 아버지를 지방 관찰사에 봉했다. 반우는 임금에게서 벼슬을 하사 받은 후 조상들의 묘를 찾아가 제사를 올렸다. 그리고 나서 어머니를 찾아갔다. 임금은 그를 어사에 임명했는데, 이는 해박한 지식을 갖춘 자라야 탐관오리를 색출하고 민심을 살펴보는 직책에 적합하다고 생각했기 때문이었다. (어사는 변장을 하고 전국 방방곡곡을 돌아다니며 탐관오리들을 잡아 서울로 압송하여 벌을 주는 벼슬이다.) 반우는 과거에 합격하자마자 곧 이런 중요한 임무가 주어진 것에 대해 저어기 놀랐으나, 한편으로는 여행을 다니다 보면 자신이 사모하는 낭자가 어디 있는가를 알 수 있을 것이라 기대했다. 또한 가난한 백성들의 삶을 개선시켜 보리라는 굳은 마음으로 변장을 한 후 임무를 수행하기 위해서 길을 떠났다.

-Ⅳ-

그러는 동안에 운하는 무럭무럭 자라서 어렸을 때보다 더욱 아름다운 처녀가 되었다. 그녀 또한 반우와의 만남을 자주 떠올리며 그가 선물한 부채를 바라보았다. 그녀는 그가 써 준 부채의 글을 읽고 매우 기뻐했고 천생연분이라 생각하며 그이 외에 다른 사람과는 혼인하지 않겠다고 결심했다.

그 때 어느 高位 장군이 운하의 집 근처로 이사 왔다. 그 장군은 용맹함으로 명성이 높았지만, 한편으로는 잔인함으로도 악명을 떨쳤다. 그는 운하가 미모가 뛰어나다는 소문을 듣고는 그녀의 아버지를 찾아와 그의 아들과 혼인할 것을 요청했다. 장군이 나가자마자 조성누는 딸에게 장군의 아들과 혼인하라고 말했다. 그러자 그녀는 미친 듯이 펄펄뛰며 자신이 선택한 신랑을 잊지 않으려 했다. 그때부터 그녀는 음식을 거부하였기로 부모의 마음은 찢어질 듯 아팠다. 마침내 운하가 어머니에게 비밀을 털어놓고 그 외에 다른 사람과 절대로 혼인하지 않겠다는 자신의 결심을 재차 다짐했다

    그녀의 아버지는 당황하며 '왜 이전에 말하지 않았느냐?' 하며 딸을 야단 쳤다. 그는 그 잔인한 장군의 복수를 두려워하였던 것이다. 그는 덧붙여 말하기를 '너의 행동은 어리석다. 그 젊은이는 이미 오래 전에 다른 여자와 혼인해 살고 있을 것이다.' 그러나 운하는 눈물을 흘리며 자기 자신을 이미 반우의 아내라 여기고 있고, 반우가 약속을 지킬 것으로 믿고 있기에 제발 다른 사람에게 시집가라고 하지 말라며 애원했다. 계속해서 말하기를 '반우 외에 다른 사람에게 시집가라고 강요할 바에는 차라리 나를 죽이시오!' 하며 흐느꼈다. 그녀의 부모는 딸의 의지를 차마 꺾지 못하였다. 조성누는 장군에 게 당신네와 혼사가 오고간 것이 우리 가문에 영광이라는 내용의 편지를 정중하게 써 보냈다. 그러나 이 편지는 불행을 초래하였으니, 장군은 이 편지를 읽고 나서 격노하였다. 마침 그때 나라의 안위를 위태롭게 하는 도적 떼들을 소탕하라는 명을 받아 서울로 올라가니 그는 이 기회를 이용하여 운하의 아버지에게 복수하려는 음모를 꾸몄다. 그는 출발하기 전에 그 고을 사또에게 명하여 운하의 아버지를 감옥에 가두어 두고 혼인을 승낙하기 전에 는 감옥에서 풀어주지 말 것을 다짐시켰다. 이 명령을 받은 관리는 마음씨가 아주 좋은 사람이었고 장군의 잔인함을 중오하였다. 그는 조성누가 털어 놓은 것을 믿고 그와 그의 예쁜 딸을 측은하게 여겨 세간을 정리하여 어디 먼 곳으로 떠날 것을 충고했다. 조성누는 그에게 감사해 하며 고향을 떠났다. 그 마음씨 착한 관리는 장군에게 조성누가 가족과 함께 먼 곳으로 떠나 명을 수행할 수 없었노라 보고 했다.

- V -

한편 반우는 온 나라를 다녀도 아내의 소재를 알 수 없어 슬퍼하던 중에 그의 삼촌이 사는 고장에 다다랐는데, 우연하게도 그가 바로 조성누에게 먼 곳으로 떠나라고 조언했던 선한 관리였다. 그는 조카가 매우 병약해 보이고 슬픔에 잠겨있는 등 외모가 변한 것을 보고 그 이유를 말 하도록 하니, 이야기를 듣고 나서 운하의 가족이 장군의 보복을 피해 먼 곳으로 떠났다는데 지금 어디 살고 있는지 모르겠다고 말해 주었다. 그 후 반우는 어사의 직책에서 물러나게 되니 그는 자신의 운명을 한탄하며 오랜 기간을 병상에 눕게 되었다. 병에서 거의 완쾌되지 않은 채 다시 운하의 가족을 찾으러 서울로 길을 나섰다.

- VI -

운하의 가족들은 오랜 유랑생활에 병을 얻어 길에서 멀리 떨어져 있는 주인 없는 오두막에 들어가 살았다. 그러나 부모님의 상태는 점점 나빠져 얼마 지나지 않아 차례로 세상을 떴다. 운하는 돈도 없고 양식도 없는 낯선 땅에서 보호해 주는 사람 하나 없이 무엇을 어떻게 시작해야 될지 몰라 하며 고통과 불안에 떨었다. 늙은 유모가 위로하며 오랜 시간 동안 설득해서야 그녀는 남장을 하고 여행을 계속 했다.

그녀는 혼인을 하지 않은 남자들처럼 긴 머리를 땋아 늘어뜨린 모양을 하고 무사히 서울에 도착했다. 서울에서 그녀는 반우의 아버지인 사또와 마주치게 되었다. 그녀가 사또의 행렬이 지나가도록 공손히 길옆으로 비켰다.

마침 사또가 운하의 손에 쥐어있는 눈에 익은 그 부채를 알아보고 두 사람을 붙잡아 데려오도록 명했다. 사또 앞에 끌려가 부채를 어떻게 해서 손에 넣게 되었는가? 하고 물으니, 남장을 한 소녀는 부채는 집안에서 내려온 유산이라 대답했다. 이에 사또는 진노하며 이 젊은이가 거짓말을 하고 있다라고 하며, 그 부채는 자신의 것이자 가족의 聖物인데 알 수 없는 이유로 그의 손에 들어가게 되었다고 했다.

그러나 주지하다시피 유타영은 선한 마음씨를 지닌 사람이라 많은 돈을 줄 터이니 그 부채를 자신에게 넘기라고 했다. 그러나 운하는 죽으면 죽었지 부채를 포기할 수 없다 하며 듣지 않았다. 사또는 그 두 사람을 감옥에 가두도록 명을 내렸다.

사또는 부채를 도로 찾기 위해 몰래 감옥으로 사람을 보내 돈과 부채를 맞바꾸자고 설득해 보았다. 그리고 그녀의 유모도 이제 그만 부채를 포기하라고 누차 말했지만, 운하는 유모를 꾸짖고는 울다가 잠이 들었다. 꿈속에서 화려한 궁궐 안에 있는 한 무리의 여자들이 그녀에게 붉은 골 풀을 가리키면서 말하기를 '연인을 애타게 그리워하여 흘린 그들의 눈물이 붉은 비로 변하여 강가에 피어 있는 푸른 골 풀을 피 빛으로 물들였다. 그들은 운하에게 용기를 잃지 말라고 하며, 지금 그녀의 낭군이 병중에 있고 아내를 찾지 못하여 매우 슬퍼하고 있으나, 곧 높은 벼슬을 하여 다시 만나게 될 것이라고 말했다.

운하는 꿈에서 깨어나 다시 용기를 갖게 되었다. 그리고 사또가 자신을 석방한다는 말을 듣고 적이 놀랐다. 간수는 이 미소년이 마음에 들어 그에게 얼마간 돈을 주고, 두 사람에게 음식을 주고는 어디로 가는가 묻지도 않고, 또 변장한 것을 알아채지 못하도록 하고 떠나 보냈다.

- Ⅶ -

이 무렵 반우는 心身이 괴로운 상태로 고향에 내려 왔다. 임금이 그에게 높은 벼슬을 주어 조정으로 올라오게 하려고 했으나, 그는 이를 거절하고 사람들과의 접촉을 피한 채 두문불출하였다. 그의 아버지가 결혼하도록 설득 했으나, 이는 오히려 그를 더욱 병들게 할 뿐이었다. 결국 아버지는 시간이 지나면 괜찮아지겠지 하고 지켜볼 도리 밖에 없었다. 그때 앞서 언급하였던 반우의 삼촌이 볼 일이 있어 서울에 올라 왔다. 그는 반우의 몰골이 병든 것을 보고 운하의 가족에 관한 이야기를 들려 줬다. 반우의 아버지는 부채를 포기할 바에는 차라리 죽음을 택하겠노라고 했던 미소년의 정체를 알고 나서 는 마음속으로 이런 며느리를 얻게 된 것을 하늘에 감사드렸다. 그는 아버지 를 불신했다는 이유로 아들을 크게 꾸짖고, 앞서 일어났던 두 남장한 여인들 에 관해서 얘기해 주었다. 그는 사람들을 풀어 그 두 여자에 대해 탐문했는데 어느 노인으로부터 그들이 난리가 일어난 고장으로 들어갔다는 말을 들을 수 있었다. 父子는 노인과 마음씨 좋은 간수를 포상했다.

'아 이런 고얀 녀석! 그런 고귀한 낭자와 몰래 약혼했으면서 도망가도록 놔두고는 바보같이 아무 말도 않고 있어? 하마터면 죽음에 이르게 할 뻔 하지 않았느냐? 그냥 앉아서 지켜볼 수 없다. 그 아이가 죽으면 너만 세상의 비난을 받는 것이 아니라 네 늙은 아버지도 비난과 욕설을 듣게 된단 말이다. 사랑의 번민에 빠져 그렇게 수수방관만 하지 말고, 일어나서 임금님을 배알 하고 군사의 자리를 달라고 청하여 그 여인들이 간 난리가 일어난 지방으로 출동하여 그들을 찾아라?' 하며 아버지가 말했다. 반우는 곧장 임금을 알현하 고 자초지종을 아뢰니 임금도 퍽 놀라워하며 (앞서 나왔던 악한) 노장군으로

하여금 그를 장군으로 임명하도록 하였다. 그 노장군은 내심 반우가 전장에서 죽으면 아름다운 운하를 자기 아들과 결혼 시킬 수 있을 것으로 생각하고 있었다.

반우는 곧 출정준비를 마치고 서둘러 출병하였다. 도중에 어떤 산을 지나게 되었는데, 반우는 자신의 죽음을 예견하고 눈에 쉽게 띄도록 아주 큰 글씨로 다음과 같은 글을 바위에 새기게 했다:

'나, 유반우는 이제 전쟁터로 가서 生死를 운명에 맡기겠노라. 하늘만이 終局을 알리라. 이승에서의 내 소원은 오직 죽기 전에 내 처의 얼굴을 보는 것이라.'

그는 자신의 연인이 이 지역 어딘가에 있으면 이 글씨를 보고 자기를 찾기를 바라는 마음뿐 이었다. 그는 많은 전투를 벌여 매번 승리했다. 그러나 곧 식량이 바닥이 났고 요청한 보급물자도 소식이 없었다. 군사들은 병들고 굶주림에 허덕이다가 스스로 목숨을 끊는 자들이 속출했다. 유반우는 마침내 왕의 윤허를 받지 않고 독단으로 군사를 철수하기로 결심했으나, 반군의 기습을 받아 군사들은 전멸하고 자신만 겨우 살아남아 적장의 포로가 되었다.

- VIII -

운명이 다시 이 두 연인의 사이를 갈라놓았다. 운하는 반우가 아버지 집에서 은둔하며 살고 있고 병들었다는 소식을 들었다. 그리하여 그녀는 그를 찾으러 유모와 함께 다시 서울로 올라가기로 결심했다. 이들이 서울로 가는 도중에 한 번은 마을에 도착하기 전에 날이 저물어 밤이 되었다. 멀리서 불빛 하나를 발견하여 기뻐하면서 가보니 작은 오막살이 집 한 채가 그곳에서 있고, 노인이 그곳에 살고 있었다. 노인은 그들이 다가오는 것을 보자 읽고 있던 책을 접어두고 그들을 안으로 들였다. 수인사를 서로 한 후, 노인은 이름과 출신을 묻는 대신 운하를 조낭자라 부르니 운하는 용감하게 '나는 사내요.' 하고 말했다.

'나를 속이려 하지 마소' 하며, 노인이 미소를 띠며 말하기를 '변장하고 있는 것을 이미 알고 있고, 낭자가 누군지도 알고 있으며, 무엇을 하려는지도 알고 있소. 너무 두려워하지 마소. 우리 집은 안전하오.' 운하가 깜짝 놀라며 그에게 물어보려고 하니, 노인은 '내게 아무것도 묻지 마소. 나는 낭자가 이리로 오리라는 것을 미리 알고 있었기에 이미 오래전부터 낭자를 기다리고 있었다오. 낭자는 큰일을 할 것이므로 내가 당신을 위해 준비해 둔 것이 있소. 번민과 굶주림에 고통 받지 말고 이 알약을 드시오. 이 약은 신비한 힘과 용기를 낭자에게 줄 것이오.' 하며 향기가 나는 알약을 건네주었다. 운하는 이 알약을 받아 먹고 잠이 들었다. 유모도 잠이 들었다. 아침에 두 사람이 깨어나 보니 오두막과 노인은 온데간데없이 사라졌기에 깜짝 놀라며 신기하게 생각하였다. 그리하여 그들은 그 노인이 하늘의 명을 받은 자임에 틀림없다고 생각하고 계시를 준 것에 감사하였다. 그리고 계속 길을 가다가 한 농부를 만나서 식량을 얻었다.

그 둘이 그곳에서 쉬며 밥을 먹고 있을 때, 점쟁이 거지들 중 한 명이 다가왔다. 그는 운하 앞에 와서 말하기를 '이 사내는 남장한 여자이다. 남편을 찾으러 다니는구나. 남편은 반군과 싸우다가 사로잡혀 있구나. 지금은 초죽음 지경에 있으나 부인이 그를 구출해 주어 곧 건강해 질 것이다.' 하였다. 이 말을 듣고 운하의 마음은 기쁨과 슬픔이 교차하였다. 그녀가 농부에게 자신의 처지를 설명하니, 그는 그녀를 별당으로 안내해 편안히 쉬게 하였다.

그러나 그녀는 곧 길 떠날 채비를 했다. 그녀는 남편이 있으리라고 짐작되는 곳으로 가 그를 만나고, 또 하늘의 사자가 언질을 준 그 큰일이라는 것을 수행하기 위한 장소를 찾으려는 마음으로 조급하였다. 그녀는 농부에게 이별인사를 하고 계속 길을 가다가 전투가 벌어지는 지역으로 들어오게 되었다. 먼저 운하의 눈에 띤 것은 바위에 새겨 놓은 글이었다. 그녀는 이것을 보자 너무 늦게 도착 하였구나 라고 생각하고는 슬피 통곡했다. 유모는 그녀를 위로하려고 노력했으나 허사였다. 그들은 근처의 주막으로 갔다. 운하는 주막집 주인의 아내가 계속 우는 것을 보고 그 이유를 물어보니, 그녀가 대답하기를 반란군을 진압하러 서울에서 내려온 군사들이 먹을 것이 떨어져 굶어 죽어야 하는 것을 보고 불쌍해서 우는 것이오. 무엇보다도 지난 번 전투에서 반란군에게 포로가 되어 산 속으로 끌려 들어간 대장 유반우가 가엾소' 하였다. 이 말을 듣고 운하는 너무 놀라 실신하였다. 늙은 유모가 한참 동안 애쓴 후에야 운하는 겨우 정신을 차릴 수 있었다. 주막집 사람들에게서 이야기를 듣는 동안, 운하는 그들이 반우의 몸종이었고 주인을 따라서 여기까지 왔다는 사실을 알았다. 또한 앞서 언급했던 마음씨 나쁜 장군이 반우를 미워하여 그가 전투에서 공을 세우지 못하게 할 작정으로 식량을 보내주지 않았다는 사실도 그들에게서 듣게 되었다.

운하는 반우의 아버지에게 편지를 써서 지금까지 들었던 모든 사실을 알렸다. 그러나 편지를 지닌 使者는 반우의 아버지가 다스리는 고을로 갔으나 만나지 못하여 발길을 재촉하여 서울로 갔다. 그곳에서 그는 놀라운 소식을 접했으니, 마음씨 나쁜 장군이 반우가 반란군에게 투항하여 그들과 함께 도망쳤다 하는 거짓 상소를 올려 반우를 역적으로 몰아 그 아버지 유타영을 옥에 가두도록 했다는 것이다. 운하가 머물던 주막의 주인인 그 使者는 온갖 수단을 쓴 끝에 감옥에 갇혀있는 그를 면회할 수 있었다. 아버지는 아들이 운하와의 일에 대해 침묵하고 있었기 때문에 이런 일이 생겼다고 하며 아들을 원망하고 있었다. 그는 자신의 동생에게 운하를 집에 데려다가 보호해 달라고 하는 내용의 편지를 써서 使者를 통해 보냈다. 동생은 편지를 보고 나서 최선을 다해 돕기로 결심하고, 사자로 하여금 운하를 자신의 집으로 데려 오게 했다. 그는 조카의 아내와, 또 유모에게도 신분에 걸 맞는 옷차림을 하도록 돈과 가마를 딸려 보내 주었다. 길고 힘든 여정을 거쳐서야 使者가 운하를 삼촌의 집으로 모셔오니 그는 운하를 환대하며 잘 대접했다. 그러나 운하는 마음이 더욱 아팠다. 이제 아무 걱정 없이 모든 것이 풍족해지니 불쌍한 낭군의 생각이 끊임없이 밀려왔다. 마침내 그녀는 임금에게 상소하여 유반우를 반란군으로부터 구출하기 위해 자기에게 군사를 빌려달라고 하였으나 사악한 장군의 훼방으로 실현되지 못했다. 그러나 그녀는 실망하지 않고 끊임없이 상소를 올린 결과, 마침내 임금도 이 용감한 여인에 대해 알고 싶어서 친견을 허락하게 되었다.

그녀가 임금을 알현하러 나타나니 임금을 비롯한 대소 관료들이 그 미모와 수려한 기품에 매료되었다.

그녀의 소원이 거의 이루어지려는 찰나, 그 사악한 장군이 나타나 말하기를 여자에게 군사를 보내기 전에 그가 군사를 지휘할 용기와 힘, 그리고 지혜가 있는지를 미리 검증해야 한다고 주장했다. 임금도 그의 말이 옳다고 여겨 운하에게 이를 어떻게 증명해 보이겠느냐고 물었다. 운하는 죽은 부모님에게 빌며 전에 노인이 준 신비의 알약을 떠올렸다. 그녀는 땅에 있던 장정 열 명이라 할지라도 들지 못하는 큰 바윗돌을 아주 손쉽게 들어 올려 성 밖으로 던져버렸다. 그러고 나서 사악한 장군의 칼을 빼서 자신의 머리

위로 빙빙 돌리다가 그 속도를 더욱 빠르게 하니 마치 불붙은 고리와 같았다. 공중에서 소용돌이치는가 싶더니 어느새 운하의 몸 주위로 옮겨와 격렬하고 빠르게 소용돌이 쳤다. 그리고 장군의 눈앞으로 아주 가까이 다가오자, 놀란 그가 구석으로 피했다.

임금은 그녀의 힘과 능력에 아주 만족하여 그녀를 군대의 대장으로 임명하고 왕이 직접 지휘하던 최정예부대를 주었다.

기쁜 마음으로 운하는 임금에게 감사드리고, 다시 남장을 하고 선두에 서서 군사를 이끌고 반란군이 있는 곳으로 출정했다. 그녀가 싸움터에 당도했을 때 하늘에서 구멍이 뚫린 것처럼 많은 비가 쏟아져 어떠한 행동도 실행하기가 불가능한 상태였다.

밤에 전사한 군사들의 혼령이 나타나 말하기를, 이 비는 사악한 장군의 음모로 굶어 죽은 반우의 군사들의 원한이 풀리기 전까지는 계속 될 것이라 하였다. 이 말을 임금에게 보고 하니 임금도 이전부터 이러한 이야기를 들었지만 믿지 않았었으나, 이제 진상을 조사하도록 명한 후 유죄가 입증된 장군을 하옥하도록 하였다. 그리고 운하와 혼인하려고 했던 그의 아들을 공개적으로 처형했다.

사형수의 피가 사방으로 튀고 전사한 영혼들에게 제를 올리니 비는 곧 그치고 해가 나타나 밝게 빛났다. 운하가 지휘하는 군사들은 반란군을 무찌르고 나라에 평화와 안정을 가져 왔다. 그러나 반우는 어디에도 없었다. 마침내 반란군 중 하나가 반우가 어디에 잡혀 있는지 알려 주었는데, 목숨을 보장한다고 약속하니 직접 반우가 있는 곳으로 안내하였다.

두 사람의 모습이 그 동안 변했기 때문에 서로를 알아보는데 한참이 걸렸다. 그러나 그들은 이전에 했던 언약을 충실히 이행하기로 결심했다.

유반우는 이제 군사 지휘권을 다시 맡게 되었고, 운하는 화려한 가마를 타고 서울로 그를 따라 갔다.

서울에 도착하여 반우는 지방 관찰사에 새로 임명되고, 그의 아버지도 이전의 자리에 복직되었다. 마음씨 나쁜 장군은 사형선고를 받았고, 그의 재산은 몰수되어 왕가에 귀속되었다.

조운하는 부모가 이미 세상을 떠났기 때문에 임금이 그를 입양하여 왕족들만이 사용할 수 있는 커다란 홀에서 특별히 혼인식을 치르게 하였다.

모든 일이 임금의 뜻대로 이루어져 유반우는 가장 높은 벼슬을 하였다. 그의 처의 덕을 칭송하는 노래와 詩들이 사람들 사이에 불리어져서 그녀는 모든 여인들의 龜鑑이 되었다.

6. 효녀 심청

심형-혹은 간단히 심싸-은 자신이 사는 마을에서 명망이 높은 사람이었다. 그는 양반이었기에 그 부류의 사람들이 으레 그러듯이 길을 걸을 때면 느릿 느릿 양반걸음으로 걸어 다녔다. 그가 나귀나 轎子를 타고 볼일 보러 갈 때면 노비가 앞장서서 길을 비켜라 소리치며 주인이 나아갈 길에 장애가 없게 하였다. 그는 학식이 많았으나 높은 벼슬은 하지 못했다. 그는 박봉으로 어렵게 생활하였고, 재산도 없어 항상 근검절약하며 살아야 했다.

그는 부모가 맺어준 아름답고 예절바른 규수와 혼인하여 매우 행복했다. 그 규수는 아름다웠고 상냥하였을 뿐만 아니라 총명하여 주위의 평판이 자자 하였다. 그녀는 한자도 깨우쳤고 여성이 하는 수공에는 두루 다 익혔다. 그녀가 조선 역사의 한 토막을 화려한 한자를 곁들여 비단과 금(실)을 가지고 만든 자수를 부모와 친구들은 자랑스럽게 여겼다. 그녀의 아버지는 이것을 임금에게 진상하였다. 임금은 이 아름다운 자수가 아주 마음에 들어 병풍으 로 만들라 분부하고, 그가 앉는 보료 옆에 세워두게 하여 항상 감상하였다.

심은 그의 아내 될 사람이 글공부를 한 처자라는 것이 못마땅하여 처음에 는 부모의 결정에 반발하였으나, 혼인하던 날 그녀의 아름다운 얼굴을 보고 반하여 혼인식이 얼른 끝나기만을 고대했다.

둘의 생활은 행복했다. 서로는 서로를 위해서 태어난 것처럼 보일 만큼 천생연분이었다. 그래서 둘은 부모들의 결정이 아주 옳았다고 여겼다. 둘은 저녁이면 달빛아래 안방 옆으로 나있는 정원에서 미래의 계획을 정답게 주고 받았다. 그들의 소원을 아들 하나를 보는 것이었다. 그러나 세월이 가도 아이가 생기지 않았다. 아내는 비구니들에게 물어 보고 남편은 아주 의기소

침하여 다른 사람들과의 교류를 피했으니, 이는 자식이 없는 것을 사람들이 흉 볼 것이라 생각했기 때문이었다. 그는 책 속에 파묻혀 살면서 부인의 방을 더 이상 찾지 않았다. 이렇게 공부에만 열중하다 보니 그의 몸은 병들어 쇠약해져 결국 시력을 잃고 말았다. 아내는 운명을 한탄하였으나 아기 갖는 희망을 버리지 않았다. '심씨의 마누라'라 불리는 것을 부끄러워하지 않았지만, '꼬마 심씨의 어머니'라 불리게 될 날을 밤낮없이 간절히 기다렸으나 헛된 바람이었다.

그렇게 15년이 흐른 어느 날 마침내 태몽을 꾸게 되었다. 꿈속에서 하늘에서 별이 자신에게 떨어지는 것이었다. 그녀는 당장 남편에게 달려가 그들의 소원이 곧 이루어지리라 장담했다. ─ 그녀의 꿈은 헛된 것이 아니었다. 아기가 태어난 것이었다. 그러나 기대했던 사내아이가 아니고 계집아이였다. 그러나 15년 동안 기다렸던 아이였기 때문에 그들은 딸아이를 사랑스럽게 받아들였다.

부부는 다시 금슬이 좋아졌고 아기는 보살핌 속에 무럭무럭 자랐다. 아기는 모든 小兒病을 비켜가 얼굴에 마마 자국이 남는 천연두도 앓지 않았다. 아기가 3살이 되니 미모가 어머니보다 더 출중했다. 뺨은 활짝 핀 장미와 같고 앵두 같은 입술을 열어 진주 같은 이가 드러나 말을 하면 영특하거나 귀여운 소리를 하거나 은방울 같은 웃음소리를 내었다. 이전에 그토록 슬픔에 잠겨있던 부부는 아이로 인하여 삶의 활력을 찾게 되었고, 아이의 총명함과 미모를 자랑스럽게 생각했다. 아버지는 아기가 계집아이라는 사실을 잊은 채 항상 금지옥엽으로 애지중지 키웠다.

그러나 이 행복한 시간도 곧 그 종말을 고하였으니, 어머니가 갑자기 병들어 숨을 거둔 것이다. 남편은 절망감에 빠져 밤낮없이 통곡을 하며 죽은 아내를 그리워했다. 그가 방에서 나왔을 때, 그의 머리는 하얗게 세어 있었고 그의 눈은 하도 눈물을 많이 흘리어 보이지 않게 되었다. 그는 맹인이 된 것이었다. 그는 더 이상 스스로 벌어 아기를 보살필 수 없게 되었기에 가지고 있던 재산을 조금씩 떼서 처분한 결과, 10년 후에는 살고 있던 집도 다른 사람의 손에 넘어가고 말았다. 이제 그는 구걸을 해야만 되었고, 그 사이 처녀로 자란 그의 딸아이는, 일정한 나이에 든 성장한 처녀는 외출을 금지하는 국법에 따라 아버지와 더 이상 동행할 수 없었다. 어느 날 이 소경이 물웅덩이에 빠지는 불행한 사태가 일어났다. 그는 빠져 나오려고 한참동안을 허우적댔으나 허사였다. 이때 인기척이 들리자, 그는 큰 소리로 '사람 살려, 나는 소경이오. 술에 취한 것이 아니오.' 하고 말했다.

'당신이 술 취한 것이 아니라 소경이라는 것을 알고 있소. 내가 도와 줄 것이오.' 하며 어떤 사람이 다가오는 것을 느꼈다.

'내 처지를 알고 있는 댁은 누구시오?' 하며 심씨는 물었다.

'나는 산 속 암자에 있는 승려요.' 하며 그 사람이 대답했다.

'내가 다시 빛을 볼 수 있게 되리라는 말인가요?' 하며 심봉사가 물었다.

'그렇소.' 하며 승려가 말을 잇기를 '나는 당신을 만나는 꿈을 꾸었소 당신이 우리 암자의 부처님에게 공양미 삼백 석을 시주를 하면 다시 눈을 뜨게 될 것이오. 그러면 당신은 높은 벼슬을 받아 그 명예가 빛날 것이고, 당신의 딸은 전국에서 가장 고귀한 여인이 될 것 이오' 하였다.

'그렇지만 나는 늙었고 가난하오. 어찌 그렇게 많은 공양미를 감당할 수 있겠소?'

'당장 바치지 않아도 되오' 하며, 승려가 말하기를 '내게 공양미를 바친다 는 약조를 써 주면 되오. 공양미를 바치는 때는 당신이 알아서 하시오'

하였다.

'좋소' 하며, 심봉사가 말하기를 '내게 지필묵을 주시오. 그러면 내가 글씨를 써보이리라.' 하였다. 그들은 근처의 집으로 들어갔고, 승려의 도움으로 심봉사는 눈을 뜬다는 조건으로 공양미 삼백 석을 바친다는 내용의 글을 썼다. 굶주림에 지치고 사지가 쑤시는 고통을 안고서 심봉사는 집으로 돌아왔다. 그는 자신의 굶주린 배를 채울 만큼 그렇게 많은 쌀이 없었지만, 공양미 삼백 석을 바친다는 약속을 떠올리고는 미소를 지었다.

마침내 그에게 얼마간의 양식을 벌 수 있는 일거리가 생겼다. 쌀을 타작하는 일을 맡게 된 것인데 그에게는 힘든 노동이었다. 그러나 그는 자신과 딸의 어려운 처지를 극복하기 위하여 열심히 일했다. 그가 저녁에 일을 마치고 집으로 돌아오면, 딸이 준비한 깨끗하게 차려진 밥상이 기다리고 있었다. 어느 날 저녁 그가 저녁상을 받고 앉아 막 저녁을 먹으려 할 때, 산 속 암자의 승려가 찾아와 이전에 심봉사가 한 약속을 떠올려 주었다. 그러자 심봉사는 저녁을 들 마음이 사라졌고, 이내 그 동안 함구하고 있었던 문서로 서약한 내용을 딸에게 털어놓았다. 그러자 딸도 아버지가 눈을 뜬다는 약속이 이루어 질 것이라는 말에 기뻐했으나, 곧 언젠가는 바쳐야할 공양미를 마련하는 것이 불가능하다는 것을 깨닫고 상심했다.

그녀는 밤낮으로 어떻게 하면 그 많은 쌀을 마련할 수 있을까? 고민하는 한편, 천지신명에게 아버지를 불쌍히 여겨 눈을 뜨게 해 주십사 하고 빌었다. 그녀는 꿈을 꾸었는데 꿈속에서 죽은 어머니가 나타나 말하기를 '슬퍼하지 말라'고 하며 곧 삼백 석을 마련할 방도가 생겨 아버지가 다시 눈을 떠 행복이 찾아올 것이라 하였다.

심봉사의 딸 심청이는 다음 날 중국으로 많은 배를 보내 장사를 하는 부자가 아주 당황해 하고 있다는 소문을 접했다. 그의 배들이 목적지로 가려면 바다의 파도가 험한 곳을 지나가야 하는데, 그동안 몇 척의 배들은 그곳에서 침몰하여 인명 피해를 봤던 것이었다. 그가 승려들에게 파도를 잠재워 무사히 항해할 방법을 물어보니, 그들이 대답하기를 처녀를 희생 제물로 바치면 된다고 하였다.

그리하여 그 부자는 많은 상금을 내걸고 제물로 삼을 처녀를 구하였으나 허사였다.

심청은 이 이야기를 듣고 자신이 꿈에서 들은 것과 상관이 있으리라 생각하고는 제물이 되기로 결심하였다. 심청은 일부러 남루한 옷을 입고 음식을 먹지 않았는데, 이는 자신의 외모가 초췌하게 보이도록 하여 동정심을 사서 부자가 그의 미모에 반하여 제물이 되려는 것을 말리지 못하도록 하기 위해서였다. 그녀는 아버지의 진지를 준비해 놓고 말하기를 어머니가 現夢하셔서 산소에 다녀 오겠다고 했다. 그 길로 부자에게로 가니 부자는 심청의 미모에 놀랐다. 남루한 옷과 허기져 초췌한 모습이 오히려 그녀에게 가련함을 더 하였던 것이다. 그녀가 제물이 되겠다고 하자, 그는 너처럼 아름다운 소녀를 인간 제물로 삼을 수 없다고 했다. 그러나 그녀가 계속 제물이 되겠다고 하며 삼백 석 쌀을 요구하였다. 그러자 그가 말하기를 '아! 이제 알겠다. 너는 효심에서 네 목숨을 희생 하려는구나. 나는 이 같은 일이 우리 할아버지가 들려주시던 옛날이야기에서나 나오는 것인 줄 믿고 있었다. 내가 곧 주인에게 네 결심을 알리마. 그리고 네게 삼백 석을 당장 주도록 하마.' 심청은 지금까지 부자의 집사와 이야기하고 있었던 것이다.

심청이가 원했던 대로 일이 진행되었다. 삼백 석 쌀이 집으로 들어왔고, 그녀의 운명은 결정되었다. 그녀는 승려들에게 아버지가 약속한 쌀을 보냈다.

그러나 앞으로 그 대가로 무엇을 해야 하는지 알고 있는 심청은, 곧 비탄에 잠기고 말았다. 아버지가 눈을 뜰 때까지 얼마나 걸리겠는가? 그동안 그는 어떻게 살아가야 하는가? 등등의 생각이 그녀를 괴롭혔다. 그녀에게는 용왕에게 제물로 바쳐지기까지 4시간 밖에 남지 않았다. 마침내 심청이 복받치는 울음을 터뜨리자, 심봉사가 전에 딸이 우는 것을 들어보지 못했기 때문에 매우 걱정되어 그 이유를 물었다. 심청은 다른 사람보다 자신이 직접 아버지에게 이야기하는 것이 낫다고 생각하여 모든 사실을 털어놓았다. 심봉사는 어리석은 짓이라고 크게 꾸짖으며 자신도 울고 말았다. 그는 심청이를 끌어안으며 말하기를 '너를 떠나 보내지 않으련다. 너를 보지 못한다면 눈을 떠서 뭐하냐? 불쌍한 내 딸아!' 하였다. 부녀가 이렇게 큰 소리로 통곡을 하자, 이웃에서 평소에 조용하던 집에 무슨 일이 났나 보다 하고 뛰어나와 그 이유를 물었다. 심봉사에게서 딸의 효성스러운 행동을 전해 듣고는 모두 울었다. 심청은 진정하라 하며 자신의 마음을 더 아프게 하지 말라고 하였다. 아무 것도 그의 굳은 마음을 돌이키게 할 수 없었다, 그녀는 이웃 사람들에게 아버지를 잘 보살펴 줄 것을 간곡히 부탁했다. 그러는 사이에 어떤 낯선 사람이 나귀를 타고 와서 집 앞에 와 내리는 것이었다. 그는 심가의 집이 어딘가를 물었다. 그는 상인의 심부름꾼으로 심청을 데리러 온 사람이었다. 그는 심봉사와 심청의 슬픈 광경을 목격하고는 그에게 쌀 오십 석을 준다는 증서를 주어 딸이 없더라도 한동안 먹고 살 수 있게 해 주었다. 심청은 이웃 사람들에게 이 쌀을 아버지에게 갖다 주도록 부탁하니 심봉사가 통곡을 하다 실신했다. 심청은 그 낯선 사람을 따라 갔다.

나루터에 도착하여 (뱃사람들은) 심청을 꽃으로 장식한 조각배에 앉히고 수많은 배들이 동행하여 용왕이 살고 있다고 하는 곳에 이르렀다. 심청에게 신부 옷을 입혔다. 이 옷은 부자 상인이 마련한 것인데, 심청이가 너무 가엾어 다른 것을 제물로 바치려 했으나 심청은 한사코 거부했다. 심청은 주위에 있는 사람들과 작별하고는 바다 속으로 뛰어 들어가 이내 사라졌다. 그러자 용왕이 기뻐했는지 파도가 잠잠해지고 거칠게 불던 바람도 그쳐 부자의 선단은 무사히 목적지를 향해 항해할 수 있었다.

한편 심청은 바닷물에 뛰어들 때 정신을 잃었고 깨어나 보니 깜짝 놀라지 않을 수 없었다. 자신은 작은 배에 있고 이를 두 마리의 물고기가 끌고 가고 있는 것이 아닌가! 그녀의 옆에는 두 명의 인어가 앉아 그녀에게 진주가 가득한 접시에 마실 것을 따라 주었다. 심청이 '당신들은 누구인가? 나를 어디로 데려가는 것인가? 하고 묻자, 그들은 자신들은 용왕의 시녀들이고 심청을 용궁으로 데려오라'는 명을 수행 중이라고 대답했다.

심청은 자신이 인어의 말하는 바를 알아 듣는 것이 퍽 신기하였다. 그녀는 지금 이 곳이 저승이라면 아주 편안하고 안락한 곳이라 생각했다. 심청은 아름다운 해초로 이루어진 숲을 지나고, 울창한 산호가 나무처럼 서 있는 곳을 지나 거대한 무리의 오색찬란한 다양한 물고기 떼가 지나가는 것을 보았다. 이윽고 배가 용궁의 성문 앞에 와 멈추었다. 심청은 궁궐의 화려함에 넋을 잃었다. 담장은 그림에서나 보았던 귀한 보석으로 치장되어 있었다. 성문은 수정으로 만들었고, 거기에 박힌 황금으로 된 못의 대가리는 번쩍이는 진주로 장식되어 있었다. 가는 곳마다 오색영롱한 보석이 그녀를 맞이했다. 步道는 검은 대리석 판이 깔렸어 바닷물이 오색으로 찬란하게 어른거렸다.

이윽고 비단 깃발을 들고 소라를 부는 크고 작은 물고기들을 대동하고 용왕이 수백 마리의 물고기들이 끄는 황금교자를 타고 나타났다. 그가 거느린 신하는 수천을 헤아렸다. 심청은 용왕의 그 무리들 중에 섞여있는 시녀들처럼 아름다운 여자를 일찍이 본 적이 없었다. 심청과 동행했던 인어들은 그녀의 옷을 갈아입히고 용왕의 앞으로 인도했다. 그는 그녀를 매우 따뜻하게 맞이했고, 신하들은 그녀에게 깊이 절하였다.

이에 심청은 매우 공손하게 말했다; '소녀는 가난한 걸인의 여식일 따름이오 다만 아버지를 위해 목숨을 버린 것일 뿐이니 이와 같은 예우는 어울리지 않습니다.' 하였다.

왕은 관대하게 미소를 짓고 온화한 목소리로 말하기를 '나는 이미 너에 대해 너보다 잘 알고 있느니라. 아름다운 밤에 찾아오는 별들의 생애를 잘 알고 있는 자가 용왕이라는 것을 명심 하여라. 너도 한때는 아주 아름다운 별이었느니라. 너는 별들의 임금의 술을 책임지는 자리에 있으면서, 네 애인에게 임금이 마실 술을 마시도록 하였다. 그가 한 종류의 술만을 계속 마시는 바람에 술이 바닥나니, 임금이 자신이 좋아하는 술이 쉬이 없어지는 이유를 조사하도록 하였다. 그 진상을 알고 매우 화가 나 그 둘을 지상으로 쫓아내는 벌을 내렸다. 그러나 둘을 동시에 땅으로 내려 보내지 않고, 네 애인을 먼저 보내고, 둘을 서로 만나지 못하게 하기 위해서, 너를 한동안 잡아 두고 있다가 너를 내려 보내 심봉사 내외의 딸로 태어나게 했던 것이다. 천상의 존재가 어떻게 사람이 사는 땅으로 오게 되었는지 너는 잊어 버렸던 것이다. 그래서 너는 심봉사를 친아버지로만 여기고 효심으로 네 자신을 희생했던 것이다. 별들의 임금이 네 효심에 감동하여 이제 너를 용서하여 상을 내리려 한다.' 고 말하였다.

용왕은 말을 마치고 인어를 불러 말없이 서 있는 심청을 데려가게 했다.

심청을 화려한 방으로 인도하여 지상으로 돌아가기 전에 푹 쉬게 하였다. 심청이 한잠 잘 자고 나니 이전보다 더 아름다워져 있었다. 그녀에게 아름다

운 꽃을 선사하고 인어들이 말하기를 '지상으로 돌아가는 동안에 이 꽃 속에
들어가 향기와 즙을 먹으며 있으라.'고 하였다. 용왕이 다시 나타나 작별을
하니 그녀는 그동안 보살펴 준 것에 감사하였다. 또 주위의 모든 이들과도
작별하고 꽃받침 속에 들어가 앉았다.

꽃은 전에 심청이 뛰어들었던 바로 그 자리에 떠올라 바닷물에 이리저리
출렁대었다. 얼마 지나지 않아 심청을 제물로 삼았던 그 부자의 선단이 나타
났다. 그들은 항상 파도가 험하게 이는 그 곳에 난데없이 꽃이 떠있고 거기서
뿜어내는 향기가 주변에 진동하는 것을 보고 무척 놀라지 않을 수 없었다.
마침 배에 타고 있던 부자는 그 꽃을 갑판 위로 끌어올리기로 마음먹었다.
배가 무사히 귀항하면 그 꽃을 임금에게 진상하기로 마음먹었다. 큰 힘을
들이지 않고 꽃을 배에 실을 수 있었다. 배가 육지에 당도한 후 부자는
그 아름다운 꽃을 임금에게 진상하니 임금이 무척 기뻐하였다. 임금은 꽃의
아름다움에 매료되어 식상할 줄 몰랐다. 그는 궁궐의 내전에 큰 유리 상자를
만들도록 하여 그 속에 꽃을 넣도록 했다. 달 밝고 따스한 어느 날 밤에
심청이 꽃 속에서 나와 궁궐의 뜰을 거닐었다. 그날 밤 임금은 몸이 편치
않아 꽃향기를 맡으면 나아지려니 하고 생각했다. 그는 자리에서 일어나
뜰로 나갔다. 그 곳에서 인기척에 놀라 다시 꽃 속으로 숨으려 했던 심청과
임금은 마주쳤다. 임금은 아름다운 심청을 보고 퍽 놀랐고, '네가 누구이며
어디서 왔는가?' 하고 물었다. 심청 또한 무척 당황하여 급히 꽃받침 속으로
피하려 했다. 그러나 심청이 꽃으로 들어가려고 하자 갑자기 꽃이 온데간데
없이 사라졌다. 임금은 유령이 나타난 것이라 생각하고 두려워했으나, 심청
이 말하기를 '두려워하지 마시오 나는 유령이 아니고 사람인 심청 이오'
하였다. 임금은 그녀의 미모에 홀리어 주저 없이 그녀에게 다가갔다. 그는

그녀에게 말을 붙여 보려고 했으나 궁궐의 소음 때문에 중단하고 말았다. 모든 내시들이 문 밖으로 나와 임금에게 고하기를 모든 장군과 관료들이 중요한 사안으로 알현하기를 청하고 있다고 하였다. 불쾌한 낯으로 임금은 어전으로 가 밤중에 일어났던 소동의 이유를 아뢰도록 했다. 별자리를 관측하던 어떤 관리가 하늘에서 별이 하나 궁궐로 떨어지는 것을 보았고, 이는 곧 상서로운 조짐일 것이라고 고했다. 임금은 모여 있는 신하들에게 부자가 바다에서 건져 올린 아름다운 꽃을 진상 받은 일과 별자리를 관측하는 관리가 별이 떨어졌다고 아뢰던 그날 밤에 일어났던 일 등을 이야기했다.

그 전에 왕비가 세상을 떠났기 때문에 조정에서는 임금이 꽃 처녀와 혼인해야 한다고 의견을 모았다. 임금은 중신들의 이러한 건의를 흡족하게 여겼다. 곧 혼인식을 위한 준비로 대궐은 바빠졌고, 임금은 심청과의 혼인식을 치렀다. 그 어느 누구도 임금이 왕비가 된 꽃 처녀에게 그랬던 것처럼 자신의 아내에게 푹 빠진 예를 일찍이 찾아 볼 수 없었다. 임금은 밤낮으로 심청과 붙어 지내며 그의 미모에 탄복하다 보니 政事를 게을리 하게 되었다. 심청은 임금의 이러한 행동이 옳지 않다고 보고 다시 정사에 전념하라고 탄원했다. 불만을 가진 자들이 왕이 정사를 게을리 하는 것을 빌미로 역모를 꾀할 수 있다고 생각했기 때문이다. 임금은 이제부터 낮에는 정사를 돌보고, 밤에는 심청과 함께 하겠다고 대답했다.

심청은 임금과 함께 여러 달 동안 꿈같은 시간을 보내고 나니 눈먼 늙은 아버지가 보고 싶어졌다. 그녀는 항상 슬퍼하다가 마음에 맺혀 있던 눈물이 결국 쏟아져 내렸다. 어느 날 임금이 심청의 그런 모습을 발견하고는 심히 걱정을 하며 그 이유를 물었다. 심청이 대답하기를 꿈에 어떤 눈 먼 소경이 애절한 몸짓을 하며 나타났다 말하고, 그래서 전국의 모든 소경들을 불러 모아 자신의 슬픔을 위로해 주는 자리를 마련했으면 좋겠다고 했다. 임금이 왕비의 착한 마음씨에 감동을 받으니 그녀가 원하는 것은 무엇이든지 들어주겠다고 했다. 이에 심청은 전국의 모든 소경을 불러 한 끼를 배불리 먹이고 돈과 옷을 나눠주고 싶다고 말했다. 임금이 명을 내리니 期日에 수많은 소경들이 구름처럼 궁궐로 모여들었다.

심청은 이미 삼일 동안이나 자기 방에서 소경들이 몰려들어 오는 것을 지켜보았으나, 그 속에서 아버지를 발견하지 못했기 때문에 이미 세상을 떠나 다시는 못 보는 것이 아닌가 하는 생각이 들었다. 그때 마지막으로 늙은 거지가 들어 왔다. 그의 행색이 너무 남루하여 문지기가 입장하는 것을 막았다. 심청은 그 소경을 보자 당장 새 옷으로 갈아 입히도록 하고 잔칫상으로 모시도록 명하고, 문지기를 엄하게 처벌하도록 했다. 그 늙은 소경이 배부르게 먹고 쉬고 있자니, 왕비가 중궁전으로 그를 부른다는 전갈을 받았다. 그가 오니 심청은 그를 한참 동안 뚫어져라 쳐다보다가 큰 소리로 '아버지, 아버지!' 하며 소리치다가 실신하여 바닥에 쓰러졌다.

내시들이 임금에게 왕비의 이러한 특별한 행동을 아뢰니, 임금이 친히 중궁전에 납시어 왕비의 상태를 살폈다. 심청은 정신을 차리고 임금에게 자신의 삶을 낱낱이 이야기했다. 임금은 이미 이전에 심청의 인생에 대해 부분적으로 들은 바가 있었기에 그리 크게 놀라지는 않았다. 그러나 늙은 심봉사는 진정 하지 못하고 '죽은 내 딸이 살아오다니 어찌 이런 일이 있을 수가 있는가!' 하며 북받치는 감정을 억누를 길이 없어 자신의 눈가를 손톱으로 할퀴며 '볼 수 없는 눈은 필요 없다. 없어져라. 심청아! 네 목소리를 듣고, 네 모습을 느낄 수 있다만 볼 수 없구나!' 그러자 심봉사의 눈에서 비늘과 같은 것이 단번에 떨어지더니 시력이 돌아왔다.

이리하여 아버지와 딸은 서로 알아보니 주위에 있던 사람들 중 감동하지 않아 울지 않는 이가 없었다.

임금은 왕비가 아버지와 상봉하여 더 이상 슬픔에 잠겨 있을 이유가 사라진 것을 크게 기뻐하고, 심봉사를 궁전 관리에 임명하고 이와 동시에 다른 높은 벼슬아치의 딸을 그에게 시집 보내도록 했다. 이와 같이 승려의 예언은 적중하였다.

7. 홍길동, 자신이 차별받는다고 생각한 소년의 이야기

조선의 세 번째 임금 재위 시에 홍씨 가문에 이조판서라는 높은 벼슬을 하고 있는 양반이 있었다. 그는 嫡室과의 사이에서 두 아들을 낳았고, 여자 종과의 사이에서 한 사내아이를 보았다. 바로 이 아이가 이 이야기의 주인공으로 출생할 때부터 많은 사람의 입에 오르내렸다.

홍판서에게 (위에 언급한) 두 아들만 있을 적에, 어느 날 밤 꿈에 커다란 용 한 마리가 그의 방에 들어오니 그가 앉을 공간조차 없었다.

그는 꿈에서 깨어나 이는 상서로운 징조라 생각하였다. 셋째 아들이 태어날 것이라는 기대에 부풀어서 꿈 이야기를 하기 위해 자신의 부인에게 급히 달려갔으나, 부인은 그를 만나려 하지 않았다. 부인은 그가 기생을 첩으로 맞아들인 것을 심히 못마땅하게 여기고 있었기 때문이었다. 홍판서는 풀이 죽어 자신의 방으로 돌아와 곧 일어날 (=아이를 얻게 될) 일에 대해 곰곰이 생각했다.

얼마 지나지 않아 그의 첩이 인물이 잘 생긴 아들을 생산하니 홍판서의 본부인은 이를 매우 시기하였다. 홍판서는 이 아기가 정실 부인에게서 태어났더라면 벼슬길이 트여 있었을 터인데 그렇지 못하여 매우 안타깝게 여겼다. 그래서 아기에게 길동-홍길동-이라 이름 지어 줬다. 길동은 자라면서 용모가 더욱 준수해지고 지혜 또한 높아 갔다. 무엇이든지 빨리 깨우치기에 주위에서 그의 총기에 경탄하였고, 더불어 준수한 외모 또한 칭찬의 대상이 되었다. 그는 성장하면서 자신의 신분이 노비이기에 아버지를 아버지라 부를 수 없다는 사실에 매우 悲憤慷慨하였다. 적실의 아들들이 이런 그를 매우 멸시하고 조롱하니 그 때마다 길동은 자신의 신세를 한탄하였다. 어느 날 그는 글공부를 하다가 울화가 치밀어 책상을 뒤집어엎고 군인이 되기로 결심을 세웠다. 그날 밤 홍판서는 달빛이 훤하게 비추는 뜰에서 열심히 무예 연습을 하고 있는 길동을 발견하고 저어기 놀라 그에게 무엇 때문에 그러는가 하고 물었다. 그러자 길동이 대답하기를 집안에서 차별을 받기에 더 이상 참을 수가 없어서 그렇다고 서슴없이 대답했다. 이어서 계속 말하기를 '하늘은 모든 인간을 제 나름대로의 능력을 부여하여 창조하셨습니다. 그러므로 각자 자신의 재주를 십분 발휘 하는 것이 마땅하며 하늘은 스스로 돕는 이를 돕는다는 말처럼 소자도 군인의 길로 나아가 성공하여 모든 이들의 존경과 추앙을 받으려고 합니다.'

그러자 홍판서는 속으로 '아주 영특한 아이로다. 저 아이가 嫡子가 아닌 것이 안타깝다. 내 어찌 저 아이의 의지를 꺾을 수 있겠는가! 일이 이렇게 되니, 장차 저 아이와 관련될 수 많은 난관에 부딪치게 될 것이 눈앞에 선하구나!' 길동이 계속 말을 잇기를 '자리에 누워 잠을 청하면 낮에 겪었던 차별과 멸시 등 모든 불유쾌한 일이 머릿 속에 떠오르며 눈물이 솟아올라 잠이 달아나 다시 일어나곤 합니다.' 홍판서는 한숨을 쉬고 묵묵히 아들을 위로해 주었다.

홍판서의 정실부인과 앞서 언급했던, 홍판서 내외의 불화를 야기 시켰던 전에 기생이었던 첩 사이에 서로 의기투합하는 면이 하나 있었으니, 홍판서가 길동을 귀여워하는 것을 두 손 놓고 지켜 볼 수 없었다는 사실이었다. 그 두 여인은 잘난 길동을 미워하여 그를 없애버리기로 입을 모았다. 그리하여 무당을 불러 자신들이 길동으로 인해 몸과 마음이 심히 불편하다고 하며, 길동을 집에서 내쫓는 것만이 자신들을 다시 평안하게 할 유일한 방법이라 말하였다. 이에 무당은 '東門 부근에 영민한 늙은 노파가 살고 있는데, 그를 불러 홍판서로 하여금 길동을 내쫓게 할 묘안을 찾아보라 명하시면, 노파는 지혜를 모아 쉬이 그 방법을 찾을 것입니다.' 그리하여 노파가 불려오니, 마침 홍판서가 방안에 있다가 자신의 아들 길동에 대해 자랑스럽게 이야기를 늘어놓고 있는 중이었다. 노파가 홍판서 내외에게 고개 숙여 절을 하니, 무슨 일로 왔는가? 하며 홍판서가 물었다. 노파는 그간 사람들에게서 길동이 총명하고 영특하다는 소문을 들었는데, 오늘 직접 확인하고 그의 미래를 점쳐보려고 왔다고 아뢰었다. 홍판서가 길동을 불러들이니, 노파가 그를 보고 깊이 절한 후에 홍판서에게 말하기를 '모든 사람을 방에서 나가라 명하소서?' 하였다. 그러고 나서 엄숙한 어조로 말하기를 '그 아이는 큰 인물이 될 것이오 임금은 되지 못하더라도 임금처럼 될 것이고, 어린 시절 차별받던 기억을 떠올려 식구들을 죽일 것이오.' 하였다.

노파가 말을 마치자 홍판서는 노파에게 아무에게도 발설하지 말라고 신신당부를 하였다. 길동은 곧 갇히는 신세가 되었고 엄히 감시당하였다. 그는 자신의 운명을 한탄하고 비통해 했으나, 아버지가 책들을 들여 보내주어 시간이 지남에 따라 마음의 평정을 되찾았다. 길동은 이 기회에 그 많은 책들 중에서 점성술에 관한 책을 독파하고, 그에게 예견된 먼 땅으로 떠나리라 결심했다. 그 사이 냉정한 홍판서는 그에게 사랑하는 어머니를 만나는 것을 금지한다는 명을 내렸다. 길동은 하는 수 없이 혼자 도망할 준비를 했다.

홍판서의 정실과 첩은 쉬임없이 길동이 식구들에게 몰고 올 불행에 대해 말하며, 홍판서에게 길동이 장성하면 더 큰 불행이 닥칠지도 모른다면서 임금이 당신에게 죄를 물을 것이라 하고 나서 아예 길동을 죽여 없애자고 말했다.

이렇게 들볶음에 지치고, 또 정말 길동이 어떻게 변할지 불안한 나머지

아둔한 홍판서는 마침내 자객을 시켜 길동을 죽이기로 결심했다. 그가 이처럼 천인공노할 명을 내리자 마자, 곧 중병을 앓게 되어 자리에 눕게 되니, 이를 천벌로 여기고 곧 명을 철회했다.

그러나 백약이 무효하여 아무런 효과가 없자 무당을 불렀다. 무당이 굿을 하였으나 이도 아무 효과가 없어 홍판서의 병은 차도가 없었다. 마침내 첩들 중의 하나가 말하기를 '홍판서의 병은 길동이 때문에 난 것이라 이 아이를 죽이면 병도 나으리라.' 다시 자객들을 불러오니 이들은 칼을 품고 東門가의 노파와 함께 떠났다. 이렇게 길동을 처치할 음모가 진행되고 있을 때, 불쌍한 길동은 감옥에 앉아 서얼들에게는 嫡室의 자식들과 같은 권리가 주어지지 않은 차별성을 생각하며 한탄하고 있었다. 그때 창문 밖에 서 있는 나무 위에서 갑자기 까마귀가 연이어 세 번 울어대니 생각에 골몰하던 길동은 깜짝 놀랐다. '이는 불길한 징조로다!' 하며 길동이 혼자 말 하고 있을 때, 정실과 첩이 보낸 자객들이 문을 박차고 들이닥치며 길동을 덮쳤으나, -누가 상상이라도 했으랴! 감옥은 순식간에 황량한 바위 계곡으로 변하더니 길동이 홀연 사라져 없어졌다. 자객들이 당황하며 주위를 살펴보니 길동이 대신, 東門 부근의 노파가 죽어 있는 것이었다. 강한 돌풍이 일어 큰 바윗돌을 마치 조약돌처럼 날렸다. 그들이 도망갈 길 없이 그대로 죽을 운명에 처해 있을 때, 어디선가 음악소리가 들리더니 당나귀를 탄 소년이 그들에게 다가오는 것이었다. 소년은 자객들에게 칼을 건네라고 말을 하니 그가 바로 길동이었던 것이다.

자객들은 그에게 울며불며 목숨을 애걸하였고, 길동은 다시는 사람을 해치지 않겠다고 맹세하면 목숨을 살려주겠다고 말했다. 자객들이 그렇게 하겠노라고 맹세하니, 길동은 약속을 어기지 말라 경고하며 '나는 (너희들이 약속을 어기는 것을) 금방 알아 챌 수 있다. 그때는 너희들은 살아남지 못 할 것이다.' 곧 길동은 그들에게서 떠나 나귀를 타고 아버지가 있는 곳으로 가서 아버지를 뵈니, 그는 살해되었을 것으로 믿은 아들이 나타나자 혼비백산하며 놀랐다. 길동이 아버지에게 신비의 묘약을 올렸다. 아버지가 이를 먹으니 병이 씻은 듯이 나았다. 길동은 어머니에게 작별인사를 올리고 길을 떠났다.

홍판서는 길동이 자객에 죽임을 당하지 않은 것을 무척 다행스럽게 여겼다. 그는 자신이 첩으로 삼았던 기생에게 증오심이 떠올라 더 이상 그녀를 보지 않겠다고 맹세했다. 그의 첩은 정실 부인과 마찬가지로 (길동을 처치하려던) 계획을 미루고 언젠가 기회가 오면 길동을 없애버리기로 마음먹었다.

길동이 성문 밖을 벗어나 남쪽으로 향했다. 가다가 험준한 높은 산들을 만나 (그 곳으로) 오르기 시작했다. 산 속에는 많은 호랑이가 살고 있어서 길동은 몇 마리 잡으려고 하였다. 그러나 호랑이들이 그를 두려워하여 피해 가니, 길동은 무사히 산 정상까지 올라가서 휴식을 취하였다. 그는 사람들과 불평 부당한 체제에서 멀리 벗어나 있는 것이 무한히 기뻤고, 한편으로는 자신이 凡人에게는 없는 힘을 지닌 것에 매우 마음이 벅찼다.

그는 사방을 둘러보다가 안개 속에 가려져 있는 암벽을 뚫어서 만든 큰 石門같은 것을 발견하였다. 다가가서 살펴보니 정말 장중하게 생긴 石門이었다. (문의) 한 짝이 닫혀 있지 않아 열고 안을 들여다보니 그 곳에 고산준령에 둘러싸인 평지가 나타났다. 그 위에는 약 200필 가량의 말들이 뛰어다니고 있었고, 한 무리의 무장한 사람들이 말들을 돌보고 있었다. 이들은 길동을 보자 적의를 품고 달려와 그를 에워싸고 붙들어 놓고는 '이름이 무엇이며 무슨 용무로 왔는가?'를 물었다. 그러자 길동이 대답하기를 '나는 이런 곳에서 사람들을 만나니 아주 놀랐소. 내 이름은 길동이고 홍판서의 친아들이오 그러나 어른들의 차별대우와 아이들의 놀림감이 되는 것을 더 이상 참기 어려워 사람들과 영원히 작별할 작정으로 사람이 없을 것이라 생각했던 이 산 속에 은둔하려고 했던 것이오 그런데 이런 곳에 홀로 사는 댁들은 누구시오? 나와 동병상련하는 처지이오?' 하고 물었다.

그러자 그 중에 무리의 우두머리인 듯한 자가 대답하기를 '사람들은 우리를 도둑이라 부르고 있다. 그러나 우리는 백성을 부당하게 억누르고 괴롭히는 관리들에게서 피로 얼룩진 돈만을 빼앗고 있지. 우리는 항상 가난하고 억눌린 자들을 기꺼이 돕고 있다. 그러나 우리 편이 되려고 하지 않는 한 아무도 우리 소굴을 살아서 나간 자가 없다. 우리 편이 되려면 먼저 힘과 용기가 있다는 것을 우리들에게 증명해 보여야 한다. 만약 네가 운 좋게 시험을 통과한다면 우리 편에 넣어주마. 그러나 그렇지 못할 경우에는 죽어야 하느니라.'

길동은 이 제안을 흔쾌히 수락하였다. 그들은 길동에게 그의 힘을 증명해 보여야 하는 여러 가지 문제를 내었다. 그러나 그는 자신의 방법으로 이를 증명해 보이기로 했다. 깎아 지른 듯 높이 솟아있는 바위 위에 도적 몇 명이 잠을 자려고 누워 있었는데, 길동이 그리로 가더니 놀랍게도 그들이 자고 있는 바위를 부러뜨리며 하늘 높이 던져 올렸다. 가장 놀란 이들은 바위 위에서 자고 있던 도둑들로 창졸간에 단 꿈에서 깨어나 우왕좌왕하였다. 그리하여 길동은 도적 무리들 속에 받아들여졌고 그에게 성대한 잔칫상이 올라왔다. 길동과 도둑들은 각자 핏방울을 모아 도장을 만들어 서약문에 날인하였다. 도적들은 길동을 上席에 앉히고 섬김을 다하였다.

길동은 자신의 동지들에게 그의 용기를 증명하려고 벼르고 있었는데, 곧 이를 행할 기회가 왔다. 그의 동지들은 근방에 있는 절을 도둑질하려고 온갖 수단을 써보았으나 이루지 못했다고 그에게 하소연하는 것이었다. 그 절은 높은 관리들의 유흥장소와 다름이 없었으며, 이들이 무절제한 방탕한 행동을 하기 위하여 이 절을 찾는다는 것이었다.

높은 관리들은 중들에게 백성을 끊임없이 갈취하도록 허락하였기에 중들은 아주 부자가 되었다. 그들에게서 재물을 빼앗으려는 도둑들의 온갖 시도는 수포로 돌아갔는데, 이는 중들의 빈틈없는 감시와 튼튼하게 지어진 절 때문이었다. 길동은 절에서 재물을 탈취하는 계획을 자신의 목숨을 바쳐서라도 꼭 성공시키리라 결심하였다.

어느 날 길동은 지금 막 결혼한 남자들이 그러하듯이 붉은 옷을 입고 나귀 등에 올라 하인으로 변장한 도둑 하나를 앞세우고 절로 향하였다. 절에 도착한 후, 그는 주지스님을 만나자 하고 나서 주지에게 말하기를, '자신은 홍판서의 아들이라' 소개한 후, 아버지와 자신이 이 절의 소문이 자자하고 또한 그 스님들도 학식이 높다고 사람마다 칭찬을 하니 이곳의 스님들에게서 공부를 하고 싶다고 하였다. 그는 위조한 아버지의 서찰을 꺼내 주지에게 주었다. 그는 또한 아버지가 오늘 해가 저물기 전에 *100필*의 말 잔등에 쌀 *200석*을 보낼 것이니, 사람들이 불안하게 밤에 산을 넘는 일이 없을 것이라 말했다. 말 *1필*당 하인으로 변장한 중무장의 도둑들이 배치되었다. 욕심 많은 중들은 그 서찰이 위조된 것이라는 생각과 자신들이 함정에 빠져들고 있다는 것을 전혀 눈치 채지 못한 채, 많은 재물이 들어온다는 말에 그저 기뻐했다.

중들은 길동에게 잔칫상을 차려주고 상석에 앉혔다. 술과 음식을 산더미처럼 차려 내오니 마주 앉은 이가 보이지 않을 정도였다.

사람들이 상에 앉자마자 문지기가 들어와 쌀가마니가 지금 오고 있다는 보고를 했다. 그러자 중들은 식사 중에 방해받지 않으려고 하인을 시켜 쌀가마니를 받아 놓고 말들을 보살피라고 분부하였다. 그때 길동이 고통의 비명을 지르며 뺨에 손을 갖다 대어 식사 중이던 중들의 주의를 환기시켰다. 길동은 불쾌해 하며 옆에 앉았던 중을 불러 그 전에 입 안에 감추어 넣어 두었던 돌을 하나 꺼내 보이며 화난 목소리로 소리 지르기를 '대체 무슨 의도로 밥에다 돌을 섞어 두었는가? 당신들은 양반 자제를 이런 식으로 대접하는가? 내가 이러한 대접을 받으려고 네놈들에게 온 줄 아는가? 이 비열한 중놈들아!'

중들은 혼비백산하고 얼이 빠져 길동에게 까까머리를 조아리며 잘못했다고 빌었다. 길동이 신호를 보내자 말들을 끌고 온 하인으로 변장한 한 무리의 도적들이 재빨리 주방으로 들어가 중들을 포박하니, 중들은 이 사실을 밖에 알릴 틈도 없었다.

쌀 대신 가마니에 들어가 숨어 있던 다른 한 무리의 도적들은 절의 다른 모든 거주자들을 잡아 묶고 말 잔등에 실을 수 있을 때까지 최대한 가득 재물을 실었다.

그러나 한 늙은 중이 도적들에게서 탈출하는데 성공하여 인근의 군영으로 달려가 군사들을 소집하도록 하였다. 얼마 지나지 않아 군사들이 나타났다. 길동이 중으로 변장하고 그들에게 다가가 도적들을 배후에서 급습할 수 있는 안전한 통로를 가르쳐 주겠다고 하였다. 그러나 도적들의 자취를 추적하지 않고 반대 방향으로 군사들을 인도해서 그 곳에서 기다리도록 했다. 이 사이 도적들은 절에서 빼앗은 재물들을 안전한 장소로 옮겨놓고 길동을 기다리고 있었다. 중들은 길동에게 속은 것을 알고 절의 재물을 모두 도적질해 갔다는 사실도 깨달았다.

도적들은 이 성공에 아주 만족하여 길동이 보여준 용기와 꾀를 대단히 높이 평가하여 그를 수령으로 추대하였다. 길동은 곧 새로운 일을 거행하려고 계획을 세웠다.

이웃한 지방의 관찰사는 거만하고 백성을 갈취하여 많은 재산을 모은 것으로 악평이 난 자였다. 길동은 이 자를 벌주기로 결심하였다. 그러면 절의 중들을 벌준 것과 같이 모든 이들이 기뻐하리라 생각했다. 그는 그의 부하들에게 지시하기를 각각 흩어져서 나쁜 관찰사가 살고 있는 城으로 들어가라고 하였다. 그 날은 장날로 정하였는데, 이는 외지에서 많은 사람들이 오므로 남의 눈에 띄지 않기 때문이었다. 그가 신호하면 한 무리의 도적들은 성 밖에 있는 집들에 불을 지르고, 다른 무리들은 관찰사의 집으로 들어가기로 하였다. 길동의 명령대로 일이 진행되었다. 관찰사가 교자를 타고 화재 현장으로 행차하니 많은 사람들이 몰려들었다. 도적들은 관찰사의 집으로 들어가 하인들을 포박하고 집안을 뒤져 모든 재물과 무기들을 탈취했다. 길동은 방안의 벽에다 다음과 같은 글을 남겼다. '길동이 나쁜 관찰사 가난한 백성의 탄압자가 백성에게서 빼앗은 재물을 가지고 간다.'

도적들은 무사히 그들의 산 속 본거지로 돌아왔고, 길동의 이름은 온 나라 안에 알려지게 되었다. 그에게 큰 현상금이 걸렸으나 아무도 이 용감무쌍한 사내를 잡을 엄두를 내지 못했다. 마침내 어떤 관리가 아무 도움 없이 홀로 길동을 잡아 임금에게 바치겠다고 나섰다. 임금은 그의 용기를 가상히 여겨 그의 요구를 허락했다. 이 관리는 이름이 포창(Pochang)이라 하였고, 감옥의 看守長으로 널리 알려져 있던 자였다.

포창은 곧 나그네로 변장을 하고 하인 하나를 대동한 채 나귀에 몸을 신고 길을 떠났다. 오랫동안 고된 여행 끝에 주막을 발견하고 들어가니 그곳에 역시 나귀를 타고 온 또 다른 나그네가 쉬어 가려 하고 있었다. 이 나그네가 바로 포창에 대한 소식을 듣고 그에게 접근하러 온 길동이었던 것이다. 그는 곧 한담을 나누기 시작했다. '여기는 아주 위험한 곳이오 나는 방금 길동에게 쫓기고 있다가 간신히 도망쳐 나왔소.', '길동이라고 했소?' 하고 포창이 물었다. '길동이 나를 쫓아왔다면 얼마나 좋겠나! 나는 지금 세상이 모두 두려워하는 그를 꼭 만났으면 좋겠소'

'그런 소원이면 어렵지 않게 이루어질 수 있소 그를 한 번 만났다면 당신은 소원성취 한 거요' 하고 길동이 말했다. '노형은 두 번 다시 그런 소원을 바라지 마시오', '아니 그건 왜 그런 거요? 단지 보기만 하여도 무서움을 일으키는 것이오? 아니면 흉측 하게 생겨서 그런 것이오?', '전혀 그렇지가 않소' 하며, 길동이 말하기를 '그는 그저 평범한 사람일 뿐이오. 단지 그의 행동이 남들과 다를 뿐이오'

'그야 그럴 테지.' 포창이 대꾸하기를 '사람들은 그를 보기만 해도 겁을 낸다고 하오 나를 길동에게 데려다 주오. 그러면 앞으로는 달라질 거요 내 약속하오'

'노형이 그를 그토록 만나기를 원한다면' 하고 변장한 길동이 말하기를 '산 속으로 들어가 보시오 나는 노형이 거기서 길동을 만날 수 있다는 것을 확언하오.'

'나를 그곳으로 안내해 주겠소?' 하고 포창이 물었다. '아니, 가기 싫소 나는 그를 한 번 봤으니 두 번 다시 보고 싶지 않소 그렇지만 길동을 만날 수 있는 장소를 알려 주겠소.', '그것도 괜찮소. 우리 어서 갑시다. 그렇지 않으면 도적들이 그 사이 도망 갈 테니까. 내가 그를 정말로 당신이 말한

장소에서 만난다면 당신에게 큰 포상이 있을 것이오. 그리고 내가 당신을 도적들로부터 지켜 주겠소.'

포창의 끈질긴 설득 끝에 길동은 안내자 역할을 해 주기로 하여 도적이 나타난다는 장소로 그와 동행하기로 약속하였다. 저녁을 먹고 나서 둘은 길을 나섰다. 밤이 깊어갈수록 길 안내자(＝길동)는 불안에 떨며 포창에게 길동을 잡을 결심을 포기하라고 설득했으나 허사였다. 마침내 石門에 도착하니 문이 열려 있었다. 둘이 안으로 들어서니 문이 곧 닫혔다. 길 안내자는 온데간데없이 사라지고 포창만이 홀로 서 있으니 난데없이 땅 속에서 솟아나온 것처럼 사방에서 도적들이 나타나 그를 에워쌌다. 포창은 그만 용기를 잃어 손쉽게 도적들에게 붙잡혀 손발이 꽁꽁 묶여 넓은 장소로 끌려갔다. 포창이 그 곳에서 왕좌 모양의 의자에 앉아있는 사람을 보았을 때 놀라지 않을 수 없었다. 그는 바로 자신의 길 안내자였던 것이다. 그때서야 그는 자신이 함정에 걸려 들었다는 것을 깨달았고, 길동 앞에 무릎 꿇고 목숨을 애걸하였다.

길동은 웃음을 터뜨리며 그에게 말하기를 '이번에는 살려 줄 터이니 또 다시 그런 허풍을 떨지 말라고 하며 술이나 같이 마시자고 하였다. 술이 나오니 모두 함께 마셨다. 포창에게 준 술에 최면제를 섞어서 그는 술을 다 들이키기 전에 벌써 정신을 잃고 말았다. 도적들은 그를 자루 속에 넣어서 궁궐에서도 잘 보이는 산꼭대기에 올려다 놓았다. 다음 날 포창이 눈을 뜨니 자신이 자루 속에 갇혀 있는 것을 깨닫고 수치심에 산꼭대기에서 몸을 날려 떨어져 죽었다. 지나가던 사람들이 형체를 알아볼 수 없을 정도로 훼손된 그의 시신을 발견하였다. 임금이 그의 죽음을 전해 듣고 도적들의 뻔뻔스러움에 격노하였다. 전국 8도에 있는 도적들은 이 소식을 접하고, 이는 길동이 저지른 일이라고 짐작하였다.

그리하여 임금은 8도 관찰사들에게 도적의 괴수 길동을 잡아 서울로 압송하라고 명하였다.

이 어명이 떨어진 후 어느 화창한 날에 8도에서 8명의 길동이 서울로 압송되어 왔다. 그 사이 임금은 길동의 가족사항에 대해서 탐문하였고, 그 결과 홍판서가 대궐로 출두하게 되었다. 임금이 홍판서에게 어찌하여 그런 자식을 키웠느냐고 벽력같이 소리치며 물으니, 홍판서는 심히 놀라 그 자리에서 쓰러지고 말았다. 그에게 甦生藥을 먹이지 않았으면 그대로 죽었을 것이다. 홍판서는 큰아들과 함께 대궐로 들어왔는데, 그 아들이 말하기를 길동은 종년의 출생으로 어려서부터 개선의 여지가 없는 버린 자식이라고 하였다.

그러자 임금이 압송된 8명의 길동 중 누가 진짜 길동인가? 하고 물으니 홍판서가 길동은 오른쪽 정강이에 흉터가 있다고 대답하였다. 8명을 살펴보니 모두 오른쪽 정강이에 흉터가 있었다. 이에 임금은 8명 모두 처형하라고 명을 내렸다. 형을 집행하려고 하니 8명의 길동은 짚단으로 변해버렸다.

이때 궁궐 담장에 임금에게 향하는 벽보가 붙었다. 길동은 모든 적대행위를 중지하겠으니 그에게 판서의 벼슬을 내리고 서얼이라는 신분을 말소해 주기를 요구하였다. 물론 임금은 그의 요구에 응하려 하지 않았다. 그러나 여러 중신들은 길동의 요구를 들어주는 척하여 그가 감사를 하기 위해 조정에 나타나면 죽일 것을 아뢰었다.

그리하여 길동이 원하는 모든 요구를 들어준다는 내용의 榜文을 길동의 눈에 잘 띄는 장소에 내걸었다. 길동은 이를 보고 나서 임금을 알현하기 위해 성문 앞에 나타났다. 그는 임금이 그를 해치려는 음모를 이미 알고 있었다. 많은 백성들이 그와 함께 동행했다. 그가 대궐에 들어서자 갑자기

천상의 음악소리가 울리고 구름이 낮게 드리우더니 궁궐의 모든 사람들을 잡아 갔다.

얼마 지나지 않아 임금은 소수의 내시를 거느리고 정원을 산책하고 있었는데, 달 밝은 밤이어서 원근의 물체를 잘 식별할 수 있었다. 그때 갑자기 나지막하게 퉁소 부는 소리가 들려오더니 어떤 자가 황새를 타고 임금에게 날아오는 것이었다. 임금은 신선이 자신을 존경하여 찾아 온 것이려니 생각하고 내시를 보내어 영접하게 했다. 그러나 내시가 움직이기도 전에 황새를 탄자가 말하기를 '상감마마, 두려워 마시오. 소인은 홍판서(길동이 받은 새 관직명)이오. 벼슬을 하사 받아 감사의 말씀을 올리고 상감께 직접 小臣의 임명을 확인 받으러 왔나이다.' 하였다.

임금은 별도리 없이 길동이 원하는 대로 해 주고 말하기를 '이제 네 소원대로 다 이루어졌으니 소원이 아직 남았느냐?' 하고 물었다.

'소신은 멀리 떠나 평화로운 곳에 정착하려 합니다. 3,000석의 쌀을 내려 주시고 죄를 사하여 주소서.' 라고 길동이 대답하였다.

임금이 물었다. '네 무슨 방도로 그리 많은 쌀을 가지고 갈 수 있느냐?' 그러자 길동은 '아무 염려 마소서. 그저 쌀을 내려만 주시면 날이 밝는 대로 가지고 가겠나이다.'

임금은 하명하였고 다음 날 새벽 곳간 앞에 수척의 배가 나타나 사람들이 거의 알아채지 못할 정도로 순식간에 3,000석의 쌀을 싣고 사라졌다.

길동은 서쪽으로 항해하여 가다가 곧 무인도를 발견하고 그 곳에 정착했다. 그는 자신을 따라온 사람들에게 농사짓는 법을 가르쳐 주고, 그동안 숨겨 놓았던 재물들을 자신이 정착해 살고 있는 섬으로 옮겨 놓았다.

어느 날 길동은 이웃한 섬으로 배를 타고 갔다. 그 섬에는 독초가 자라고 있는데, 길동은 그 풀에서 나오는 독을 화살촉에 묻혀 사용하려고 했다. 섬에 당도하니 곳곳에 방이 붙어 있는 것을 자세히 읽어 보니 어느 부유한 지체 높은 양반의 예쁜 외동딸이 산 속에 살고 있는 野人들에게 납치되어 가서 그녀를 찾아오는 자에게 후한 상금을 내린다는 내용이었다.

길동은 밤낮으로 산으로 기어올라 드디어 독초가 자라는 산꼭대기에 올라 갔다. 거기서 그는 다음 날 기운을 차리기 위해 잠자리를 만들고 누웠다. 밤이 되자 길동은 희미한 불빛을 발견했다. 이 불빛을 따라가 보니 집 한 채가 보였다. 이 집은 절벽 아래에 지어놓아 다가가기가 매우 어려웠다. 그는 조심스럽게 다가가서 안을 들여다 봤다. 안에는 넝마 같은 옷을 입고 머리를 길게 풀어헤친 한 무리의 사내들이 담배를 피우며 술을 마시며 놀고 있었다.

그 중에 우두머리로 보이는 연장자가 젊은 여인의 장옷을 벗기려고 하고 있었고, 여인은 장옷을 벗지 않으려고 서로 실랑이를 벌이고 있었다. 길동은 이 장면을 보고 참지 못하여 그 나이 든 사내의 심장을 독화살로 쏴 버리려고 활을 움켜잡았다. 그러나 아쉽게도 거리가 워낙 멀어 죽이는 대신 화살은 그의 팔에 맞았다. 길동이 화살 쏜 것을 알아채지 못한 사내들은 놀라 기겁을 하고 혼란에 빠졌다. 이 틈에 그 젊은 여인은 도망할 수 있었다. 길동은 외진 곳으로 도망 와 누워 잠을 청했다. 다음 날 아침 일찍 野人들은 아직 잠에 취하고 있는 길동을 발견하고 사로잡았다. 그들은 길동에게 누구이며, 이 섬에 무슨 일로 왔는가? 하고 물었다. 그러자 그가 자신은 의원이며 이 섬에만 자란다는 약초를 구하기 위해 왔노라고 대답했다. 야인들은 마침 잘됐구나 생각하며 길동에게 자신들의 수령이 구름 위에서 떨어진 화살에 맞아 다쳤노라고 얘기하며 그를 완치시킬 수 있느냐고 물었다. 길동은 그렇게 할 수 있노라고 확언하였다. 그는 부상한 수령에게 인도되어 상태를 살펴보고는 3일 안에 회복시켜 놓겠다고 말했다. 그러고 나서 길동이 급히 독초의 즙을 그의 상처에 몇 방울 떨어뜨리니 그는 곧 죽고 말았다. 야인들은 수령이 죽은 사실을 알고 격분하여 길동에게 대들었다. 길동은 주술을 사용하여 귀신들을 불러내었다. 그러자 방 안 가득히 여러 자루의 칼들이 허공에서 윙윙거리며 나타나 야인들의 목을 모두 베어 온통 피바다를 만들었다.

길동이 집 안을 둘러보고 옆방 문을 열어보니 그 곳에 장옷을 두른 여인 둘이 있음을 발견하였다. 이 둘도 야인의 계집들이겠거니 생각하며 처치하려 하니 그 두 여인이 장옷을 살짝 들어 올리며 살려달라고 애원했다. 길동은 그녀가 전날 저녁에 봤던 그 여인이라는 것을 깨달았다. 그녀는 길동에게 말하기를 자신은 몸종과 함께 야인들에게 납치되어 왔는데 그들의 수령이 구름에서 떨어진 화살에 맞아 다쳤다고 하였다.

그러자 길동은 화살을 쏜 자가 바로 자신이라고 설명해 주니 그 아름다운 여인은 눈빛을 빛내며 용감하고 점잖은 길동에게 마음을 빼앗겼다. 그녀가 서둘러 다시 장옷으로 얼굴을 가리려 하였으나 이미 늦었다. 길동의 마음 또한 이 정결한 여인에게 가 있었으니 둘은 곧 사랑에 빠져 떨어질 수 없는 사이가 되었다.

길동은 섬에 도착했을 때 봤던 榜文을 떠올리고는 이 여인을 아버지에게 데려다 주어야겠다고 결심했다. 그는 여자들을 나귀에 태워서 몇 시간 거리에 있는 그녀의 아버지 집으로 가는 것이 도중에 들짐승의 습격으로부터 보호될 수 있어서 최선이라 생각했다. 그녀의 아버지는 그 섬을 다스리고 있는 수령으로 임금의 신하였다. 그는 백성들에게 선정을 베푸는 착한 관리였다. 그는 납치되었던 딸을 다시 보자 감격하여 섬의 모든 유지들을 불러 모았다. 그들도 사또의 딸이 구출되었다는 소식을 듣자 아주 놀라워하고, 사또가 길동에게 딸을 시집보내기 전에 높은 벼슬을 내린다는 것에 찬성하였다.

새 신랑 신부는 아주 즐겁고 재미나게 살았다. 길동은 자신의 지혜와 용기 덕분으로 장인의 땅과 재산을 불려 갔다.

얼마 후 길동은 매우 침울해져서 부인에게 말하기를 걱정스러운 일이 닥친 것 같다며 자신의 아버지가 세상을 곧 뜨거나 아니면 이미 타계하셨을 것 같은 느낌이 든다고 했다. 그는 부인과 떨어지는 것이 마음이 아팠으나 자식 된 도리를 하기 위해 고향을 찾아가 사정을 알아보려고 했다. 부인은 길동의 계획에 동조하니, 그는 곧 행장을 갖추고 길을 떠났다. 그는 아버지 산소의 封墳을 치장할 대리석판을 배에 싣고 다른 한 척의 배에는 3,000석의 쌀을 싣고 갔다.

곧 서울에 도착한 길동은 머리를 깎고 아버지의 집으로 향했다. 집 대문 앞에 서니 하인 하나가 그를 죽은 홍판서를 장사지내 주려고 온 스님으로 생각하고 집안으로 안내하였다. 시신은 묘를 쓸 장소를 정하지 못하여 아직 매장하지 않고 있었다. 길동은 좋은 묫 자리를 찾아 주었다. 그리고 자신의 정체를 밝히고 자식의 자리로 가 상여를 매었다. 장례가 끝나자 길동은 언덕 위에 화려한 石像을 세우고 3,000석의 쌀을 보내며 喪을 당하여 상감마마를 직접 배알하지 못하여 죄송하다는 내용이 들어있는 감사의 편지도 딸려 보냈다. 그리고 나서 길동은 귀향할 때 자신의 親母와 아버지의 정실을 데리고 갔다. 정실은 도착하자 곧 세상을 떠났고, 친모는 그 후 많은 해를 아들과 며느리와 수많은 손자들의 섬김을 받으며 살았다.

Ⅴ. 조선의 설화와 전설 관련 자료

KOREA.

Märchen und Legenden

nebst einer Einleitung

über

Land und Leute, Sitten und Gebräuche Koreas.

Deutsche autorisierte Uebersetzung

von

H. G. Arnous

am Royal Coreum Custom in Fusan.

Mit 15 Abbildg. im Text nach Originalphotogr. u. dem Korean. Nationalwappen.

LEIPZIG,

Verlag von Wilhelm Friedrich.

Alle Rechte vorbehalten.

I.

Kurze Beschreibung Koreas.

Vorbemerkung.

Das Nationalwappen Koreas, welches hier untenstehend angedeutet ist, stellt das männliche und das weibliche Element

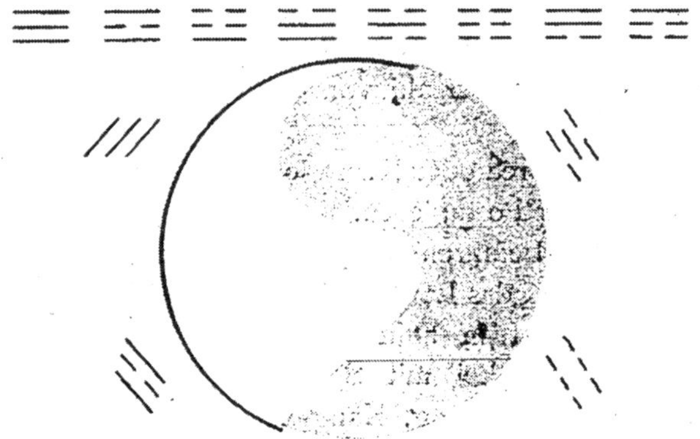

Nationalwappen Koreas.

der Erde dar. Das rot angegebene bedeutet das männliche, das weiss gelassene das weibliche Element; ersteres den Himmel, das Zweite die Erde bezeichnend. Nach Osten, über das Meer hinaus gesehen, scheint sich der Himmel auf die Erde niederzulegen, um sie zu umarmen, während sie sich vom Lande aus in mächtigen Gebirgen erhebt, um ihrerseits den Himmel zu umarmen, solchergestalt ein harmonisches Ganzes bildend. Die vier Zeichen stellen die Richtungen des Kompasses dar und gehören zu den acht Charakteren, welche der erste koreanische König gab und auf welche „jede" Sprache zurückzuführen ist. Die oberen acht Figuren sind die acht Original-Schriftzeichen Koreas.

Korea liegt im Norden Chinas, gewissermassen zwischen diesem Kaiserreiche und Japan hängend, das japanische Meer und das gelbe Meer teilend. Es ist im Norden von der Manschurei, im Nordosten von Sibirien, im Osten vom japanischen Meer, im Westen vom gelben Meer und im Süden von der Meerenge von Korea begrenzt. Es hat eine Küstenlinie von 1740 Meilen und erreicht mit seinen ausserhalb liegenden Inseln fast die Grösse Gross-Britanniens. Es erstreckt sich vom 33.—43. Grad nördlicher Breite und hat mit allen seinen Inseln eine Grösse von ungefähr 100 000 ☐ Meilen. Das Land ist nicht stark bevölkert, die letzten Nachforschungen ergaben eine Einwohnerzahl von ungefähr 16 Millionen Menschen.

Der Name Corea oder Korea entstammt dem japanischen Worte Korai; die Portugiesen, welche die Ersten waren, die das gelbe Meer befuhren, nannten es Coria, welches nach Chosen so viel als „das Land der Morgenruhe" heisst. Korea, ein Königreich, ist in acht Provinzen eingeteilt: Ping-an, Whang-hai, Kiung-kei mit Seoul als Hauptstadt, Chung-chong-Chulla, Kiung-sang, Kang-wen und Ham-Kiung. Das Klima Koreas ist ein sehr gesundes, in den südlichen bedeutend wärmer als in den nördlichen Provinzen. Der Han-Fluss, an welchem die Hauptstadt liegt, ist während der Wintermonate mit so starkem Eis bedeckt, dass schwere Lasten darüber geschafft werden können. Das Land ist gebirgig und sehr wasserreich. Im Nordosten ist es mit grossen Waldungen bewachsen und die ausserordentlich fruchtbaren Thäler sind gut bebaut, da die meisten Koreaner Landwirtschaft betreiben. Mineralien sind im Ueberfluss vorhanden, doch wurden dieselben bisher noch nicht in fachgemässer Weise an das Tageslicht gefördert. Die Scenerie Koreas ist ebenso anmutig als grossartig und selbst Reisende, welche zu der Klasse gehören, deren Grundsatz ist: „nihil admirare", geben dies einstimmig zu.

Der König ist Alleinherrscher über sein Land. Ein Premier-Minister, dem wieder zwei Minister, der der Rechten

Fig. 1. Ein Dorf.

und der der Linken unterstellt sind, unterstützen ihn bei der Regierung und diesen schliessen sich die Vorgesetzten, Chefs, sechs anderer Abteilungen, Departements, an, nämlich: das Etiquettenamt oder Zeremonienamt, das Finanz- und Kriegsamt, dasjenige für die öffentlichen Arbeiten, das für die Wissenschaften und für Rechtspflege. Seitdem Korea dem Fremdenverkehr eröffnet ist, wurden noch zwei Präsidenten für die inneren und äusseren Angelegenheiten ernannt, ebenso wie eine Art statistisches Amt, in dem Geburts- und Todesfälle gebucht werden. Diese verschiedenen Beamten bilden den Hohen Rat des Königs. Jeder Provinz steht ein Gouverneur vor, welchem Präfekte, Lokalbeamte und viele niedere Beamte unterstellt sind. Ausserdem werden auch noch andere Beamte nach Bedürfnis vom Könige ernannt, wie z. B.: der Gouvernements-Inspektor, dessen Pflicht es ist, verkleidet im Lande umher zu reisen, um die Stimmung des Volkes zu er-

Fig. 2.　Polizeiverhör.

forschen und schlechte Beamte zur Bestrafung zu bringen, namentlich solche, welche ungerecht im Dienst sind und von der ärmeren Klasse Geld oder Landesprodukte erpressen. Die jetzige Dynastie besteht seit 501 Jahr und ist auf einen jungen Krieger mit Namen Ye zurückzuführen, welcher die Wang-Dynastie stürzte. Der Name des Königs ist dem Volke heilig und wird nie genannt. Diejenigen Beamten, deren Rang hoch genug ist, um sich dem Könige vorzustellen, bücken sich in seiner Gegenwart bis zur Erde und haben

nur Erlaubnis zu sprechen, wenn sie angeredet werden, ant-
worten dann aber mit so schmeichelhaften Ausdrücken und
unter solchen Ehrenbezeugungen, wie sie nur bei Hofe ver-
ständlich und gebräuchlich sind.

Die Staatsabgaben werden in Landesprodukten gezahlt
und infolgedessen werden auch die Beamtengehälter damit
bezahlt. Der Ginseng von Korea (panay cinque folius) ist

Fig. 3. Kleiner Beamter.

seiner Güte wegen berühmt; sein Verkauf ist Monopol des
Königs und bildet gewissermassen sein Privateinkommen. Die
Landesmünze, aus Kupfer hergestellt, heisst cash; ungefähr 330
davon gehen auf eine Mark. Banken giebt es in Korea nicht,
jedoch verausgabt das Gouvernement eine Art Geldanweisungen
für die Provinzialbeamten, so dass ein reisender Beamter über-
all Geld erheben kann, ohne genötigt zu sein, grosse Summen
mit sich zu führen.

Alles unbebaute Land gehört dem Könige. Jedoch hat

jedermann das Recht, davon nach Bedarf zu nehmen und
urbar zu machen. Bezahlt der Bebauer drei Jahre lang die
darauf fallende Abgabe, so wird es sein Eigentum und die

Fig. 4. Königs Vater.

Regierung hat es ihm abzukaufen, falls sie selbst wieder Ge-
brauch davon machen will. Register aller vorkommenden
Geburts- und Sterbefälle männlichen Geschlechts werden zwar
gehalten, aber man kann sich nicht gar zu sicher auf dieselben

verlassen. Haben die angemeldeten Knaben das 15. Lebens-
jahr erreicht, so werden ihnen von solchem Anmeldeamt, Hang-
Sung-Po genannt, kleine Täfelchen ausgehändigt, auf denen
ihr Name und ihre Wohnung angegeben ist. Kindern hängt
man ähnliche Täfelchen um, damit sie nicht verloren werden.

Die Koreaner sind ein starker, zufriedener und intelli-
genter Volksstamm. Sie begreifen sehr leicht und führen

Fig. 5. Ein Dorf.

ihre Geschichte bis auf das Jahr 3000 zurück. Sie bekleiden
sich mit eingeführten Leinenstoffen; die daraus gefertigten
Gewänder füttern sie im Winter, um sich gegen die Kälte
zu schützen, mit Watte, im Sommer tragen sie dieselben
ungefüttert. Die Hauptnahrung des Koreaners besteht in
Reis, in den nördlichen Provinzen auch aus Weizen. Das
Rindvieh gedeiht prächtig in Korea; viel davon wird ge-
schlachtet und die Häute, die nicht alle im Lande gebraucht
werden, führt man aus. Die Häuser sind gut und bequem,

mit heizbarem Fussboden erbaut und alle einstöckig. Jedes Gebäude ist mit einem Hofe versehen und von einer hohen Mauer umgeben; mehrere solcher Gebäude bilden das Grundstück eines Edelmannes. Die Koreaner werden in drei Klassen eingeteilt: die Edelleute, die Mittelklasse und die Arbeiter. Es kommt wohl auch vor, dass ein besonders fähiger Mann aus der Arbeiterklasse die öffentlichen Prüfungen besteht und

Fig. 6. Wohnung eines Vornehmen.

zu Amt und Würden kommt, für gewöhnlich aber werden die Beamten aus der Klasse der Edelleute genommen.

Korea hat seine eigene, vielsilbige Sprache und ein eigenes Alphabet. Obgleich amtliche Dokumente in chinesischen und japanischen Schriftzeichen abgefasst sind, so wird die Sprache jener Staaten dort nicht verstanden.

Was die Religion anbelangt, so kann man sagen, es giebt keine solche in Korea. Vor der jetzigen Dynastie herrschte der Buddhismus, aber seit 498 Jahren sind die

Priester dieser Religion so verhasst, dass sie es kaum wagen eine Stadt zu betreten. Sie haben noch viele Tempel in den Gebirgen, ohne jedoch irgend welchen wesentlichen Einfluss auf das Volk auszuüben. Ihren Sitten nach sind die Koreaner Anhänger des Confuzius, aber als eigentliches, religiöses Gefühl kann man die grosse Verehrung betrachten, welche sie ihren Verstorbenen zollen. Wenn sie in grosser

Fig. 7. Priester.

Bedrängnis sind, beten sie wohl auch zum Himmel und hoffen auf Erfüllung ihrer Gebete; doch fängt Korea an sich auch in Bezug auf Religion zu zivilisieren, denn es kommen zahlreiche Missionäre ins Land. Ein europäisches Zollamt und ebensolche Schule sind gute Unternehmungen, die ihre Früchte tragen. Eine Münze, Pulvermühlen, Maschinenfabriken, Glashütten, Seidenspinnereien bestehen seit längerer Zeit; der Telegraph und elektrisches Licht sind die beiden jüngsten Errungenschaften Koreas. Auch verschiedene Dampfschiffe sind vorhanden, doch dienen sie hauptsächlich dazu, den Tribut-Reis aus den Provinzen zur Hauptstadt zu führen.

Es ist schwer zu sagen, in welcher Weise China die Oberherrschaft über Korea in Anspruch nimmt. Wie weit sich dieselbe und ob zu Recht oder zu Unrecht über Korea erstreckt, ist eine Frage, der ich an dieser Stelle nicht näher treten will, jedenfalls ist es unbestreitbar, dass Korea China gegenüber tributpflichtig war und zum Teil noch jetzt ist.

II.

Beschreibendes aus Korea.

Der Koreaner ist ein grosser Freund der Natur. Nichts in derselben entgeht seiner Beachtung, wenn er durch die Felder oder auf den Bergen umherstreift und die Berge und Hügel selbst gewähren einen reinlichen und hübschen Anblick. Weil das Gesetz verbietet, an anderen als den vorgeschriebenen Plätzen Bäume zu fällen, so ist die Folge davon, dass der Landmann alles dürre Laub, alle abgestorbenen Reiser sorgfältig zu seiner Feuerung sammelt und dies erklärt die Sauberkeit in Feld und Flur. Die Blumen, welche von Frühlings Anfang bis Ende Herbst die Erde schmücken, haben alle ihre Namen. Die Mah-huh blüht oft wenn der Schnee noch den Grund bedeckt und ist dem Koreaner der Bote des Lenzes und im entgegengesetzten Falle blühen noch immer die Chrysanthemonen, wenn längst Schnee und Eis den Winter kennzeichnen. Millionen von duftigen, farbenprächtigen Blumen schmücken im Sommer die Gärten, und die Hügel sind mit herrlichen, wilden Blüten bedeckt, bis dann wieder die grossen Lilien im Thale das Nahen des Herbstes verkünden.

Auch das Leben der Vögel, ihr Kommen und Gehen, sowie ihr Gesang, erregt die Aufmerksamkeit des Koreaners; nach ihrem Gesange hat er ihnen die Namen gegeben, so z. B. nennt er die wilde Taube „pe-dul-key", die Krähe „kaw-mah-gue", die Schwalbe „chap-pie".

Nach einem Vogel, dem Oirol, hat er folgende Sage erdacht: Vor langen Zeiten hatte eine der vielen Palastdamen ein geheimes Liebesverhältnis mit einem vornehmen Beamten des Königs; dasselbe ward entdeckt und sie sollte mit dem Tode bestraft werden. Jedoch konnte man nur ihren Körper töten, ihr Geist lebte fort und ging in den Körper eines Vogels über, der nun nach dem Palast flog und kim-pul-lah-go, kim-pul, kim-pul-lah-go sang und weil er keine Antwort erhielt mit traurigen Tönen fortfuhr: kim-poh-go-sip-so, was so viel heisst als: rufe Kim, oder sage Kim er soll kommen, sage Kim ich will ihn sehen! Heute noch, wenn die Frauen und Mädchen Koreas den Vogel seine Klagelaute ausstossen hören, lauschen sie mitleidsvoll der Klänge und gedenken der armen Liebenden, die ihren Kim sucht, ohne ihn finden zu können. Ein anderer Trauervogel ist ihnen der Kuckuck; doch hören die Koreanerinnen seine Stimme nur ungern. Der pe-chu-kuk, ein wilder Gebirgssänger, zeigt dem Menschen die Nähe von Räubern an, kommt er aber zu den Häusern der Menschen und singt dort, so bedeutet sein Gesang, dass die Reisernte eine schlechte werden wird und man sich bei Zeiten nach anderen Lebensmitteln umzusehen hat. Geradezu verhasst ist ihnen die Krähe, weil sie die Kadaver toter Tiere verzehrt und das gefürchtete Fieber, „Jim-pyung", mit sich bringt.

-- Hingegen erfreut sich die Elster, das zeternde, hässliche Tier, ihrer besonderen Vorliebe; ihr grosses Nest ist gern in der Nähe der Wohnhäuser gesehen und ist dort ganz sicher. Die Gesellschaft der Elster gilt namentlich morgens für glückbringend. Sie scheint aber auch Freund und Nachbar der Schwalben zu sein, die ihre Nester unter den Ziegeln der Dächer bauen, denn wenn eine der Schlangen, die sich in ganzen Scharen auf den Dächern der koreanischen Häuser aufhalten, sich ein junges Schwälbchen zur Mahlzeit geholt hat, so fliegen die Alten zur frechen Elster, die dann sogleich die Schlange mit ihrem spitzen Schnabel verscheucht, mit dem sie sie in den Kopf pickt. Schreit die Elster morgens, so können die Hausbewohner Gutes erwarten; glückbringende Briefe werden ankommen, oder die Nachricht, der Bruder in der Residenz hat eine Prüfung gut bestanden und ist Beamter geworden, oder auch der Vater kehrt von der Reise heim und ähnliches mehr. Lässt die Elster jedoch abends ihr Geschrei hören, so kann man sicher sein, dass sich Diebe die Dunkelheit zu nutze machen werden, um einen Einbruch zu versuchen; nachmittags kündet ihr Gekrächze den Besuch von Fremden an, die sehr viel verzehren werden. — Der Gans rühmen die Koreaner grosse Wachsamkeit nach und bewundern ihren Mut, mit dem sie oft fremde Menschen erfolgreich aus Haus und Hof treibt. Die wilde Gans aber ist ein in Korea hochgeschätzter Vogel. Er spielt eine grosse Rolle bei den Hochzeitsfeierlichkeiten und niemand würde daran denken sich zu verheiraten, wenn ihm seine Zukünftige nicht am Hochzeitsmorgen einen solchen Glücksvogel überreicht hätte — wäre er selbst nur für die kurze Zeit der Zeremonie geborgt worden. Der Grund dafür ist die Sage, welche erzählt, ein Jäger habe einst das Männchen einer wilden Gans geschossen und sah darauf immer das trauernde Weibchen zur selben Stelle zurückkehren, wo sein Gefährte getötet wurde. Ebensolche Treue soll das Weib seinem Manne entgegenbringen und mit dem Geschenk der wilden Gans geben sie ihr Versprechen ewiger, ehelicher Treue ab, wobei sie die Worte sprechen: jetzt ist unser Haupthaar noch so schwarz wie die Federn der wilden Gans, wird es aber weiss, wie die Faser der Zwiebelwurzel sein, so wollen wir doch noch so treu zu einander wie heute sein.

Ein anderer, sehr geachteter Vogel ist der weisse Storch; viele Geschichten erzählen davon, wie gut er dem Menschen geholfen; eine derselben ist die, dass ein Storch zur Rettung eines Menschen versuchte, einer grossen Glocke Töne zu entlocken und sich dabei den Schnabel stückweise abgebrochen. Eine andere erzählt, dass einstmals ein Jäger eine

Schlange mit einem Pfeilschuss tötete, welche eine auf dem Neste sitzende Störchin erwürgen wollte. Zum Danke dafür zog ihm später der Storch mit dem Schnabel eine Schlange aus dem Magen, die der Jäger beim Wassertrinken aus der Quelle verschluckt hatte. Er that es so geschickt, dass der Mann weder Schmerzen noch Verwundung davon trug.

Die Schwalben sind gern gesehene Gäste; die Sperlinge hingegen tötet der Koreaner, sowie er die Gelegenheit dazu findet. Der liebste Vogel ist ihm aber der Kranich. Er wird in Edelstein und in Elfenbein geschnitten oder prangt kunstvoll in Seide gestickt auf den Brust- und Rückenschildern vornehmer Beamten. Er schwebt über den Schlachtfeldern bei ihren Kämpfen und bringt den koreanischen Waffen den Sieg. Er fliegt bis in den Himmel, um sich von dort Rat zu holen, daher ist er auch so sehr klug und die Sage erzählt ferner von ihm, dass er sogar einstmals einen Mann in den Himmel getragen habe und daher glauben die Koreaner auch, dass er in alten Zeiten seiner Stärke und Klugheit wegen als Reittier benutzt wurde.

Die Tiere haben ihre Geschichte in Korea; aus den folgenden Legenden werden wir sehen, welche wichtige Aemter ihnen zugeteilt wurden.

III.

Korea und seine Hauptstadt,

Ebensogut wie man Paris Frankreich nennt, könnte man Soül Korea nennen. In Seoul oder Soül wird alles geplant, beschlossen, eingerichtet und geht dann aus in das Innere des Landes. Beamte, welche irgend einer Provinz vorstehen, haben gewöhnlich ein Wohnhaus in der Hauptstadt, in welchem sie wenigstens einen Teil ihrer Zeit zuzubringen hoffen. Nun giebt es zwar verschiedene Provinzialstädte, welche bevölkerter und aus den verschiedensten Gründen berühmter wie die Hauptstadt sind — aber was will das sagen; Soül ist einmal das Ideal des Koreaners; es ist eben die Residenz des Königs.

Deshalb mag hier eine kurze Beschreibung dieser Hauptstadt folgen.

Soüls Einwohnerzahl beziffert sich auf 300 000 Bewohner, von denen aber eine gute Hälfte ausserhalb der Stadtmauer wohnt. Die Stadt selbst liegt in einem Thalkessel, von hohen Gebirgen und seinen Ausläufern umgeben; über diese und um die Stadt selbst zieht sich eine hohe, aus Steinen aufgeführte Mauer, an welcher auf verschiedenen Seiten pagodenartige Thore angebracht sind, stark genug, um zu der Zeit, als sie erbaut wurden, dem Eindringen der Feinde Trotz zu bieten.

Zahlreiche breite Strassen durchziehen Soül, von denen wiederum viele kleine Gassen und Gässchen nach allen Richtungen hin ausstrahlen.

Früher waren diese Strassen mindestens 20 Fuss breit und auch heute noch kann man einige sehen, die nach den Thoren der Paläste führen, welche über 200 Fuss breit sind, im allgemeinen sind sie aber dadurch bedeutend verengert worden, weil sich hier und da Händler niederliessen und sich Hütten bauten, so dass nur noch an wenigen Plätzen die frühere Breite der Strassen zu erkennen ist. Vor Zeiten war

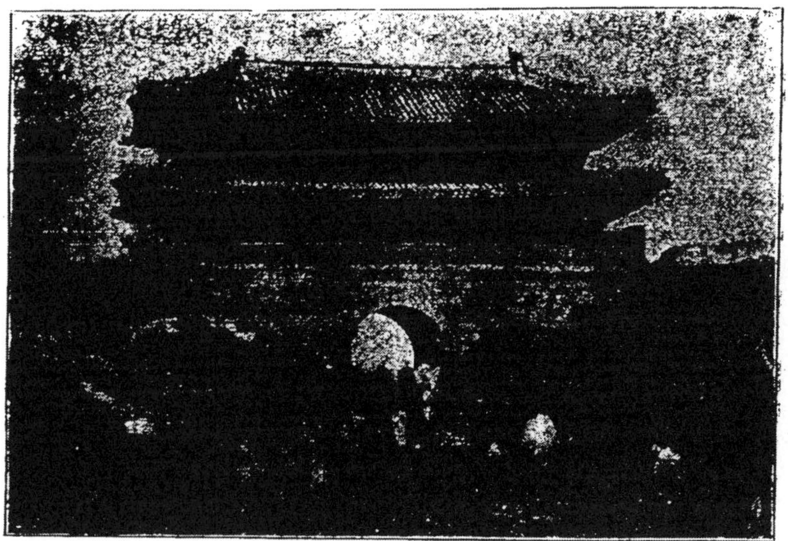

Fig. 8. Stadtthor.

die ganze Stadt sehr gut kanalisiert; verdeckte Abzugsgräben durchzogen die grossen, offene die kleineren Strassen. Da kam denn irgend einer der Eigentümer solcher kleinen Hütte auf den Gedanken, sich für dieselbe einen guten Untergrund zu schaffen und verdeckte ein Stück des Abzugskanals. Auf diese Weise erklärt es sich, dass die Strassen statt ihrer früheren geraden Linie ein Zickzack bilden und wäre nicht für die lange anhaltenden Regengüsse die Beschaffenheit des Bodens das beste und natürlichste Reinigungsmittel, so würde die Sterblichkeit in der Stadt eine ganz abnorme sein. An den Häusern sieht man so wenig Verzierungen wie auf den Strassen, aus Furcht, dadurch Diebe anlocken zu können; von der Frontseite, überhaupt von aussen gesehen, bieten sie einen trostlosen Anblick dar. Tritt man aber in das Innere eines grossen Grundstückes, so ist man von der Schönheit und Sauberkeit, die sich darbietet, ganz erstaunt. Man

Fig. 9. Beamtenwohnung.

findet künstliche Seen, Blumengärten, alte Felsblöcke mit wunderbar verwachsenen Bäumen, während man draussen nur die schmutzige Mauer, Ställe und die noch schmutzigeren Dienerwohnungen sieht. Von der Pracht, welche innen herrscht, ist von aussen absolut nichts zu sehen, im Gegenteil, selbst in den Hauptstrassen sieht man Wohnungen der schmutzigen, ärmeren Klasse der Koreaner, deren unangenehme Ausdünstungen, namentlich zur heissen Sommerzeit nicht dazu dient, Besuchern der Stadt diese als Aufenthalt zu em-

pfehlen. Befindet man sich aber auf einem der Berge in
frischer Luft und übersieht die wogende Menge in den
Strassen, so bietet sich dem Auge ein überaus fesselndes
Bild, ja, ein geradezu überwältigender Anblick dar. Der
grösste Teil der sich bewegenden Masse besteht aus Männern,
nur selten sieht man vereinzelte Weiber, diese aber der nie-
deren Klasse zugehörend, alle aber tief verschleiert und in

Fig. 10. Privatleute in Tranas.

grüne Gewänder mit roten Aermeln gehüllt. Diese werden
jedoch nie angezogen, sondern nur benützt, um die „nied-
lichen" (böse Menschen behaupten freilich „sehr hässlichen")
Gesichter der Trägerinnen zu verhüllen. Die Sage meldet,
dass sich früher die Koreanerinnen nicht damit verschleierten,
sondern die roten Aermel dazu gebrauchten, bei einem plötz-
lichen Ueberfall der Stadt, die blutigen Schwerter ihrer Gatten
und Brüder daran abzuwischen.

Auch der koreanische, vorsintflutliche Hut, einer Ofenröhre ähnelnd, hat seine Geschichte. In früheren Zeiten waren Verschwörungen an der Tagesordnung; um diesem Uebel vorzubeugen ward ein Gesetz erlassen, nach welchem die Männer grosse, in Form eines Regenschirmes aus Thon gefertigte Hüte zu tragen hatten. (Hüte gleicher Form, jedoch nicht aus Thon, sondern aus feinem Stroh- oder Bambusgeflecht hergestellt, werden noch heutigen Tages als Zeichen der Trauer von den Männern getragen.)

Das Edikt, die Hüte betreffend, war bei den Koreanern sehr verhasst. Teils weil dieselben sehr schwer waren, teils weil sie die Träger verhinderten, dicht beieinander zu gehen, um ihre Komplotte zu bereden, ohne von Spionen belauscht zu werden. Mit der Zeit fing man an das Gesetz zu umgehen und der heutige luftige, aus Seide oder Pferdehaar geflochtene Hut ist an die Stelle des thönernen getreten. Eine andere Deutung gab man dem Hut aus Thon dadurch, dass man sagte, es seien viele kleine Scharmützel unter den benachbarten Distrikten vorgekommen, wobei viele Leute ihr Leben verloren, und deshalb sei befohlen worden, thönerne Hüte zu tragen. Wer seinen Hut zerbrach ward mit dem Tode bestraft; und aus Furcht vor dieser Strafe hörten die fortwährenden Schlägereien auf. Heut zu Tage prügeln sich aber die Koreaner recht fleissig, sie tragen ja keine thönernen Hüte mehr!

Auch für ihre Vorliebe sich weiss zu kleiden hat die Geschichte uns eine Sage überliefert: Stirbt der Vater, so hat der Sohn seine bunten Kleider bei Seite zu legen und sich in Gewänder von ungebleichtem Leinen zu kleiden; seine Hüften umgürtet er mit einem Seil und sein Haupt bedeckt er mit einem grossen, regenschirmartigen, aus Bambus geflochtenen Hut, welcher die Oberfläche seines Kopfes verdeckt. Er trägt ausserdem noch einen grossen weissen Fächer, den er immer vor das Gesicht hält, damit er von niemand erkannt wird; sollte er rauchen — und jeder Koreaner raucht — so ist auch seine Pfeife mit weissem Papier oder Leinen umwickelt.

Drei Jahre lang hat er sich so zu kleiden und darf
während dieser Zeit nicht arbeiten, so dass es vorkommt,
dass ganze Familien an den Bettelstab kommen, wenn sie
in kurzer Zeit von vielen Todesfällen heimgesucht werden.
Sollte der König sterben, so hat die ganze Nation Trauer-
kleidung anzulegen, oder besser gesagt, sie wird gezwungen
sich nur in weiss, der Farbe des Todes, zu kleiden. Ein-

Fig. 11. Volkswohnung.

mal starben binnen zehn Jahren drei Könige, durch deren
Tod dem Volke ein beständiger Kleiderwechsel auferlegt
wurde und es zu grossen Unkosten zwang. Eines Koreaners
Kleiderschatz ist aber sehr gross und kostspielig, deswegen
tragen sie sich so gern in weiss, um nicht zu Extraausgaben
gezwungen zu sein, falls plötzlich der König sein geliebtes
Land verlassen und nach den besseren Gefilden übersiedeln
sollte. Sonst aber lieben die Koreaner es sehr, sich bunt
zu kleiden, selbst der Aermste bringt gern etwas Farbiges

an seiner Kleidung an und die Reichen, die Edelleute und
hohen Beamten tragen alle bunte Seidenkleider.

Vom Familienleben bekommt der Fremde nur wenig
zu sehen. Sollte es einem gelingen die vielen Thüren und
Pforten des Häuserkomplexes eines koreanischen Edelmannes
zu passieren, so würde er selbst dann kaum etwas von der
inneren Einrichtung zu sehen bekommen, da die Frauen in

Fig. 12. Inneres einer Wohnung besseren Genres.

einem ganz abgeschlossenen Raume wohnen und nur von
den Männern, die zur Familie gehören, gesehen werden, sonst
aber dem Verkehr mit den übrigen Bewohnern fern bleiben.
Viel leichter ist es von der Strasse aus, beim Vorübergehen
einen Blick in das Innere eines Hauses der ärmeren Volks-
klasse zu thun.

Es gewährt einen ganz netten, friedlichen Eindruck, wenn
man die Familienglieder eines solchen Hauses vor einem Feuer
hockend sieht, welches zur Bereitung der Mahlzeit dient und

zugleich den Zweck hat, die Fussböden zu heizen, die von grossen Steinen gemauert und mit Lehm verstrichen sind, auf welchen erst gewöhnliches und dann starkes Oelpapier befestigt ist. Oder sie sitzen auch um ein Kohlenbecken herum, mit einander schwatzend, oder still in sich gekehrt ihre Pfeifen rauchend. Es giebt nur ausnahmsweise Koreaner, welche nicht rauchen — ich habe nie einen solchen kennen gelernt — und nur der Augenzeuge kann sich einen Begriff von dem Behagen machen, mit welchem der Arbeiter bei oder nach der Arbeit sich seine Pfeife ansteckt. Wenn je der Tabak zum Segen für ein Volk geworden, so ist es in Korea der Fall. Nach jeder Mahlzeit raucht der Koreaner; abends bis er sich zur Ruhe begiebt, und er die Asche aus seiner Pfeife geklopft hat. Dann wird eine Matte auf den durchwärmten Fussboden gelegt und darauf findet er seinen Schlaf, des Tages Mühen und Sorgen vergessend. Nach Sonnenuntergang lässt sich ein langgezogener Ton hören, welcher vom Glockenschläger dadurch hervorgerufen wird, dass er die Glocke durch gleichmässiges Anschlagen eines schweren Balkens erklingen lässt. Zur selben Zeit ertönt auch eine Art Musik von den Stadtthoren, die zur Nacht geschlossen werden und nur vor Sonnenaufgang nach eingeholter Erlaubnis des Königs geöffnet werden dürfen. Alle Männer, die sich zu der Zeit des Sonnenunterganges noch auf den Strassen der Stadt befinden, sowie der zu spät gekommene Wanderer, der nicht mehr das Thor passieren konnte, suchen eiligst ihre Häuser oder Quartiere zu erreichen, denn vom Klang der Abendglocke bis zum Glockenschlag, welcher morgens früh den neuen Tag einläutet, zeigen sich keine Männer in den Strassen, weil zu dieser Zeit die Frauen aus den besseren Ständen ausgehen. Tief verschleiert schlüpfen diese dann mit ihren Papierlaternchen in den Händen von Haus zu Haus. In neuester Zeit ist dieser Gebrauch, der früher Gesetz war, abgekommen; die Frauen gehen selten allein aus, sondern werden von ihren Männern begleitet. Diebe hatten sich die nächtlichen Ausgänge der Frauen zu nutze gemacht, um sie ihrer Juwelen zu berauben und die Polizei allein konnte die immer häufiger werdenden Diebereien nicht verhindern.

Die tiefe Stille der Nacht wird dann und wann vom Gebell eines Hundes unterbrochen, die nächtlichen Serenaden der Katzen hört man aber nur selten, weil der Koreaner dieselben nicht liebt und sie nicht als Haustier hält. Aber

Fig. 13. Tänzerin.

ein anderes lautes Geräusch tönt durch die Nacht, mit welchem der in Korea lebende Fremde bald vertraut genug ist, um sich davon nicht stören zu lassen. Es kommt aus den koreanischen Wäschereien. Um den Kleidern (den hell gefärbten namentlich) ihren schönen Glanz zu geben, müssen dieselben lange und stark geklopft werden. Zu diesem Zwecke wickelt man sie um Rollen, die mit Rahmen versehen sind; zwei Frauen, sich gegenüber sitzend, behämmern das Zeug, indem sie zugleich die Rolle hin- und herschieben.

Dabei halten sie so gut Takt, dass man glauben könnte, sie führen Musik auf.

Fig. 14. Sängerin.

Plötzlich machen die Frauen eine kleine Pause, bei welcher der Zuhörer ganz richtig vermutet, dass sie dieselbe zu ihrer Erholung benutzen. Bei uns könnte man annehmen, sie tränken ein Tässchen Kaffee, da aber die Koreanerinnen diesen Luxus nicht kennen, so zünden sie sich ein Pfeifchen an, erzählen einander die Tagesneuigkeiten oder nehmen den Besuch einer Nachbarin an, die glücklicher als sie, ihre Arbeit schon beendet hat.

Der Palast des Königs erstrahlt in Tageshelle, denn die Regierungsgeschäfte werden darin gewöhnlich nachts erledigt, damit alles am nächsten Tage seinen ruhigen, ebenmässigen Gang geht. Um Sonnenuntergang werden auf dem nach Süden gelegenen immergrünen Berge, welcher die Süd-grenze der Stadt bildet, Feuer entzündet; im Norden bildet ein hohes Gebirge die Nordgrenze, welches zu gleichem Zweck benutzt wird. Das Südgebirge liegt in Front des Palastes und bietet eine gute Aussicht auf die anderen Gebirgsspitzen, auf welchen Wachtleute wohnen. Auf diesen Bergspitzen werden nächtliche Signalfeuer entzündet; sobald der diesseitige Wacht-habende dieselben erblickt, zündet er eben so viele Feuer auf kleinen Altären an, die vom Palast aus beobachtet werden. Alte weisshaarige Beamte begeben sich nun zum Könige, und teilen ihm, mit den Häuptern den Fussboden berührend, mit, dass alle Feuer entzündet sind, was so viel bedeutet, als dass Ruhe und Frieden im Lande herrscht, oder dass Eines oder das Andere fehlt, ein Zeichen, dass Unruhen in einem oder mehreren Distrikten ausgebrochen sind. Dann beginnen die Regierungsgeschäfte, wobei der König den wichtigeren seine persönliche Aufmerksamkeit widmet.

Es giebt drei Paläste in der Hauptstadt, von denen der eine nur vom Könige bewohnt wird. Ein anderer, welcher für einen Regenten erbaut wurde, der die Regierung für seinen Vater übernahm, dem der seinige nun zu gross war, ist jetzt ein zerfallenes Gebäude, sodass man den Platz für eine Maulbeerbaum-Plantage benützt, wo Seidenraupen ge-züchtet werden.

Der Palast des jetzigen Königs hat einen Flächeninhalt von mehreren hundert Hektaren und beherbergt mehr als dreitausend Einwohner. Ein mehrere hundert Meter langer

See ist im Inneren dieses Grundstückes, an dessen Ufern
sich ein grosser Pavillon erhebt, dessen Dach von hohen

Fig. 15. Palastdame.

Granitsäulen getragen wird. Das Wasser des kleinen Sees
ist mit Lotosblumen bewachsen und bietet wildem Wasser-
geflügel einen angenehmen Brut- und Ruheplatz. Ausser
diesem See giebt es noch viel kleinere Seen und Teiche im

Palastgrundstück, welche alle von Gebirgsbächen gespeist werden, die ihren Ein- und Ausgang durch grosse in den Palastmauern angebrachte Thore finden. Brücken, welche über diese Bäche im Palast geschlagen sind, hat man mit in Stein gehauene. Tritonen geschmückt, welche im Begriff zu stehen scheinen, sich in die kühle Flut zu stürzen. Ueberall in und an dem Palaste sind steinerne Bildwerke aufgestellt, zumeist aber auf den Dächern der Gebäude. Das grösste derselben. enthält die Audienzhalle und trägt ein Dach, welches auf hölzernen Säulen von mehr als hundert Fuss Höhe ruht.

Die Privathäuser des Königs liegen ebenfalls an einem See und sind durch besondere Mauern dem Blick Neugieriger entzogen. Diese Wohnungen sind mit den besten Erzeugnissen, welche heimische und auswärtige Industrie bietet, ausgeschmückt. Der König hält sich Köche, welche ihre Kunst in China und Japan erlernt haben, um vorkommenden Falles bei feierlichen Gelegenheiten den Gesandten und Ministern fremdherrlicher Mächte gut zubereitete Gastmähler geben zu können. Der König selbst ist niemals bei solchen Galadiners zugegen, sondern lässt sich von einem der hohen Palastbeamten vertreten. Gewöhnlich schaut aber die königliche Familie, selbst ungesehen, aus einem Verstecke dem Mahle zu. Der König verlässt selten seinen Palast und auch nur dann, um an die Gräber seiner Vorfahren zu gehen.

Zu einem solchen königlichen Ausgange werden alle kleinen Hütten und was sonst dem Auge unangenehm sein könnte, beseitigt. Man sprengt und reinigt die Strassen und sperrt sie auf lange Strecken. Die Koreaner, für die ein solcher Ausgang ein Festtag ist, kleiden sich bei dieser Gelegenheit mit ihren besten Gewändern. Bei den Soldaten, welche dem Könige nachreiten, kann man Regimenter sehen, die mit alten Rüstungen, Spiessen und vorsintflutlichen Gewehren versehen sind, während andere mit Waffen neuester

Konstruktion, mit aufgepflanztem Bajonnet ihm voranschreiten. Dabei erschüttern sie die Luft mit wildem Geschrei, lassen die grellen Töne hundert Jahr alter Trompeten und dazwischen das Blasen moderner Signale hören. Sr. Majestät wird in einem thronartigen, roten Stuhl getragen, der auf den Schultern von 36 gutgeschulten Trägern fortbewegt wird. Zahlreiche hohe Beamte in Tragstühlen und zu Pferde folgen

Fig. 16. Beamte mit Gefolge.

ihm und man kann in dem Zuge auch auf einem wunderlichen einräderigem Fahrstuhl einen Beamten mit allen dazu gehörenden Dienern, welche ihn stossen oder ziehen, eine Galling Kanone folgen sehen.

Der König ist jetzt 41 Jahre alt, seine Gemahlin 34 und der Kronprinz, das einzige Kind, ist 18 Jahre alt. Man sagt, dass er ein sehr guter und kluger Herr sei, dem das Wohl seines Volks am Herzen liegt. Sein Wort ist Gesetz und nie würde sich ein Beamter unterstehen, ihm zuwider zu handeln, müsste er selbst dadurch zu Grunde gehen. Da er sehr abgeschlossen lebt und ihm mit dem grössten Zeremoniel begegnet wird, es auch verboten ist, ihm unangenehme Nachrichten zu bringen, so hängt er sehr von seiner Umgebung ab. Besonders nahe steht ihm sein Haupteunuche, der viel Gutes und Böses stiften kann, gerade wie es der Zufall mit sich bringt. Da jedoch jedes Verbrechen in Korea mit Enthauptung bestraft wird und diese Strafe auch jedenfalls den Eunuchen treffen würde, sollte er den König irgend wie täuschen, so sieht sich derselbe wohl vor, dem Könige nur richtige und wahre Nachrichten zukommen zu lassen.

Koreanische Märchen und Legenden.

1.
Der Hase und die Schildkröte.

Als der Fischkönig einst in seinem Reiche umher-
schwamm sah er einen fetten Wurm dicht vor seinen Augen
auf- und niederhüpfen und gierig nach ihm schnappend, ge-
riet ein Angelhaken in seinen Rachen. Es gelang ihm jedoch
bald die Leine, an welcher der Haken mit dem Wurm be-
festigt war, zu zerreissen und so dem traurigen Schicksale
zu entgehen, seinen königlichen Leichnam den gewöhnlichen
Sterblichen zur Nahrung hingeben zu müssen.

Alle Grossen des Reiches, vom Wallfische an bis zur
Schildkröte wurden an das Krankenlager des Königs berufen.
Sie erschienen mit ernsten Gesichtern und jeder nachdenkend,
auf welche Weise der Haken wohl aus dem königlichen
Schlunde entfernt werden könne. Endlich meinte die Schild-
kröte, dass das einzige dazu wirksame Mittel Umschläge von
einem Paar ganz frischen Hasenaugen wären. Den Rat fand
man wohl gut, woher aber ein Paar frische Hasenaugen be-
kommen? Auch hierfür wusste die Schildkröte Abhilfe; sie
sagte, sie kenne einen Hasen und würde es versuchen ihn
zum Palaste zu bringen. Sobald sie ihn jedoch hergeleitet
haben würde, wolle sie sich wieder entfernen, es wäre dann
Sache der Aerzte dem Hasen die Augen herauszunehmen, ihr
wäre der Anblick von Blut zuwider, und sie könne es nicht
riechen. Der König bedankte sich huldvoll für den guten
Rat und die Schildkröte wusste wohl, dass ihr Glück gemacht
sei, wenn es ihr nur gelänge des Hasen habhaft zu werden.

Am nächsten schönen Tage kroch sie auf einen Hügel, wo sie ganz sicher war den Hasen zu treffen. Sie täuschte sich auch nicht; der Hase war gerade beim Frühmahle, spitzte die Ohren als er das Geräusch hörte, welches die Schildkröte beim Klettern machte und wollte davon laufen. Als er sie aber erkannte, blieb er auf den Hinterpfoten sitzen und fragte was sie auf diesem Hügel wolle?

„Ach," antwortete die Schildkröte, „ich habe immer schon so viel von der schönen Aussicht gehört, welche man von diesem Berge haben soll und will mich nun einmal selbst von der Wahrheit dieser Aussage überzeugen."

Darauf drehte sie ihren langen Hals nach allen Windrichtungen und sagte dann zum Hasen: „ich sehe wirklich hier nichts besonders Schönes!"

„Um eine schöne Aussicht zu haben, musst du noch weit höher auf den Berg klettern," erwiderte ihr der Hase und machte sich fertig, die Schildkröte höher hinauf zu begleiten.

„Ach nein," sagte diese, „ich habe schon vollkommen genug mit dem, was ich gesehen und ziehe doch mein Wasser vor. Da habe ich schöne grüne Wälder, Thäler und Höhen, grosse kühle Grotten, schöne Paläste und weite Ebenen, auf denen sich bunte Fische umhertummeln. Das beste dabei ist aber doch, dass das Wasser einen überall hinträgt und man sich nie ermüdet wie auf dem Lande. Nein, nein, lasst mich nur mit eurer heissen, vertrockneten Erde in Ruhe, ich will schnell wieder in mein Wasser zurück." Mit diesen Worten machte sie sich langsam auf den Rückweg, wobei ihr der Hase nachdenklich folgte.

„Ich möchte mir gern einmal dein Reich ansehen," sagte der Hase, — „aber ich habe so grosse Angst vor dem Wasser! Hat man gar keine Beschwerden darin, kommt einem nichts davon in die Augen, Ohren und den Mund?"

„Ih, bewahre," war die Antwort der Schildkröte, „das Wasser macht nicht mehr Beschwerde als die Luft, es kommt nur auf die Gewohnheit an."

„Wie gern möchte ich dich begleiten, aber ich kann nicht schwimmen," meinte der Hase.

Die Schildkröte konnte kaum mehr ihre Aufregung unterdrücken, antwortete aber ganz ruhig:

„Allein könntest du freilich nicht gehen; aber wenn du es doch so gerne versuchen möchtest mein Reich zu besichtigen, so setze dich auf meinen Rücken, stecke deine Pfoten in meinen Mund, und ich will dich hinunterführen." Dann versicherte sie ihm auf ihr Ehrenwort, dass auf diese Weise die Reise nichts Gefährliches habe und nun liess sich der Hase bewegen, auf dem Rücken der Schildkröte reitend, die Reise zu unternehmen. Zuerst war es ihm sehr beängstigend unter dem Wasser, aber bald gewöhnte er sich daran. Er war ganz entzückt von all dem Schönen, was er unter dem Wasser sah und von dem er sich früher gar keine Vorstellung gemacht hatte. Trabantenfische kamen ihm entgegen, — denn man hatte schon im Palaste von seiner Ankunft erfahren — und bewillkommneten ihn im Namen des Königs. Bald befand sich der Hase im Krankenzimmer des Königs, denn dorthin hatte ihn die Schildkröte zuerst gebracht, um dann selbst so schnell wie nur möglich zu verschwinden. Die vielen Aerzte, welche den König in seiner Krankheit behandelten, luden den Hasen höflich ein, Platz zu nehmen. Während er nun ganz still auf einem schönen Muschelsessel sass, hörte er wie zwei Doktoren miteinander beratschlagten, wie sie sich am besten der Augen des Hasen bemächtigen könnten, ohne ihn selbst töten zu müssen. Da standen ihm freilich vor Schreck die Haare zu Berge, aber er hatte doch so viel Geistesgegenwart zu fragen, was man denn eigentlich mit seinen Augen vornehmen wolle. Nachdem ihm die Aerzte die Sache auseinander gesetzt hatten und er eine Weile mit den Ohren gewackelt, als wenn er einen Ausweg aus dieser heikeln Geschichte finden wollte, sagte er zu ihnen:

„Ja, ja, das ist alles sehr gut, aber darüber hätte die

Schildkröte nur vorher mit mir sprechen sollen. Wir Hasen haben alle zwei Paar Augen; unsere künstlichen, aus Bergkristall gemachten, welche wir bei schlechtem, staubigem Wetter benützen und die wirklichen, welche wir nur bei gutem Wetter tragen. Da ich nun fürchtete das Wasser könne meinen wirklichen Augen schaden, weil sie doch nicht an die Feuchtigkeit des salzigen Meeres gewöhnt sind, nahm ich sie mir heraus, vergrub sie oben am Lande und kam mit meinen Kristallaugen hierher. Aber es wird mir ein grosses Vergnügen sein, dem Könige meine Augen zur Heilung zu geben, denn ich kann mich ganz gut mit meinen künstlichen behelfen und bin fest davon überzeugt, dass Umschläge von meinen Augen Sr. Majestät helfen werden." Wenn es dem Könige recht wäre, meinte er, so solle man nur der Schildkröte befehlen ihn wieder an Land zu bringen, er würde sich dann die Ehre geben, so bald als es ihm möglich sei, seine Augen persönlich zu überreichen. Alle Anwesenden waren von der grossen Liebenswürdigkeit des Hasen überrascht und alle, der König aber am meisten, schämten sich, dass sie durch Hinterlist hatten erreichen wollen, was ihnen der gute Hase auf höfliche Anfrage gern gegeben hätte.

Die Schildkröte bekam in nicht allzu höflicher Form den Befehl, sofort den Hasen an der von ihm bezeichneten Stelle zu landen und zu warten, bis er ihrer weitern Hilfe bedürfe.

Sobald der Hase an Land war, schüttelte er sich das Wasser aus dem Felle und sagte zur Schildkröte, sie möge nur selbst nach den Augen graben, denn er hätte gerade nur das eine Paar zur Hand, welches er lieber selbst behalten wolle, als es ihrem gefrässigen Könige zu Umschlägen zu überlassen. Bei diesen Worten rannte er so schnell als ihn seine Beine nur tragen wollten, wieder den Berg hinauf und ist seitdem sehr vorsichtig, wenn er wieder mit einer Schildkröte zusammen kommt. —

2.

Hyung Bo und Nahl Bo oder des Schwalben-
königs Lohn.

I.

In der Provinz Chullado, im südlichen Korea, lebten vor vielen, vielen Jahren zwei Brüder, von denen der eine sehr reich, der andere sehr arm war. Der Unterschied in ihren Vermögensverhältnissen entstand dadurch, dass der ältere Bruder beim Tode des Vaters alle Besitztümer an sich riss, statt brüderlich mit dem jüngeren zu teilen, der dadurch in das grösste Elend geriet. Nahl Bo, der ältere, hatte neben seiner rechtmässigen Gattin noch viele Sklavinnen und Konkubinen, aber keine Kinder, während Hyung Bo, der jüngere, nur eine einzige Frau, aber zahlreiche Kinder besass. Während Nahl Bo sich mit seinen Frauen und diese wieder untereinander oft heftig zankten, lebte Hyung Bo mit seinem Weibe in Frieden und Eintracht, indem beide Eheleute bestrebt waren, einander das schwere Dasein zu erleichtern. Der ältere Bruder besass einen schönen, grossen Garten mit vielen, im Winter heizbaren Häusern darin und der jüngere hatte nur eine kleine, mit einem Strohdache versehene Hütte, die so schlecht erhalten und so baufällig war, dass nach dem Regen grosse Wasserlachen auf dem Fussboden standen. Das einzige Zimmer, welches die Hütte enthielt, war so klein, dass Hyung nicht selten im Schlafe, wenn er sich ausstreckte, die dünne Lehmwand mit den Füssen einstiess. Er konnte den Fussboden seiner elenden Hütte auch nicht heizen, wodurch sich das Gewürm auf demselben vermehrte, so dass Hyung öfters diesem Ungeziefer das Zimmer überliess und im Freien mit den Seinigen übernachtete. Begreiflicherweise hatte er kein Geld erspart, denn er war froh genug, wenn er täglich für sich und seine Familie den Lebensunterhalt verdiente. So lange es die Witterung erlaubte arbeitete er als Tagelöhner auf dem Felde und seine Frau verdiente etwas dazu durch Nähen, konnten sie aber beide keine andere Beschäftigung finden, so flochten sie Strohschuhe, die sie auf den benachbarten Dörfern verkauften. In der Zeit, wo sie sich durch ihrer Hände Arbeit ernähren konnten, ging alles ganz gut, sie waren glücklich und zufrieden, aber als einstmals für beide keine Arbeit zu finden war und sie auch kein Geld hatten, um sich das Material zum Flechten der Schuhe zu kaufen, waren die armen Eltern sehr traurig, denn sie wussten nicht wie sie den Hunger ihrer nach Brot schreienden Kinder stillen sollten. Kein Körnchen Reis war in der Hütte zu finden, so dass auch eine alte Ratte, welche ihr Logis in Hyungs Wohnung aufgeschlagen hatte und nachts herumstöberte, ohne das Geringste zu finden, was sich verzehren liess, dem Verzweifeln nahe war. Durch Durst und Hunger ganz wütend geworden stiess das hungrige Tier ein solches Klagegeschrei aus, dass die Nachbarn davon aus dem Schlafe erwachten. Die Ratte behauptete, ihre Beine seien durch das nutzlose Herumlaufen kürzer geworden.

In dieser grossen Not schickte Hyungs Frau den ältesten Sohn zu dem reichen Bruder ihres Mannes und liess ihn bitten, ihr etwas Reis zu borgen, den sie ehrlich wiedergeben würde, sobald sie wieder Geld verdiene.

Der Knabe entschloss sich nur zögernd den Auftrag seiner Mutter auszurichten, denn sein Oheim nahm nicht Notiz von ihm, wenn er ihm auf der Strasse begegnete und erwiederte nie seinen Gruss, sodass er fürchtete, man würde ihn durchprügeln, wenn er das Haus desselben beträte. Aber dem Befehle der Mutter musste gehorcht werden und so machte er sich schweren Herzens auf den Weg zu seinem Oheim. Vor dessen Gehöft angekommen, sah er auf dem Felde wohlgenährte, wertvolle Kühe; die Schweineställe waren gefüllt und ganze Hühnervölker trieben ihr Wesen im Hofe. Aber der Oheim hielt auch viele grosse Hunde, die wütend bellten, als sie ihn erblickten und auf ihn zustürzten und ihm die Kleider vom Leibe rissen. Der Knabe hatte grosse Angst und wollte schon wieder davonlaufen, als ihm die grosse Not zu Hause einfiel. Er rief die Hunde freundlich an, einer von ihnen kam wedelnd auf ihn zu und leckte seine Hände, als schäme er sich des Betragens der Übrigen. Eine Magd wollte ihn fortjagen; als er aber sagte, er sei der Neffe ihres Herrn und müsse seinen Oheim sprechen, liess sie ihn lächelnd den innern Raum betreten, wo er dann seines Vaters Bruder mit gekreuzten Beinen auf einer Veranda sitzend und seine Pfeife rauchend sah.

Der Oheim fragte ihn brummend: „Wer bist du?" „Ich bin dein Neffe," antwortete der Knabe. „Wir haben seit drei Tagen nichts gegessen und sind dem Hungertode nahe. Mein Vater ist ausgegangen, um Arbeit zu suchen und ich bitte dich, uns etwas Reis zu leihen, den wir dir ehrlich wiedergeben wollen."

Der Onkel sah ihn mit einem bösen Blicke von der Seite an, so dass das Kind sich schon nach einem Schlupfwinkel umsah, denn es erwartete nichts Gutes.

Endlich erhob der Oheim seine Stimme und sagte zornig: „Mein Reis ist gut verpackt, ich habe Befehl gegeben die Speicher nicht zu öffnen. Mein Mehl ist versiegelt, ich kann die Säcke nicht öffnen. Wenn ich dir kalte Lebensmittel gäbe, würden dich die Hunde anfallen und sie dir entreissen. Gäbe ich dir Träber aus der Weinpresse könnten dich die Schweine angrunzen; Kleie kann ich dir auch nicht geben, denn dann würden meine Kühe dich mit den Hörnern stossen. Schere dich zum Henker und lasse dich hier nie wieder sehen." Mit diesen Worten stand er auf, ergriff den Knaben und warf ihn zum Thor hinaus.

Weinend ging das Kind heim. Seine Mutter erwartete seine Rückkehr mit Sehnsucht, denn sie tröstete die weinenden Kleinen damit, dass sie ihnen sagte, der älteste Bruder würde ihnen vom Oheim etwas zu essen bringen. Als sie die Thränen in den Augen ihres Sohnes bemerkte, fragte sie ihn besorgt: „Hat der Oheim dich geschlagen?" „Nein," antwortete das Kind, „er war gar nicht zu Hause, er ist in Geschäften verreist," denn er wollte seiner Mutter nicht die volle Wahrheit sagen, um sie nicht noch mehr zu betrüben, auch schämte er sich wegen des schlechten Betragens seines Oheims.

Dann bleibt uns nichts übrig als zu sterben, dachte die Mutter. Doch in demselben Moment fiel ihr ein, dass sie noch ein Paar Strohschuhe hatte. Diese ging sie hin zu verpfänden und kaufte für den Erlös Reis. Nachdem die Kinder sich gesättigt hatten, gingen sie, zum erstenmale nach langer Zeit, fröhlich schlafen; die arme Mutter aber gedachte mit der alten Sorge des nächsten Tages. Am Abend spät kehrte Hyung zurück. Er hatte auf dem Berge Reisig gesammelt und verkauft und löste nun mit dem gewonnenen Gelde die Strohschuhe wieder ein und kaufte für den Rest Lebensmittel. Das Glück schien sich wieder zu nähern, denn am nächsten Tage fand die Mutter Beschäftigung mit Näharbeit und der Vater konnte einem Reisenden das Gepäck tragen, wofür er reichliche Bezahlung und eine gute Mahlzeit erhielt. Dann bekam er von einem Geschäftsmanne den Auftrag einen wichtigen Brief zu besorgen, an dessen schneller Beförderung viel gelegen war und wofür er sehr gut bezahlt wurde.

Als er von seinem Botengang zurückkkam hörte er, dass ein sehr reicher Mann vom Polizeihauptmann fälschlich angeklagt und ins Gefängnis geworfen worden sei und dort nun öffentlich durchgeprügelt werden sollte, wenn er dem Beamten nicht eine grosse Summe Geldes zahlte. Diesen Mann besuchte Hyung und bot ihm an, sich für ihn durchprügeln zu lassen, wenn er ihm 3000 Cash als Schmerzensgeld auszahlen liesse. Der Gefangene war sehr erfreut über dies Anerbieten, auch dass er so billig davon kam und Hyung ward öffentlich statt seiner geprügelt.

Leider wurde die Unterschiebung entdeckt, Hyung bekam sein ausbedungenes Geld nicht, der reiche Mann aber dafür die Prügel noch nachträglich und darüber war er so erbost, dass er ihm nicht einmal das kleinste Geschenk aus Mitleid gab. Das Ehepaar war sehr betrübt über dies neue Missgeschick, tröstete sich aber mit den Worten: „Wenn wir recht thun, wird uns schliesslich der Lohn des Himmels nicht ausbleiben," wodurch sie immer wieder neuen Mut fassten.

Der Frühling zog bald nach dieser Begebenheit ins Land und mit ihm kamen die Schwalben, welche sich Nester am Dachfirst der Hütte bauten. „Es ist mir leid um die armen Vögel," sagte Hyung zu seinem Weibe, „dass sie sich gerade an unserm Dache anbauen, denn unsere Hütte ist so schlecht, dass sie uns nächstens über dem Kopf zusammenstürzen wird."

Die Schwalben hatten bald ihre Nester voll Junge. Hyung freute sich mit seinen Kindern über die Tierchen und fütterte sie von dem Wenigen, was sie selbst hatten, so dass Alte und Junge bald ganz zahm wurden und zutraulich vor der Hütte umherhüpften.

Eines Tages sass Hyung vor seiner Thür, als eine grosse Schlange so schnell herzu kroch, dass sie mehrere von den jungen Schwälblein erhaschte, ehe er aufstehen und sie daran verhindern konnte. Eine kleine Schwalbe fiel vor Schreck aus dem Neste und blieb von aussen daran hängen, so dass sie der immer näher kommenden Schlange als Beute preisgegeben war. Da verscheuchte Hyung die greuliche Amphibie und errettete die Schwalbe, welche beide Beine gebrochen hatte; er verband ihr mit Hilfe seiner Frau die gebrochenen Gliedmassen und verpflegte sie so lange, bis sie wieder ganz gesund war. Als das Tierchen wieder Gebrauch von seinen Gliedern machen konnte, flog es davon und vereinigte sich freudig mit seinen Genossen.

Der Herbst hatte bereits seine Herrschaft angetreten, als Hyung mit seiner ganzen Familie vor der Thür seiner Hütte sass — es war am neunten Tage des neunten Monats. — Da fiel ihnen auf, dass sich die kleine Schwalbe mit den verkrüppelten Gliedmassen auf eine Waschleine gesetzt hatte und ihnen zuzuzwitschern schien. „Ich glaube," sagte Hyung, „der kleine Vogel bedankt sich bei uns und will Abschied von uns nehmen, bevor er nach dem Süden fliegt."

Er mochte recht haben, denn sie sahen das Vögelchen auf lange Zeit nicht mehr wieder. Die kleine Schwalbe war nämlich mit vielen andern Vögeln ins Vogelland gezogen, um dem König der Vögel ihre Ehrfurcht zu bezeigen.

Als dieser die kleine krummbeinige Schwalbe erblickte, fragte er sie nach der Ursache ihrer Verunstaltung und erfuhr nun, wie sie beinahe von einer Schlange gefressen worden wäre, aus Furcht aus dem Nest gefallen und mit gebrochenen Beinchen von aussen daran gehangen habe, bis sie von einem sehr armen aber sehr gutem Manne gerettet und verpflegt worden sei.

Der Vogelkönig war über die Gutherzigkeit des armen Mannes gegen einen seiner Untertanen sehr erfreut und gab der Schwalbe ein Samenkorn, auf welchem goldene Schriftzeichen standen. Dieses Korn, welches zu einer Kürbisart gehörte, sollte sie im Frühjahr ihrem Wohlthäter mitbringen.

Nach dem Herbst war der Winter ins Land gezogen und ihm folgte soeben der Frühling. Wäre es möglich, so könnte man annehmen, dass Hyung in der Zeit, in der wir nichts von ihm hörten, noch ärmer geworden sei, so jämmer-

lich und erbärmlich war sein Aussehen als er an einem
sonnigen Frühjahrsmorgen fröhliches Vogelgezwitscher ver-
nahm. Wer beschreibt sein Erstaunen als er, sich nach dem
Sänger umschauend, seinen kleinen Pflegling vom vorigen
Jahre erkannte. Das Vögelchen schien ordentlich froh darüber
zu sein, dass es die Aufmerksamkeit Hyungs auf sich gelenkt
hatte und von ihm augenscheinlich wieder erkannt wurde.
Es sang ihm von des Königs und seiner eigenen Dankbarkeit
und von dem mitgebrachten Geschenke, liess das Samen-
korn mit der goldenen Inschrift zu Boden fallen und flog
dann fort.

Hyung nahm das Korn auf und las die goldenen Schrift-
zeichen mit grösster Verwunderung. Auf der einen Seite
war der Name der Kürbisart verzeichnet, auf der andern
standen die Worte: „Begrabe mich in weicher Erde und
begiesse mich fleissig." Hyung that dies und hatte die
Freude schon am vierten Tage zu bemerken, dass das
Körnchen zu keimen anfing. Sobald der Stempel sich ge-
bildet hatte, wuchs die Pflanze erstaunlich schnell und hatte
bald das ganze Dach überrankt, so dass Hyung befürchtete,
die baufällige Hütte könne das Gewicht nicht tragen, und
würde zusammenbrechen. Bald kamen goldgelbe Blüten
hervor, die mit ihrem Duft die Luft erfüllten und nach ihnen
zeigten sich vier kleine Kürbisse, die sich in kürzester Zeit
zu ganz erstaunlicher Grösse entwickelten. Hyung hatte
grosse Eile die Früchte abzuschneiden, aber seine Frau riet
dazu, man solle sie lieber bis zum Eintreten des Frostes auf
dem Stengel lassen; wenn sie völlig ausgereift wären könne,
man das Fleisch essen und die Schalen zu Trinkgefässen
verarbeiten und würde dadurch doppelten Gewinn aus dem
Geschenke ziehen. Hyung wartete also bis zum neunten
Monate mit dem Abschneiden und bemerkte, dass jetzt von der
Pflanze nichts mehr übrig war als die vier Früchte an ihren
Stengeln. In grosser Aufregung und voll Neugier holte er
Säge und Axt herbei, um den grössten Kürbis zu zerteilen.

Nach stundenlanger Arbeit war dies geschehen, der Kürbis
fiel in zwei Hälften auseinander. Beinahe wäre Hyung aber
jetzt in Ohnmacht gefallen, denn er erblickte zwei reizende
Kinderchen im Innern der Frucht, welche einen kleinen, reich
mit Edelsteinen verzierten Tisch trugen, der aus Opal ge-
arbeitet war. Auf dem Tische standen einige Flaschen Wein
und kostbare Trinkbecher. Hyung rief seine Frau herbei,
damit auch sie das Wunder betrachten solle und diese war
ebenfalls vor Schreck ganz sprachlos. Die Eheleute erholten
sich bald von ihrem freudigen Schreck, als das eine der
Kinder mit lieblicher Stimme sagte: „Der König der Vögel
sendet euch dies Geschenk aus Dankbarkeit dafür, dass ihr
einem seiner Untertanen in der Not und Krankheit so gut
gepflegt habt. Die kleine Schwalbe hat von der ihr er-
wiesenen Wohlthat berichtet.“ Ehe Hyung und seine Frau
antworten konnten, nahm das Kind eine der Flaschen, die
aus Silber gefertigt war, stellte sie vor Hyung hin und sagte:
„Der Inhalt dieser Flasche macht Tote wieder lebendig.“
Dann ergriff es eine zweite und sagte: „Dieser giebt Blinden
das Augenlicht wieder.“ Darauf nahm es eine dritte, goldene
und überreichte sie ihm mit den Worten: „Sie enthält Tabak,
nach dessen Gebrauch den Stummen die Stimme wieder-
gegeben wird“ und endlich ergriff es die zweite goldene
und sagte: „Die Tropfen, welche diese Flasche enthält,
schützen vor Tod und Alter.“ Dann verneigten sich die
Kinderchen und liessen das Ehepaar stumm vor Staunen
allein. Hyung und seine Frau blickten sich einander an und
dann wieder auf die Früchte, um sich zu vergewissern, dass
sie nicht träumten. Endlich sagte der Mann: „Jetzt kann
ich mich der herrlichen Flaschen nicht freuen, denn ich
bin so hungrig, dass ich fürchte umzufallen, wenn ich nicht
bald etwas zu essen bekomme. Wir wollen die zweite Frucht
öffnen und sie essen.“ Mit vieler Mühe gelang es ihnen,
den andern Kürbis zu zerteilen, aber siehe da, er enthielt
kein Fleisch, sondern die prachtvollsten Hausgeräte in solcher

Menge, dass sie dieselben gar nicht alle in ihrer Hütte unter-
bringen konnten, sondern den ganzen Raum vor derselben
mit allerlei Sachen, schönen Seidenstoffen, Kattun und Wolle
belegten, so dass sie nicht im stande waren, alle Schätze
zu übersehen. Die Neugier, zu wissen, was die andern Früchte
enthielten, liess Hyung seinen Hunger vergessen; er öffnete
den dritten Kürbis und ihm entstiegen eine Menge Zimmer-
leute mit reichlichem Material versehen, welche in kaum
zehn Minuten ein prachtvolles Gebäude aufführten, dazu
Häuser für die Dienerschaft, Ställe und Speicher und dann
das Ganze mit einer hohen Mauer umgaben. Als alles fertig
war, erschien ein unabsehbarer Zug von Ochsen und Pferden,
alle mit Reis und Lebensmitteln beladen; andere führten
viele männliche und weibliche Diener, die Geld, Kleider und
sonstige landesübliche Dinge als Tribut aus der Provinz
brachten, in welcher das Gebäude stand.

Das Ehepaar glaubte ins Feenland versetzt zu sein, und
vergnügte sich damit, den Dienern ihre Befehle zu erteilen,
da selbige doch nun einmal da waren. Hyung ordnete an,
dass das Geld in den sahrang, die Kleider und Stoffe in der
tarak, der Reis und die andern Lebensmittel in den Speichern
verwahrt würden und seine Frau wünschte ein Bad bereitet
zu haben — beide waren erstaunt darüber, dass ihre Befehle
sofort ausgeführt wurden und vergassen, dass noch ein Kürbis
vorhanden war, welcher des Oeffnens harrte. Erst die Diener-
schaft erinnerte daran und erhielt den Befehl ihn zu öffnen.
Aus dieser letzten Frucht stieg ein so wunderschönes Mädchen,
dass Hyung ganz berauscht von seiner Schönheit war, denn
Aehnliches hatte er noch nie erblickt. Seine Frau war
weniger erfreut, als sie das schöne Wesen erblickte und fragte
in ziemlich barschem Tone, wer es sei und was es wolle,
denn sie fürchtete eine Rivalin vor sich zu haben. „Ich
wurde von dem König der Vögel hierher gesandt, um die
Konkubine dieses Mannes zu sein," antwortete das schöne
Mädchen mit sanfter Stimme. Die Frau Hyungs erwiderte

ihr, dann solle sie nur dahin zurückgehen, von wo sie her-
käme, ihr Mann˟ brauche keine zweite Frau. Ihrem Manne
machte sie aber bittere Vorwürfe, dass er die vierte Frucht
habe öffnen lassen und sagte, dieses Mädchen sei die Strafe
dafür, dass er mit dem nicht zufrieden gewesen sei, was die
drei anderen Kürbisse für sie enthalten hatten.

Doch damit kam sie schön an! Hyung wurde sehr
zornig zu seiner Frau und sagte ihr, sie solle sich wegen
ihres eifersüchtigen Betragens schämen und lieber bedenken,
dass alles Geschenke des Himmels seien und dass sie ohne
dieselben Bettler geblieben wären. Dann schickte er sie in
die Frauengemächer und drohte ihr, dass er sie in ein allein-
stehendes Haus einschliessen würde, wenn sie sich noch
einmal so unfreundlich beträge. Das schöne Mädchen führte
er in die für dasselbe hergerichteten Gemächer.

II.

Sobald Nahl Bo von diesen Begebenheiten gehört hatte,
machte er sich auf den Weg, um seinen Bruder zu besuchen.
Er fand das Gerücht von der Pracht seiner Gebäude und
seinem Reichtum nicht übertrieben, beschuldigte ihn der
Zauberei und wünschte ganz genau zu erfahren, woher ihm
die schönen Sachen gekommen wären. Nachdem Hyung
seinem Bruder getreulich von Anfang bis Ende alles erzählt
hatte, was mit diesem Wunder zusammenhing, war dieser
sehr ungehalten, statt sich über das Glück seines Bruders
zu freuen. Es schalt ihn einen Dieb, weil er alle schönen
Geschenke für sich behalte und nicht mit ihm teilte. Dar-
über ärgerte sich Hyung zwar sehr, aber, gutherzig, wie er
von Natur war, vergab er ihm seine frühere Hartherzigkeit
und die bösen Worte, die er soeben gesprochen hatte und
beschenkte ihn reichlich aus seinem Ueberfluss. Er hätte
ihm wohl noch mehr gegeben, wenn Nahl Bo nicht das
schöne Mädchen erspäht hätte und dieses sogleich auch
geschenkt haben wollte. Dagegen sträubte sich aber Hyung

ganz energisch und die Brüder trennten sich im Unfrieden. Nahl Bo beschloss, sich an Hyung Bo zu rächen, in dem er sich des ihm anvertrauten Geheimnisses bediene, um sich dann noch weit grössere Schätze, wie sein Bruder besässe, zu verschaffen. Sobald er in sein Haus heimgekehrt war, gab er seinen Dienern Befehl, nach allen Vögeln mit Steinen zu werfen und mit Stöcken zu schlagen und half ihnen selbst bei dieser Grausamkeit. Nachdem eine Menge kleiner Vögel getötet waren, gelang es ihm endlich einen lebendig zu fangen. Diesem brach er die Beine und heilte sie ihm später wieder zusammen. Als das Tierchen wieder kräftig genug war, flog es mit seinen krummen Gliedmassen von dannen. Auch dieses Vögelchen wurde vom König der Vögel nach der Ursache seiner missgestalteten Beine gefragt und erzählte von den Grausamkeiten, die der böse Nahl Bo begangen hatte. Der König wusste sogleich, was der Zweck dieser Unthaten gewesen und übergab diesem Vogel ebenfalls ein Samenkorn, welches er im nächsten Frühling dem bösen Nahl Bo bringen solle.

Als das Frühjahr gekommen war, sass Nahl Bo vor der Thür seines Hauses und hörte über sich Vogelgesang, der ihm nicht unbekannt zu sein schien. Er sah sich um und erkannte den von ihm verkrüppelten Vogel, der auf einem Baum in der Nähe sass und ein Samenkorn im Schnabel trug. Vor Freude über diesen Anblick liess er seine lange Pfeife zur Erde fallen, rannte selbst zu dem Baume, auf welchem der Vogel sass und wehrte jedermann ihn zu begleiten. Er war so eilig, dass er vergass die Schuhe anzuziehen und seine neuen Strümpfe arg beschmutzte, indem er über den feuchten Erdboden lief. Der Vogel liess das Samenkorn fallen, als Nahl Bo bis dicht zu ihm herangekommen war und schwang sich dann in die Luft. Der habgierige Nahl Bo nahm das Körnchen auf, pflanzte es eigenhändig ein und verfuhr dabei ganz so wie die Schriftzeichen darauf andeuteten. Die Pflanzen, welche sich daraus

entwickelten, wuchsen noch viel schneller als im vorigen
Jahre diejenigen von Hyung Bo. Sie waren so stark und
mächtig, dass sie alsbald das ganze Haus, die Ställe und
Speicher überwucherten, so dass Nahl Bo Angst bekam,
seine Gebäude würden dem Gewichte unterliegen. Auch
hatten sich nicht vier, sondern zwölf Kürbisse entwickelt,
die so gross waren, dass man sie auf dem Dache befestigen
musste, weil sie sonst herunter gerollt wären. Der über-
glückliche Besitzer musste Leute annehmen, um die Früchte des
Nachts zu bewachen, denn seitdem der Ursprung von Hyungs
Reichtum bekannt geworden war, wollte jedermann einen sol-
chen Kürbis haben und Nahl Bo fürchtete bestohlen zu werden.

Diese Leute kosteten ihn eine grosse Summe Geld und
die schweren Früchte thaten dem Dache und dem Gemäuer
viel Schaden; die Ranken krochen unter die Ziegel, nach
Sand suchend, und hoben viele Steine aus dem Gefüge.
Von den Mauern fiel der Kalk ab, denn sie gaben der Wucht
der Pflanze nach und bekamen Risse. Durch den vom Dache
abfallenden Kalk wurden die Zimmerdecken, welche von
Papier waren, beschädigt und der Regen tropfte in das Innere
der Räume. Dies Alles konnte Nahl Bo aber nicht die Vor-
freude verringern, mit der er an die Schätze dachte, welche
die ausgereiften Kürbisse enthalten würden. Endlich war
der Tag herangekommen, an welchem die reifen Früchte
von vielen Arbeitern von den Dächern an Tauen herab-
gelassen werden konnten. Nachdem Nahl Bo alle Kürbisse
in seinem innersten Hofe aufgestapelt hatte, schickte er alle
Arbeiter fort, behielt nur den Zimmermann und seinen Ge-
sellen bei sich, die ihm beim Oeffnen der Früchte helfen
sollten, und verschloss die Thore seines Hauses.

In Erwartung der schönen Sachen, die er nun bald be-
sitzen würde, fühlte sich Nahl Bo so grossmütig und zufrieden,
dass er dem Zimmermanne die verlangten tausend Cash für
seine Arbeit bewilligte, obwohl er mit fünfzig Cash reichlich
bezahlt gewesen wäre.

Die Zimmerleute machten sich daran, den ersten Kürbis zu zersägen. Bald war die Arbeit geschehen, er lag in zwei Hälften da. Vor den erstaunten Augen der Anwesenden entstieg ihm eine Seiltänzerbande, ganz ebenso wie diejenigen, welche auf den öffentlichen Plätzen in Koreo ihre Vorstellungen zu geben pflegen. Auf eine solche Ueberraschung war Nahl Bo freilich nicht vorbereitet, er machte aber gute Miene zum bösen Spiel und sah zu, wie die Seiltänzer ihre Vorstellung gaben, so gut es eben in dem beschränkten Raume anging. Er und seine Familie, die sich auch dazu gefunden hatte, glaubten sie wären nur erschienen, um die unermesslichen Reichtümer anzuzeigen, welche die anderen Kürbisse enthielten und hatten mit · der einen Vorstellung genug, der sie beigewohnt. Nahl Bo sagte ihnen daher, als sie sich gerade zu einer neuen Vorstellung zurecht machten, sie könnten gehen, er wolle nichts mehr sehen. Aber die Seiltänzer wollten nicht eher gehen, als bis sie für ihre Kunstleistung fünftausend Cash erhalten hätten und schworen hoch und teuer, sie würden auf Nahl Bos Kosten so lange bei ihm bleiben, bis sie ihr Geld hätten. Nahl Bo gab nur mit grösstem Widerwillen nach und beschuldigte den Zimmermann, der sehr hässlich war, ein blatternnarbiges Gesicht und einen Mund hatte, den eine Hasenscharte verunzierte, dass sich das Gold im Kürbis gewiss verwandelt habe, weil er es mit seiner Hässlichkeit verhext habe, denn er glaube sicher, dass Gold darin gewesen wäre.

Die zweite Frucht brachte kein besseres Resultat zum Vorschein. Eine Schar buddhistischer Priester entstieg ihm, welche für den Bau eines neuen Tempels sammelte und dem Geber viele Kinder als Segen des Himmels versprach, wenn er viel Geld für den Bau hergäbe. Nur um die Mönche so bald als möglich los zu werden, beeilte sich Nahl Bo ihnen fünftausend Cash auszuzahlen, verlangte aber, dass sie sofort sein Haus verliessen, denn · er wartete nur auf ihr Fortgehen, um die dritte Frucht zu öffnen, in welcher er sicher Gold vermutete, welches er nicht der Habgier der Bettelmönche preisgeben wollte.

Nun kam der dritte Kürbis an die Reihe. Mit seinem Inhalt war es aber sehr traurig bestellt; es war ein Leichenzug, der langsam aus der Mitte hervorstieg. Die Leidtragenden weinten und heulten in ohrenzerreissender Weise und baten um Geld, den Leichnam, den sie mit sich führten, beerdigen zu können. Nahl Bo befahl ihnen, sich fortzupacken, er kenne sie nicht und wolle nichts geben. Sie antworteten aber, dass sie ohne ein Geldgeschenk nicht gehen würden und so wusste er sich nicht anders zu helfen, als ihnen auch fünftausend Cash auszuzahlen, worauf die Sargträger den Sarg aufnahmen und zum Thore hinauszogen. Nun erschien Nahls Frau im innern Hofe und überhäufte den Zimmermann ihrerseits mit Vorwürfen und Schimpfreden, indem sie sagte, alle diese Auslagen habe man seiner Hässlichkeit wegen zu zahlen. Darüber ärgerte sich der Mann so sehr, dass er sein Geld begehrte und sich weigerte, die anderen Kürbisse zu öffnen. Nahl Bo sah ein, dass es jetzt zu spät war einen anderen Zimmermann zu holen und einigte sich mit dem Mann mit der Hasenscharte, indem er ihn für die drei geöffneten Früchte bezahlte und ihm auf die anderen einen Vorschuss gab, denn er sah mit fieberhafter Angst auf die Oeffnung vom vierten Kürbis. Gold enthielt auch er nicht, sondern eine Schar singender gee sang tanzte aus ihm heraus. Jeder Provinz des Königreichs gehörte eine Tänzerin an und eine jede führte den Tanz auf, der in ihrer Heimat Sitte war und eine jede sang ein Lied. Die eine sang von yang wang, dem Gotte der Winde, eine andere von sung jee, dem Gelde, welches man bei der Geburt eines Kindes auf den Dachstuhl des Hauses legt, eine dritte sang das Lied vom Kuckuck. Auch von dem Baume sangen sie, der so alt war, dass er ganz hohl und verdorrt war, der aber doch in jedem neuen Frühling wieder frische Blüten hervorbringt. Den Gesang vom Lachen und den Gesang von der Trauer

stimmten sie an, woran sie eine Warnung knüpften; nicht
die Reisopfer zu vergessen, welche man den Verstorbenen
darzubringen hat. Der letzte Gesang handelte von den zwölf
Monaten des Jahres, von den dreissig Tagen des Monats und
von den vierundzwanzig Stunden des Tages, die den Tag
und die Nacht bilden; von der Geburt des neuen und von
dem Tode des alten Jahres, welches alles Leid der Mensch-
heit mit sich nimmt und die Menschen mahnt, dem neuen
Jahre mit reinen Gewändern entgegen zu gehen und es mit
Festmählern zu feiern, damit es sich ihnen glücklich und
günstig erweise. Als die gee sang ihre Gesänge beendigt
hatten, verlangten auch sie ihre Bezahlung, welche Nahl Bo
wohl oder übel leisten musste, wodurch er wieder um fünf-
tausend Cash ärmer ward.

Nun versuchte es Nahls Frau ihn vom Oeffnen der
übrigen Früchte abzubringen, wovon er aber nichts hören
wollte, um so mehr, als der Zimmermann versprach die
nächsten Früchte für fünfhundert Cash aufzumachen, denn
er amüsierte sich königlich bei all den schönen Aufführungen.
Nahl Bo befahl ihm also den fünften Kürbis zu öffnen. Als
die Frucht beinahe offen war, glaubten die Umherstehenden
darin eine gelbe Masse zu erblicken, die sie für Gold hielten.
Man spornte den Zimmermann zu grösster Eile an — aber
o Schrecken! Statt des ersehnten Goldes kam ein alter
Mann zum Vorschein, der einen als Mädchen verkleideten
Knaben bei der Hand führte. Diesen setzte er auf seine
Schulter und tanzte mit ihm, indem er ihn sehr kunstvoll
balancierte und dazu sang. Sein Lied handelte von einem
schlechten Könige, der seine Unterthanen durch sein ver-
schwenderisches Leben sehr ärgerte und wie jener sich ein
grosses Haus erbaut habe, dessen Fussböden aus Queck-
silber und dessen Wände aus den köstlichsten Edelsteinen
gemacht waren. Tausende von Lampen liessen das Haus
nachts wie bei Tageslicht hell erscheinen; die besten Weine
und die leckersten Speisen wurden aufgetragen, Musikbanden

spielten Tag und Nacht und der König verbrachte seine Zeit mit den schönsten Tänzerinnen. Dieses Leben ging so lange bis seine Feinde davon hörten, den König plötzlich überfielen und der Pracht ein Ende machten.

Auch hier musste Nahl Bo wieder fünftausend Cash zahlen, denn der Akrobat weigerte sich seine Schaustellungen aufzugeben, bevor er sein Geld habe. Trotz allen Abratens liess Nahl Bo doch die sechste Frucht öffnen. Aus ihr heraus sprang ein Spassmacher, welcher sofort das Geld für seine lange Reise verlangte. Diesen bezahlte Nahl Bo sofort, indem er meinte, mit ihm einen klugen Streich ausführen zu können. Er nahm den Narren beiseite und fragte ihn, welche der Früchte Gold enthielte? Der Narr beroch und betastete die Kürbisse, hämmerte an ihnen herum und meinte dann, ein jeder von ihnen enthielte Gold.

Man schritt also zum Oeffnen der nächsten Frucht, der siebenten. Dabei wäre Nahl Bo beinahe ohnmächtig niedergefallen, denn er sah eine Anzahl Polizeidiener, von einem höheren Beamten gefolgt, aus dem Innern hervorsteigen. Der halbtote Nahl Bo wollte sich durch schnelle Flucht vor den Männern des Gesetzes retten, denn er ahnte wohl, dass diese Leute eine Unmenge Geldes von ihm erpressen würden. Als die Beamten das aber bemerkten, ergriffen sie ihn und prügelten ihn tüchtig durch und der Führer rief seinen Sekretär herbei, der ein grosses Schriftstück verlesen musste, in welchem stand, dass Nahl Bo der Leibeigene jenes Beamten sei und ihm einen hohen Tribut zu zahlen habe. Nahl Bo erklärte, keinen Cash im Hause zu haben und musste daher den Polizeibeamten, welche sich anders nicht zufrieden geben wollten, Schuldverschreibungen auf sein ganzes bewegliches und unbewegliches Besitztum ausstellen und erst als sie diese auf ihre Richtigkeit geprüft hatten, entfernten sie sich.

Nun standen die Sachen aber so schlimm für Nahl Bo, dass er weinte und sagte: „Noch mehr Unannehmlichkeit kann mir nicht geschehen; ich lasse jetzt alle noch übrigen Kürbisse öffnen, mag kommen, was will."

Aus der zunächst geöffneten Frucht stieg eine Schar moo tang (Wahrsagerinnen), welche sich anheischig machten böse Geister zu bannen, Krankheiten zu vertreiben und Sterbenskranke gesund zu machen. Sobald sie alle versammelt waren entrollten sie ihre Banner, schlugen Wirbel auf ihren Trommeln und verlangten Reis und Kleidungsstücke, um damit den Geistern Brandopfer zu bringen.

„Schert euch fort von hier," schrie sie der wütend gewordene Nahl Bo an. „Ich brauche eures Gleichen nicht, denn ich bin weder krank, noch habe ich böse Geister in meinem Hause! Sucht euch einen anderen pah sok ye (einen acht Monat alten Mann, so viel als Narr) der eurem Unsinn Glauben schenkt." Der Befehl war leichter gegeben als ausgeführt. Die Weiber waren ebensowenig zu bewegen das Haus zu verlassen wie ihre männlichen Vorgänger und es blieb Nahl Bo nichts anderes übrig, als ihnen auch fünftausend Cash zu geben, um sie los zu werden, so dass er in seinem Aerger gar nicht die Eröffnung der nächsten Frucht beachtete.

Dieser neunte Kürbis enthielt einen Taschenspieler, ein kleines unscheinbares, vom Alter zusammengeschrumpftes Männchen. Nahl Bo glaubte mit dem Knirps bald fertig zu werden und ergriff ihn bei den Haaren, um ihn aus der Thür zu werfen. Doch dieser fasste ihn um die Hüften und warf ihn über seine Schulter hinweg auf den Erdboden, so dass er bewusstlos liegen blieb. Dann band er ihm Hände und Füsse zusammen und stellte sich in drohender Stellung über den immer noch bewusstlosen Nahl Bo. Nahls Frau beeilte sich dem kleinen Unhold fünftausend Cash zu geben, damit er das Leben ihres Mannes schone.

Aus dem zehnten geöffneten Kürbis kam eine Menge blinder Bettler, welche ihren Weg mit den langen Stöcken, auf die sie sich stützten, entlang tasteten und ihre glanzlosen, toten Augen gen Himmel richteten. Sie läuteten mit

ihren Glocken und sangen dazu das Lied von den vier guten
Geistern, welche an den vier Ecken des Weltalls stehen und
dasselbe geduldig tragen. Dann schüttelten sie ihre Würfel-
becher und Nahl Bo, in tausend Aengsten, sie möchten ihm
Tod oder sonstiges Unheil verkünden, zahlte ihnen schnell
eine grosse Summe Geldes und seufzte erleichtert auf, als
sie fort waren.

Bei dem nächsten Kürbis wollte Nahl Bo sehr vorsichtig
zu Werke gehen, jedoch genügte schon der erste kleine
Einschnitt, um die Schale zu sprengen, die sich auseinander-
teilte und einen Riesen aussteigen liess. Seine Stimme klang
wie Donner und er machte nicht viel Federlesen mit dem
totenbleich gewordenen Nahl Bo, sondern warf ihn einfach,
wie ein Bündel Flicken, über die Schulter und machte Miene
mit ihm davon zu gehen. Nahls Frau kniete vor dem Rie-
sen auf die Erde, flehte ihn an, ihren Mann nicht fortzu-
schleppen und versprach seine Forderung zu erfüllen. Auch
er begehrte fünftausend Cash und war mit vielem Brummen,
welches wie Meeresbrausen ertönte, mit einem Schuldschein
zufrieden, denn bares Geld war nicht mehr im Hause.

Der Zimmermann, den diese letzte Erscheinung sehr
ängstlich gemacht hatte, verlangte den Rest des ausbe-
dungenen Geldes und wollte gehen. Doch nachdem Nahl
Bo ihm diesen bezahlt und noch ein Extra-Geschenk gegeben
hatte, machte er sich daran, den letzten Kürbis zu zersägen,
da Nahl Bo die Hoffnung, darin etwas Wertvolles zu finden,
nicht aufgeben wollte. Kaum setzte der Mann seine Säge
an, als die Frucht wie von selbst aufplatzte und den ganzen
Raum mit so fürchterlichem Gestank erfüllte, dass alle An-
wesenden so schnell als möglich davon liefen. Dieser
Gestank verhüllte bald wie ein Nebel das Gebäude und trieb
alle Bewohner ins Freie. Ein ungeheurer Wind erhob sich
und warf alle Häuser, Speicher und Ställe um; was nicht
umfiel, zerstörte das Feuer, welches ausbrach und an allen
Mauern emporzüngelte.

Nahl Bo stand mit den Seinen von Ferne und betrachtete schweren Herzens die Zerstörung seines Besitztums, ohne etwas retten zu können.

So brachte das Samenkorn des Vogelkönigs Glück und Segen für Hyung, den guten, ehrlichen Mann, aber Pein und Unglück für Nahl, den hartherzigen Bruder.

Hyung Bo aber erbarmte sich Nahl Bo's, nahm ihn zu sich und verpflegte ihn bis an sein Lebensende.

3.

Die verzauberte Weinkanne oder weswegen Hunde und Katzen Feinde sind.

Vor langen Jahren lebte an dem Ufer eines grossen Flusses, an der Stelle, wo die Bote zu landen pflegten, ein alter Mann mit schneeweissem Haar.

Er war arm, aber ehrlich und gut, hatte weder Weib noch Kind und ernährte sich durch einen Weinausschank. So klein sein Geschäft auch nur war, so hatte dasselbe doch in der ganzen Gegend einen guten Ruf, weil der Wein von der besten Sorte war und der Alte weder Zank noch Schlägereien bei sich erlaubte. Er zog auch die Kundschaft, die nur zu ihm kam Wein zu kaufen, derjenigen vor, welche kam, um bei ihm zu trinken. Er schien nie auf Reisen zu gehen, neue Einkäufe zu besorgen und sein Weinvorrat ging nie zu Ende. Immer schenkte er nur aus der nämlichen Kanne und niemand hatte gesehen, dass der Alte Fässer im Hause hielt, aus denen er seine Kanne füllte und doch blieb diese Kanne stets gefüllt, mochten so viel Leute kommen als da wollten. Die getrocknete, langhalsige, gelbe Kürbisflasche war durch den langen Gebrauch schon ganz schwarz geworden und glänzte wie poliert. Wunderlich war es auch, dass der Schankwirt nicht zu altern schien, er behielt immer dasselbe Aussehen, wie vor undenklichen Zeiten.

All dieses war schon so stadtbekannt, dass gar nicht mehr darüber gesprochen wurde — es sei denn, dass einmal

ein Fremder kam, den der sonderbare Krug auffiel und der
die Leute danach ausfragte; auch der verliess dann den Platz
mit derselben Meinung, dass der Alte ein guter Mann sei,
sein Wein aber noch besser. Im übrigen kümmerte sich
niemand darum wo der Wein herkam, solange es immer
dieselbe gute Sorte war, die man erhielt.

Man gewöhnt sich eben an Alles.

Die einzigen Genossen, mit denen der alte Mann lebte,
waren ein Hund und eine Katze und mit ihnen teilte er auch
sein Bett und seine Mahlzeit. Es gab in der ganzen Welt
keinen klügeren Hund, obgleich man nicht gerade behaupten
konnte, dass er hübsch war. Sehr geduldig und gutmütig
von Natur, wurde er nur ungemütlich, wenn sein Herr von
irgend einem Kunden Unbill erlitt, oder wenn ihn die Flöhe
von allen Seiten angriffen, — dann aber kam ihm die Katze
zu Hilfe und bald waren die Feinde besiegt.

Der Kater war ein Original. Zwar schon längst über
die Jahre hinaus, in welchen Katzen sich die grösste Mühe
geben ihren eigenen Schwanz zu fangen, war er doch eben
so hoch- als übermütig. Wenn er seinen Freund, den Hund,
schlafen sah, vergnügte er sich manchmal damit, ihm eine
tote Ratte auf die Nase fallen zu lassen. Der Hund, auf so
unangenehme Weise aus dem Schlaf geweckt, fuhr er-
schrocken in die Höhe und jagte dann, wie vom Bösen
besessen im Zimmer umher, während der schadenfrohe Kater
ein sehr würdevolles Gesicht machte, wie die Unschuld selbst,
sich über die schlechten Manieren seines Freundes zu wundern
schien, einen Katzenbuckel machte und den Schwanz dick
aufgeplustert kerzengerade in die Höhe streckte.

Mit ihrem Herrn lebten beide Tiere aber in der grössten
Eintracht. Ging der Alte abends vor die Thür, um seine
Pfeife zu rauchen, so begleiteten sie ihn und bewiesen durch
ihr Gebell und Miauen der Nachbarschaft, dass sie noch
vergnüglich lebten und zu jederzeit bereit wären, es mit
den besten ihres Geschlechtes im Kampfe aufzunehmen.

Dem Alten war es nicht immer so gut ergangen wie jetzt, wo er den Weinhandel betrieb. Er hatte auch Zeiten gekannt, in welchen er nicht wusste woher er seinen Reis für den nächsten Tag nehmen sollte; seine guten Tage zählten erst von der Zeit, wo er den letzten Trunk aus seiner Weinflasche einem müden, alten Bettler gegeben hatte. Als derselbe sich an dem Wein gelabt hatte, gab er dem Alten einen kleinen Stein, welcher wie Bernstein aussah und sagte: „Hier Alter, wirf das in deine Flasche und solange der Stein darin bleibt wird es dir nie an Wein fehlen."

Der Alte that wie ihm der Bettler geheissen und siehe da, die leere Flasche ward wieder voll und der Alte mochte so viel trinken, wie er nur konnte, die Flasche blieb immer voll und leerte sich nie. Nun betrachtete er sie von allen Seiten, nahm immer wieder einen Schluck, schüttelte sie und trank noch einmal. Dann guckte er hinein und trank von neuem, bis ihm der alte Bettler einfiel, dem er doch nun auch noch einen Trunk anbieten wollte. Doch, siehe da, der Bettler war verschwunden. Weil er nun niemand von seinem Weine anbieten konnte, so trank er allein weiter; das machte ihm aber kein Vergnügen und er dachte bei sich, er könne doch unmöglich den ganzen Tag über trinken, denn da würde er sich berauschen und es käme dann vielleicht jemand, der ihm seine Flasche raubte. So kam er auf den Gedanken einen Weinausschank zu eröffnen. Mit welchem Erfolg sahen wir schon. Er war jedoch weise genug sein Geschäft ganz klein und in der Stille zu betreiben, um nicht die Habgier diebischer Beamten zu erwecken. Nur der Hund und die Katze wussten um das Geheimnis und sie liessen das Gefäss nie aus den Augen.

Doch jedes Ding währt seine Zeit, so auch hier und der Weinausschank nahm ein plötzliches Ende.

Eines Tages erzählte man sich in der Nachbarschaft, die Flasche des alten Schankwirts sei leer und er könne sie nicht wieder füllen. Bald versammelten sich viele Neugierige in

seinem Hause und er musste ihnen mit Bedauern sagen, dass
das Gerücht wahr sei.

Der Hund nahm sich die Sache sehr zu Herzen; er
sass aufrecht da, den Kopf zur Erde gesenkt und seine
langen Ohren hingen zu beiden Seiten herunter, so dass es
fasst den Anschein hatte, als wenn er schliefe.

Der alte Kater hingegen war vor grosser Aufregung in
steter Bewegung und sprang bald auf den Schänktisch, bald
wieder herunter und als er bemerkte, dass niemand von ihm
Notiz nahm, sprang er schliesslich vom Tisch auf einen Balken,
dicht unter der Zimmerdecke und passte den Ratten auf.

Alle Nachbarn bemitleideten den Alten; doch noch
mehr des guten Weines halber, den er nun nicht mehr aus-
schänkte, als seiner selbst wegen und der arme alte Mann
ward sehr traurig. Nachts, wenn er schlafen ging, sprach
er laut vor sich hin und dachte darüber nach, woher ihm
wohl sein Unglück gekommen sei? Er fand schliesslich
keine andere Erklärung dafür, als dass er den Stein in eines
Kunden Flasche hatte fallen lassen, während er aus seiner
Kanne Wein goss.

Hund und Katze sassen dann bei ihm und hörten auf-
merksam seinem Selbstgespräche zu. Sie blinzelten einander
an und ratschlagten, auf welche Weise sie ihrem guten Herrn
wohl wieder zu seinem Steine verhelfen könnten, denn auch
ihnen war es klar, dass der Stein in eines Kunden Flasche
gefallen war. Als der Alte endlich schlief, besprachen die
Tiere die Sache ganz eingehend.

„Ich bin ganz sicher den Stein zu finden," sagte der
Kater, „wenn ich ihn nur riechen könnte; doch dazu müsste
ich ganz nahe daran sein. Aber, wo ihn suchen? Das ist
die Hauptsache."

Darauf erwiderte der Hund: „Wir müssen eben jedes
Haus in der Nachbarschaft durchsuchen. Wir können zu
einem gewöhnlichen Besuch (Kuk Kyung) gehen und während
du die Katzen im Hause besuchst, wobei du nicht versäumen

darfst den besten Gebrauch von deiner Nase zu machen, will ich mich mit den Hunden ausserhalb des Hauses unterhalten (yay gee); sobald du etwas gerochen hast, kommst du zu mir heraus und sagst es mir."

Gesagt, gethan. Noch in derselben Nacht begannen die Tiere ihre Runde. Die erste Nacht war erfolglos; so die zweite und die dritte, was die Tiere aber keinesfalls entmutigte, denn sie setzten ihre nächtlichen Besuche beharrlich fort.

Einige Male wurde ihr Besuch aber auch nicht angenommen und ein anderes Mal setzte es erst heisse Kämpfe, ehe sie ihr Vorhaben ausführen konnten. Kein Haus wurde übergangen und nachdem sie überall gewesen waren, hatten sie doch noch nicht gefunden, was sie suchten. Nun beschlossen sie die Häuser auf der anderen Seite des Flusses zu besuchen, denn sie kamen zu der Ansicht, der jetzige Besitzer des Steines müsse wohl auf dem gegenüberliegenden Ufer wohnen. Aber nun mussten sie warten bis der Fluss zugefroren war, damit das Eis ihnen eine Brücke sei, denn sie wussten es wohl, dass man es ihnen nicht erlauben würde in den Passagierboten mit überzusetzen. Der Hund hätte auch wohl jetzt hinüberschwimmen können, denn das verstand er, aber in der Jahreszeit war ihm das Wasser zu kalt.

Als nun endlich der Fluss zugefroren war, gingen die beiden treuen Tiere zwei Monate lang allnächtlich nach dem jenseitigen Ufer und kehrten jeden Morgen erfolglos zu ihres Herrn Haus zurück. Der Alte verliess seine Wohnung nur, um für seine Sparpfennige Lebensmittel einzukaufen. Die Zeit verging und der alte Mann, der ganz menschenscheu geworden war, glaubte seine beiden Tiere hätten ihn ebenso verlassen, wie seine Kunden, weil sie sich gar nicht vor ihm sehen liessen.

Mittlerweile war der Frühling ins Land gezogen, ohne dass die zwei vierbeinigen Kameraden einen Erfolg mit ihren Nachforschungen erzielt hätten. Eines Tages jedoch, als der Kater wieder auf dem Dache eines Hauses umherjagte, kam ihm ein so bekannter Geruch in die Nase, dass er beinahe vor Ueberraschung durch die Decke auf den schlafenden Hausbesitzer gefallen wäre, denn er wusste sogleich, dieser Duft konnte nur von dem Steine herrühren. Der Kater spürte ihm nach und fand, dass er einem steinernen Tabakskasten entströmte. Der jetzige Besitzer des Steines musste ihn also aus seiner Weinflasche genommen und hierher gelegt haben, ohne seinen Wert zu kennen, wenn er ihm auch zu wertvoll erschienen sein mochte, um ihn ohne weiteres auf die Strasse zu werfen. Der Deckel des Tabakskasten schloss jedoch so fest und genau, dass man denken konnte, er bestände aus einem Stück und der Kater war nicht im stande ihn zu öffnen. Er ging also zu seinem Freunde, dem Hunde, und erzählte ihm, was er gefunden. Nun überlegten beide wie sie sich wohl in Besitz des Kleinods setzen könnten. Der Hund bedauerte es sehr, dass er nicht auch auf das Dach klettern konnte, sonst würde er die Kiste herunter holen. Darauf meinte der Kater, ihm sei sie viel zu schwer, sonst würde er sie umwerfen damit sie zerbräche. So war denn guter Rat teuer. Nachdem sie noch eine Weile hin und her überlegt hatten, kam dem Hunde folgender Gedanke: „Du gehst nun zum Chef der Rattenkolonie, die in diesem Hause wohnt," sagte er zur Katze, „und machst ihm den Vorschlag, wenn er uns in dieser Angelegenheit beistehen würde, so wollten wir uns verpflichten, während voller zehn Jahre Frieden mit den Ratten zu halten, ja selbst keiner Maus in ebenso langer Zeit etwas zu Leid zu thun."

„Wozu sollte das wohl nützen?" fragte die Katze verächtlich.

„Weisst du denn nicht, dass diese Art Stein weicher als Holz ist?" erwiderte der Hund. „Wenn nur der Rattenchef seine Untergebenen abwechselnd, unaufhörlich an einer Stelle nagen lässt, so wird bald ein Loch entstehen und dann können wir ganz leicht zu dem Steine gelangen."

Dies sah der Kater ein, beugte sich vor der Weisheit

seines Freundes und machte sich sogleich auf den Weg, um eine Unterredung mit dem Rattenchef einzuleiten.

Während der Dauer derselben ging der Hund mit grossen Schritten vor dem Hause auf und nieder, wedelte mit dem Schwanze und versuchte es, einen Beamten nachzuahmen, der oft an der Wohnung seines Herrn vorüberging und der durch seine vornehme Haltung und sein stolzes Benehmen stets besser als andere Leute erscheinen wollte. Als jedoch der Kater von seiner Konferenz zurückkam, war er höchst erstaunt, seinen würdigen Freund im Kampfe mit anderen Kötern zu finden, welche an seinem Eigendünkel und seiner Unverschämtheit Aergernis genommen hatten. Weil er seinem Kameraden nicht anders zu helfen wusste, sprang er auf eine Mauer und fing so jämmerlich an zu miauen, dass die Einwohner der naheliegenden Häuser, von dem Lärm erweckt, herauskamen und die sich balgenden Hunde verjagten.

Der Hund des alten Schankwirts bedankte sich nicht einmal bei dem klugen Kater für seinen Beistand, liess sich aber erzählen, wie die Unterredung verlaufen war. Nachdem die Ratte sich davon überzeugt hatte, dass die Katze wirklich nichts Böses im Schilde führte, kam sie mit ihr bis an den Tabakskasten und hörte an Ort und Stelle ihr Anliegen an. Dann wurde der Kontrakt gleich in Ordnung gebracht; der Rattenchef hatte seine Ratten an die Arbeit zu schicken, um sie in den Kasten ein Loch nagen zu lassen, durch welches man bis an den Wunderstein gelangte; wenn es gross genug geworden, müsse er den Kater davon benachrichtigen.

Unterdessen war das Eis auf dem Flusse aufgetaut, wodurch unserem wackeren Paare der Rückzug abgeschnitten ward, sodass sie ganz und gar an diesem Ufer bleiben mussten und so gut lebten, wie sie es unter den obwaltenden Umständen konnten. Sie schlossen manche Freundschaften, machten sich aber im ganzen doch mehr Feinde als Freunde, weil sie keine Gelegenheit vorübergehen liessen, sich mit ihresgleichen zu raufen.

Eines Tages war schönes warmes Wetter und der Kater sass auf dem Dache des Hauses, aus dem ihm der Wunderstein in die Nase duftete und beobachtete eine dicke Ratte, welche sich bei ihm vorbei zu schleichen schien. Er machte sich schon sprungbereit, als ihm zum Glück noch der Kontrakt einfiel, nach dem er die Ratten verschonen musste. Und das war nur gut, sonst wäre ihr Plan gleich zu Wasser geworden, denn die dicke Ratte war niemand anderes, als der Rattenchef, der ihm Botschaft bringen wollte. Das Loch sei nun fertig, sagte die Ratte, aber es sei nach innen so eng geraten, dass man nicht wüsste, wie der Stein heraus zu bekommen wäre, es sei denn, dass die Katze versuchte, ihn mit der Pfote heraus zu holen.

Diese beratschlagte nun mit dem Hunde, den sie sogleich aufgesucht hatte, was zu machen sei, und dann gingen beide hin, sich die Sache anzusehen. Freilich konnte die Katze die Pfote in das Loch stecken, aber nicht den Stein erreichen, der am anderen Ende des Kästens lag. Darüber waren sie schon ganz entmutigt, als der Hund nach kurzem Nachdenken wiederum den Ausschlag durch einen guten Rat gab: Eine Maus müsse hinein kriechen und den Stein herausholen, meinte er.

Hineinkommen ging auch ganz leicht, um so schwerer war aber das Herauskommen. Nach vielen vergeblichen Versuchen, nach schmerzlichem Quetschen und Drängen gelang es endlich einem schlanken Mäuslein mit dem Steine aus dem Tabakskasten heraus zu kommen und der Hund nahm ihn sogleich in Verwahrung.

Nachdem das Geschäft so weit erledigt war, wurde die Freundschaft noch einmal mit vielem Wedeln von Seiten des Hundes und mit lautem Schnurren seitens der Katze erneut und befestigt. Die Ratten gingen dann voll Freude über ihre Sicherheit nach Hause und die beiden treu Verbündeten machten sich auf den Weg, ihrem Herrn den wiedergefundenen Stein zu bringen.

Nun musste der Hund wieder mit seiner Klugheit aus-
findig machen, wie der Fluss zu passieren sei. Und das
war keine Kleinigkeit. Endlich kamen sie darin überein, dass
der Kater den Stein in den Mund nehmen, ihn dort gut fest-
halten sollte, sich selbst aber an den Hund anklammern, der
ihn auf den Rücken nehmen und mit ihm den Fluss durch-
schwimmen wolle. Nachdem der Hund dem Kater die besten
Verhaltungsregeln gegeben und ihn ernstlich zur grössten Vor-
sicht ermahnt hatte, traten sie ihre Reise an.

Alles ging vortrefflich von statten; als sie aber beinahe
das Ufer erreicht hatten, bemerkten einige der dort spielenden
Kinder das wunderbare Paar und brachen in ein lautes Geläch-
ter aus; einige wälzten sich vor Lachen auf dem Boden, denn
sie fanden das Bild, welches sich ihnen darbot, gar zu komisch.

Der Hund war zu müde und abgespannt, um sich um
die lachenden Kinder zu kümmern, die Katze lachte aber
selbst so herzlich mit, dass sie bei den dadurch verursachten
Bewegungen den Kopf des Hundes unter Wasser tauchte,
sodass das arme Tier mehr Wasser schluckte, als ihm lieb
war. Dies machte den lustigen Kater nur um so übermütiger,
sodass er alle Mühe hatte, sich an den Haaren des Hundes
fest zu halten. Endlich aber übertrieb er sein Lachen so
sehr, dass er das Maul aufriss und dabei vergass, dass er den
Stein auf der Zunge liegen hatte, der nun ins Wasser fiel.
Kaum hatte der Hund den Unfall bemerkt, als er sofort nach
dem Steine tauchte, um ihn zu erhaschen, dabei seinerseits
vergessend, dass ihm die Katze auf dem Rücken sass.
Diese, welche grosse Angst vor dem Wasser hatte, krallte
sich so fest an den Hund an, dass dieser sich vor Schmerz
umdrehte und dann den Stein nicht mehr erschnappen konnte,
nach welchem er getaucht hatte. Da liess sich der Kater
los, der allen Halt verloren hatte und schwamm, vor Angst
mutig geworden, allein ans Land.

Sobald der Hund das Ufer erreicht hatte, schüttelte er
sich das Wasser aus dem Fell und sprang dann voll Zorn

auf den Kater zu, der durch seinen Leichtsinn die Mühe
eines halben Jahres in einem Augenblicke zu nichte gemacht
hatte. Dieser gewann aber noch gerade so viel Zeit, einen
Baum zu erklettern, auf dem er bis zu Sonnenuntergang
sitzen blieb.

Während ihm nun die liebe Sonne den Pelz trocknete,
spuckte er das unfreiwillig genossene Wasser dem Hunde an,
und hielt ihn sich unter fortwährendem Fauchen und Pusten
vom Leibe, dass dieser in seinem Zorne nichts anzufangen
wusste, als immer um den Baum herum zu rennen und zu
bellen. Weil der Kater übrigens auch wusste, dass mit dem
Hunde nicht gut Kirschen essen sei, wenn er so wütend
bellte, so blieb er ruhig sitzen und hatte dabei nur die ein-
zige Sorge, dass unartige Kinder ihn mit Steinen werfen
können. Nach Sonnenuntergang kam er herunter, nahm sich
aber sehr in acht, dem Hunde in den Weg zu kommen, mit
dem er sich nie mehr ausgesöhnt hat.

Der Hund tauchte noch oft nach dem Steine, aber stets
vergebens. Er schien überhaupt nur noch zwei Wünsche
in seinem Leben zu haben: den Wunderstein wieder zu finden
und die Katze zu würgen.

So kam der Winter wieder und bedeckte den Fluss mit
Eis. Da ging eines Tages ein Mann an das Ufer und hackte
ein Loch in die Eisdecke, um Fische zu fangen. Unser
Freund sah eifrig zu und als der erste Fisch gefangen und
auf das Eis gelegt worden war, sprang der Hund flink hinzu,
nahm den Fisch fort und brachte ihn seinem alten Herrn,
der unterdessen so arm geworden war, dass er betteln musste.
Er freute sich daher nicht wenig, dass ihm sein treuer Hund
einen so schönen Fisch brachte und machte sich sogleich
daran, ihn für die Mahlzeit zuzubereiten.

Wer beschreibt aber das Erstaunen beider, als der so
lang gesuchte Stein aus dem Fisch herausfiel!

Der Hund wusste sich garnicht vor Freude zu lassen,
sprang an seinem Herrn empor, leckte ihm das Gesicht und

die Hände und bellte wie närrisch. Als sich ihre gemein-
same Freude etwas gelegt hatte, ging der Alte an seinen
Kleiderschrank, holte seinen besten Anzug hervor, den er
am vergangenen Tage bereits dem Trödler zum Kauf ange-
boten hatte, kleidete sich an und steckte seinen letzten Heller
in die Tasche, um sich ein wenig Wein zu kaufen, wohl
wissend, dass nun seine Not zu Ende sei. Unterdessen legte
er den Fisch auf den Rost, damit er langsam brate, bis er
von seinem Gange wieder heimkehrte; dann assen sie ihn
beide auf, und er mundete ihnen vortrefflich.

Als der Alte seinen guten Anzug wieder in den Schrank
hängen wollte, erblickte er zu seinem höchsten Erstaunen
gerade einen eben solchen, wie er herausgenommen hatte,
darin hängen und in der Tasche ein eben solches Geldstück,
wie er vorher zu sich gesteckt hatte.

Nun sah er erst ein, welchen wunderbaren Stein er be-
sass und dass er sich durch dessen Zauberkraft noch ganz
andere Sachen, als nur Wein verschaffen konnte. Er ward
immer reicher und reicher, da er jedwedes Ding, welches
er besass, verdoppeln konnte. Für seinen treuen Hund sorgte
er aufs beste und dieser hat bis an sein Ende nie eine Ratte
getötet, aber auch nie eine Gelegenheit vorüber gehen lassen,
sich an Katzen zu rächen.

Heutigen Tages kann man noch sehen, wie die Katzen
den Hunden aus dem Wege gehen, denn schon der Anblick
eines Hundes erinnert die Katzen an das Abenteuer ihres
Vorfahren — wie er den ganzen Tag auf dem Baume sitzen
musste und an das kalte Bad vorher.

Unwillkürlich fangen sie an zu spücken, gerade als wenn
sie mit Flusswasser angefüllt wären und dabei geht ihnen
der Schwanz kerzengerade in die Höhe, eine Stellung, die
sie sonst nie einnahmen, bis damals, als der Kater nass und
frierend auf dem Baume sass und sich von der Sonne den
Pelz trocknen liess.

4.

Chun Yang Ye, die treue Tänzerin.

Der Präfekt Ye Tung Uhi lebte in der Stadt Nam Won, in der südlichen Provinz Chull Lah Dò. Er hatte einen Sohn, welcher sechszehn Jahre alt war und als einziges Kind sehr verhätschelt wurde. Der Jüngling war hübsch von Gesicht, hatte eine schöne Gestalt und galt als das Muster eines guten Sohnes, da er ausserdem auch noch sehr talentvoll war. Er bewohnte eines der Hintergebäude in der Amtswohnung seines Vaters und brachte den ganzen Tag mit seinem Studium zu. Abends ging er stets zu seinem Vater, erkundigte sich nach seinem Befinden und wünschte ihm eine angenehme Nacht und morgens war seine erste Beschäftigung, dass er sich befragte, wie sein Vater geruht habe und wie sein Gesundheitszustand sei. —

Der Präfekt war erst soeben in diese Provinz versetzt und zu seiner jetzigen Stellung erhoben worden, als sich die folgenden Begebenheiten abspielten.

Der kalte Winter, den der Sohn meistens im Hause zugebracht hatte, war vor dem nahenden Frühling geflohen und als die Bäume zu knospen begannen, das Wetter wärmer wurde und die Vögel zu zwitschern anfingen, dachte der fleissige Jüngling Ye Toh Ryung — oder kurzweg Toh Ryung genannt, er wolle auch die Frühjahrszeit geniessen. Wie das Getier, welches seinen Winterschlaf gehalten hat, sich freudig an der Sonne wärmt und in derselben neu aufzuleben scheint, so auch Toh Ryung. Er entzückte sich an allem was er sah und befragte seinen pan san — den ihn begleitenden Diener — nach den schönsten Plätzen der Umgebung. Dieser, ein Einheimischer der Provinz, gab mit Vergnügen den gewünschten Bescheid, war aber von einem Orte ganz besonderen Lobes voll, indem er sagte: „Die schönste Szenerie bietet Kang Hal Loo dar und alle Beamten besuchen diesen Platz. Die Tempel dort sind mit den Namen der Besucher bemalt, welche die schöne Gegend preisen." „Gut," antwortete ihm Toh Ryung, „gehen wir auch dorthin. Reise du voraus und mache alles zu meiner Ankunft bereit."

Der Diener hatte nichts Eiligeres zu thun, als den Befehlen seines jungen Herrn nachzukommen und als dieser in Kang Hal Loo anlangte, war er sehr zufrieden mit den Anordnungen, welche der Diener getroffen hatte. Er hatte ihm in einem der schönsten Tempel ein Unterkommen besorgt und alle Bequemlichkeiten für einen längeren Aufenthalt herbeigeschafft. Der Fussboden war mit neuen schönen Matten bedeckt und weiche Polster luden zum Ausruhen ein. Toh Ryung liess sich auf einem derselben nieder und freute sich der prachtvollen Aussicht; obgleich er totmüde war rief er doch seinen pan san herbei und gab seiner Zufriedenheit über die gute Unterkunft und prachtvolle Aussicht Ausdruck, indem er sagte, er fände alles so herrlich, dass selbst Götter damit zufrieden sein müssten und es gewiss auch wären.

„Ja," antwortete ihm der Diener hocherfreut, „es ist so, wie du sagst, selbst Geister erfreuen sich öfters an dem Anblick dieser schönen Gegend und wohnen als Gäste in den Räumen, welche jetzt die deinigen sind."

Während dieser Rede des Dieners sah der Herr, welcher seine Blicke ins Freie hinaus schweifen liess, plötzlich die Gestalt eines sehr schönen Mädchens in der Luft schweben, und ebenso schnell wieder verschwinden. Toh Ryung glaubte einen Geist gesehen zu haben. Ehe er sich ganz von seinem Erstaunen erholt hatte, erschien und verschwand die Gestalt schon wieder. Es war ein junges Mädchen, welches, sich

schaukelnd, vor den Blicken der Erstaunten auf- und nieder-
schwebte. Toh Ryung konnte sich von dem lieblichen An-
blick gar nicht losreissen und als das Mädchen längst auf-
gehört hatte sich zu schaukeln, war er noch immer nicht
mit sich einig, ob die schwebende Gestalt ein Geist oder
ein menschliches Wesen war, oder ob er vielleicht gar nur
geträumt.

Sein Diener überzeugte ihn aber bald, dass die liebliche
Erscheinung kein Geist gewesen sei, sondern eine öffentliche
Tänzerin. „Sie heisst Yang Ye," fuhr er fort „und wohnt
nur wenige Schritte von hier entfernt mit ihrer Mutter, welche
Uhl Mah genannt wird."

„Oh!" rief Toh Ryung, „das trifft sich ja ganz prächtig.
Geh sogleich zu den Frauen und bescheide die Tänzerin zu
mir, damit sie vor mir singe und tanze."

In der Zeit, welche der Diener zu seiner Botschaft ge-
brauchte und die ziemlich lang währte, weil er bis zur Vorder-
front des Hauses laufen musste, in welchem Uhl Mah wohnte,
denn sie hatten das Mädchen von der Gartenseite her ge-
sehen, wusste sich Toh Ryung vor Ungeduld nicht zu lassen.

Der Diener klopfte mit aller Macht an die Hausthür,
die zu Uhl Mahs Wohnung führte und rief die Tänzerin
beim Namen.

„Wer ruft nach mir?" fragte diese, auf den Lärm auf-
merksam gemacht.

„Wer dich ruft ist ganz gleich," antwortete ihr der
Diener, „mache du nur die Thür auf." Nachdem sie ihm
geöffnet hatte, fragte die Tänzerin: „Wer bist du und was
willst du von mir?" „Ich bin nichts und ich will nichts"
entgegnete ihr der Diener, „aber Ye Toh Ryung, der Sohn
des Präfekten, wünscht ,den blühenden Frühling' zu sehen,"
dies war nämlich die Bedeutung des Namens Chun Yang Ye.

„Wer hat denn Toh Ryung meinen Namen gesagt?"
fragte ihn die Tänzerin.

„Das thut gar nichts zur Sache, wer ihm deinen Namen

gesagt hat," erhielt sie zur Antwort. „Wenn du nicht wünschest öffentlich gekannt zu sein, musst du dich nicht schaukeln, dass dich jedermann sehen kann. Mein Herr kam hierher, um die Naturschönheiten zu bewundern und nun will er nichts anderes mehr sehen, seitdem er dich erblickte. Er ist ein sehr anständiger junger Mann, du hast nichts von ihm zu befürchten und wenn du ihm Freude mit deinem Tanz gemacht hast, wird er dich reichlich belohnen, denn er ist der einzige Sohn des Präfekten."

Die Tänzerin seufzte tief auf und bedauerte zu der Klasse zu gehören, die nichts anderes zu thun hat, als den Launen der Grossen zu gehorchen. Sie kleidete sich an, machte sich so hübsch als nur möglich und folgte dann dem Diener zu dem Tempel, worin Toh Ryung seine Wohnung aufgeschlagen hatte. Dann wartete sie geduldig an der Thür der Vorhalle, bis ihre Ankunft dem Sohn des Präfekten gemeldet worden war, denn einer gee sang — öffentlichen Tänzerin — ist es verboten ohne Erlaubnis die Wohnung eines Edelmannes zu betreten. Toh Ryung liess sie bitten näher zu kommen.

„Wie heisst du? und wie alt bist du?" fragte er sie.

„Ich heisse Chun Yang Ye," antwortete sie mit silberheller Stimme, „und ich bin zweimal acht Jahre alt."

Lachend erwiderte Toh Ryung: „Das passt ja sehr gut, ich bin viermal vier Jahre alt. Wir haben also das gleiche Alter. Du bist sehr schön", fuhr er fort, „dein Name bezeichnet deine Gestalt und deine Wangen blühen wie die zarten Blumen, welche der Frühling bringt. Deine Augen sind klar wie die des Adlers, dabei aber sanft wie der Mondschein! Wann ist dein Geburtstag?" fragte er weiter.

„Mein Geburtstag," antwortete die geschmeichelte Schöne, „fällt auf den achten Tag des vierten Monats. Gerade um die Mitternachtsstunde wurde ich geboren", und dabei bemerkte sie mit Vergnügen, welch' einen guten Eindruck ihre Worte auf den Jüngling machten.

„Ist es möglich!" rief freudig erstaunt Toh aus, „das ist ja gerade am Tage des Laternenfestes; an diesem Tage bin auch ich geboren, aber nicht erst um zwölf, sondern schon um elf Uhr. Ich bedauere es, nicht eine Stunde später das Licht der Welt erblickt zu haben, dann wären wir ganz genau gleich alt. Trotzdem glaube ich aber, dass die Götter bestimmte Zwecke damit verbanden, uns einen gemeinsamen Geburtstag zu geben und uns in unserm sechszehnten Lebensjahre zusammenzuführen. Es muss in der Absicht des Himmels liegen, uns durch eine Heirat zu verbinden." Erschrocken sprang Chun Yang auf, um davon zu laufen, doch er hiess ihr, sich ruhig wieder niederzusetzen, lief aber selbst im Zimmer auf und nieder und wusste vor Aufregung nicht was er reden sollte. Endlich fasste er sich und sagte: „Oft schon habe ich mir in lauen Frühlingsnächten von schönen gee sang vortanzen und vorsingen lassen, oft auch schon besang ich sie in selbst gedichteten Versen, aber noch nie habe ich an einer mein Herz verloren, wie ich auch noch nie eine gesehen habe, welche dir an Schönheit gleich käme. Du erscheinst mir mehr, als eine gewöhnliche Sterbliche, du bist mir von Anfang an bestimmt gewesen und ich will kein anderes Mädchen als dich heiraten."

Chun Yang Ye legte ihre Stirn in Falten, obwohl sie sich beinahe von den zärtlichen Worten des Jünglings gefangen nehmen liess und bedachte die Folgen, welche ihr und ihm aus einer Heirat erwachsen würden, dann sagte sie: „Du weisst es, dass eines Edelmannes Sohn keine gee sang ohne Erlaubnis seiner Eltern heiraten darf; ich bin nun leider dem Namen nach und vom Geschick auserkoren eine gee sang. Aber ich bin bisher ein ehrbares Mädchen gewesen und will es auch bleiben."

„Gewiss," sagte Toh, „wir können nicht die sechs öffentlichen Zeremonien vornehmen (elterliche Vereinbarungen, Briefwechsel, Kontrakte, Geschenksaustausch, vorherige Besuche und endlich die Vermählungsfeierlichkeit), aber wir können uns im Geheimen verheiraten."

„Nein, das ist unmöglich," erwiderte die Tänzerin, „dein Vater würde nie seine Einwilligung dazu geben und sollte er einstmals von hier versetzt werden, so würdest du nicht den Mut haben, mich mit dir zu nehmen. Dann würdest du dir eine Lebensgefährtin aus deinem Stande nehmen und mich bald vergessen. Es kann und es darf nicht sein," beschloss sie ihre Rede indem sie sich erhob, um fortzugehen.

„Bleibe noch," bat er. „Du thust mir Unrecht; ich werde dich nie vergessen und nie ein anderes Weib als dich nehmen. Das schwöre ich dir und du weisst der Mund eines yang ban (Edelmann) ist nicht doppelzüngig, er kann nicht lügen. Sollten wir wirklich den Aufenthalt in dieser Provinz aufgeben müssen und ich im ersten Augenblick verhindert sein, dich mit mir zu nehmen, so will ich bald zu dir zurückkehren. Du musst mir nicht widersprechen und dich nicht länger weigern."

„Aber, nehmen wir an, du vergisst dein Versprechen," entgegnete sie, noch immer zögernd. „Ein Versprechen ist bald gegeben, aber es halten ist schwer. Gieb mir das Versprechen, dass du mich heiraten willst, schwarz auf weiss, dann will ich dir glauben und nicht länger widerstehen."

Sofort kam der junge Mann diesem Wunsche nach und schrieb: Ich, Toh Ryung kam nach Kang Hal Loo, um die Gegend zu bewundern. Dort lernte ich die mir vom Himmel auserkorene Braut kennen. Ich verbinde mich mit ihr für die Zeit von hundert Jahren und will ihr während dieser Zeitdauer ein treuer Gatte sein. Sollte ich jemals meine Meinung in diesem Punkte ändern, so zeige man diese Schrift der nächsten Polizeibehörde.

Als er geendigt hatte faltete er das Papier sorgfältig zusammen und überreichte es Chun Yang. Diese steckte das wertvolle Schriftstück in ihre Tasche und sagte:

„Die Worte haben keine Beine und können doch tausend Meilen wandern! Angenommen dein Vater erfährt etwas von unserer Heirat, wie würdest du dich ihm gegenüber verhalten?"

„Sei ohne Furcht," entgegnete Toh Ryung, „mein Vater ist auch einst jung gewesen, wer weiss, ob er es nicht ähnlich wie ich in seiner Jugend gemacht hat. Ich habe mit dir einen Bund geschlossen und dies könnte mein Vater, selbst wenn er es wollte, nicht ungeschehen machen. Sollte er mich wegen unserer Heirat enterben, so will ich dir doch treu bleiben, mit dir leben und sterben."

Nun erhob sich Chun Yang, zeigte mit ihrer kleinen alabasterweissen Hand nach einem ganz nahe gelegenen Bambuswäldchen und sagte: „Dort ist das Haus meiner Mutter; ich kann nicht mehr zu dir kommen, du musst zu mir kommen. Betrachte das Haus meiner Mutter als das deine, komme und bleibe bei mir, so lange wie es die Pflicht, die du deinen Eltern schuldig bist, erlaubt.

Als die Sonne mit ihren glutroten Strahlen die Bergspitzen am nächsten Morgen vergoldete, sagten sie sich Lebewohl und Toh Ryung machte sich, von seinem Diener begleitet, auf die Heimreise.

Seitdem der Sohn des Präfekten wieder ins väterliche Haus zurückgekommen war, hatte er keine Freude mehr an seinem Studium. Er nahm zwar die Bücher zur Hand, aber die Buchstaben schienen ihm die Gestalt der schönen Chun Yang anzunehmen, welche nach ihm rief. Er hatte keinen anderen Gedanken als an Chun Yang und statt wie sonst seine Exerzitien zu singen, sang er unaufhörlich: Chun Yang Yo poh go sip so (ich will den blühenden Frühling sehen!) Endlich wurde sein Vater auf diesen sonderbaren Gesang aufmerksam und schickte einen Diener zu seinem Sohne, um ihn fragen zu lassen, was der Sinn seiner Gesänge wäre. Er nahm aber gar keine Notiz von dem Diener und der Frage seines Vaters, sondern sang nur immer lauter: „Wie die verschmachtende Erde nach langer Dürre um Regen lechzt, so lechzt meine Seele nach Chun Yang, deren Antlitz auf mich wirkt, wie Sonnenstrahlen nach neutägigem Regen auf die Erde." Nun sandte der Vater seinen Sekretär und liess Toh Ryung ernstlich bitten, ihm zu sagen was die Ursache seines unaufhörlichen Singens sei, von dem nur die Worte „ich will sehen, ich will sehen" verständlich wären. „Toh Ryung antwortete mir, dass er aus einem neuen interessanten Werke lese" gab der Sekretär seinem Herrn, der schweigend das Haupt schüttelte, als Bescheid.

Nach den Erkundigungen seines Vaters verhielt sich der junge Mann zwar ruhiger, erwartete aber mit Ungeduld den Sonnenuntergang und schickte wohl hundertmal seinen Diener hinaus, um nachzusehen, ob es denn noch nicht an der Zeit sei, sich auf den Weg nach Kang Hal Loo zu machen, wo er das Weib seines Herzens besuchen wollte. Endlich wurde im Hause des Präfekten das Licht ausgelöscht — er hatte sich zur Ruhe begeben. Nun kletterte Toh Ryung, von seinem treuen pan san begleitet, über die Mauer und lief der Richtung zu, wo das Haus der alten Uhl Mah stand.

Schon von fern vernahmen sie Musik. Als sie aber ihr Ziel erreicht hatten, hörten sie dass Chun Yang auf der Harfe spielte und dazu eine klagende Weise sang, mit der sie ihrem Schmerze darüber Ausdruck gab, dass sie ihren Liebling seit so langer Zeit nicht gesehen hatte. Endlich ward ihnen die Thür von der alten Mutter geöffnet, welche dem Toh Ryung nicht so recht traute und dieser betrat die Gemächer Chun Yangs. Das ganze Haus gefiel dem jungen Manne sehr gut und die märchenhafte Einrichtung hatte seine volle Bewunderung. Das Hauptzimmer lag nach dem Hofe zu und war von einer blauen Laterne erleuchtet, deren magisches Licht den Raum wie ein Schiff erscheinen liess, welches von der blauen Flut getragen wird. Die Wände waren mit Sprüchen behängt; an der Thür, welche in Chuns Lieblingsgemach führte, stand, von der Hand der Vorfahren geschrieben: Möge ein Jahrhundert zu kurz sein dein Lebens-

glück zu umspannen und mögen deine Kinder und Kindes-
kinder bis ins tausendste Glied glücklich sein. Durch das
offene Fenster sah man einen im Mondschein schimmernden
See, auf welchem zwei weisse Schwäne, die ihre Köpfe unter
die Flügel versteckten, schlafend einhertrieben und leises
Plätschern liess darauf schliessen, dass der See noch anderes
Leben barg.

Ein kleines, mit Schlingpflanzen umranktes Sommerhaus
stand auf einer Insel in seiner Mitte und war durch ein
Bambuswäldchen neugierigen Blicken entzogen.

Chun führte ihren Gatten zu einem mit den leckersten
Speisen besetzten Tisch, auf welchem der schönste, seltenste
Wein in prächtigen Krügen prangte; daran setzten sich beide
zum gemeinsamen Nachtmahl. Die reizende Frau kredenzte
ihrem Gatten einen Becher Wein mit den Worten: „Dies
ist das Elexier der Jugend! mögest du, wenn du dasselbe
getrunken, nie ein Gefühl von Alter empfinden, selbst wenn
Jahrtausende an dir vorübergehen. Mögest du wie ein Ge-
birge stehen bleiben, welches nie seinen Standpunkt ver-
ändert!" Dann erhob sie ihre liebliche Stimme und sang:
„Lass uns miteinander das Leben geniessen, solange wir es
können." Er lobte ihre Kunstfertigkeit und bat sie, noch
mehr zu singen und sie sang: „Lass uns trinken solange wir
jung sind, denn wer wird uns im Grabe den Becher kredenzen?
Lass uns spielen solange wir jung sind, denn mit dem Alter
kommen Kummer und Sorge von selbst! Wir sind wie die
Blumen, die nur kurze Zeit blühen, um sterbend ihren Samen
für ihre Nachkommenschaft herzugeben. Auch der Voll-
mond muss wieder schwinden, damit ein neuer Mond er-
scheinen kann!"

Der feurige Wein und Chuns Gesänge machten Toh
lustig und übermütig, so dass er immer mehr Wein und
mehr Gesang begehrte. Aber sie verweigerte ihm nun beides
und sie beendeten ihre Mahlzeit unter fröhlichen Gesprächen.
Aber auch ernste Dinge besprachen sie; Chun erwähnte des

Kontraktes, den er gemacht und dass sie nun einer für den anderen leben würden; von der Zukunft und selbst vom Tode redeten sie. Nach ihrem Tode wollte sie zu einer Blume werden und er sich in einen Schmetterling verwandeln, damit er auch dann noch an ihrem Busen ruhen und ihren süssen Duft einsaugen könne.

Der Vater wusste noch nichts von der Heirat seines Sohnes, obwohl dieser den Namen Chun Yangs aus der Liste der öffentlichen Tänzerinnen hatte löschen lassen, die im Zimmer des Präfekten hing, denn seitdem sie verheiratet war, brauchte sie nicht mehr mit den anderen öffentlichen Tänzerinnen auszugehen.

Nach wie vor erkundigte sich Toh Ryung abends und morgens nach dem Befinden seines Vaters, aber die Nächte brachte er stets in Kang Hal Loo bei seiner Gattin zu. Den Liebenden verging die Zeit wie ein Traum im Paradiese, ohne dass dem Präfekten etwas davon zu Ohren kam. Er lebte ganz seinem Berufe und versuchte es seinen Unterthanen ihr Los zu verbessern. Niemals hatte der an den König abzugebende Tribut solche Summen erreicht, wie unter seiner Statthalterschaft und doch wurden die Leute nicht so bedrückt wie in jenen Zeiten, wo der Tribut kaum zur Hälfte die Speicher des Königs füllte. Der König erfuhr mit Wohlwollen von der Thätigkeit des biederen Ye Tung Uhi und gab ihm die erste freiwerdende Stelle im Schatzamte, indem er ihm den Titel eines Ho Yoh Pansa (Schatzmeisters) verlieh.

Als der Vater seinem Sohne diese ehrenvolle Ernennung mitteilte und glaubte eine frohe Botschaft zu überbringen, schien Toh Ryung vor Schreck wie zu Boden geschmettert zu sein. Er wunderte sich zwar sehr darüber, schüttelte aber nur den Kopf und trug ihm auf, seiner Mutter die Veränderung, die ihnen allen bevorstände, zu melden und mit ihr die nötigen Reisevorbereitungen zu treffen.

Sobald er sich einen Augenblick freimachen konnte, eilte er zu Chun Yang, welche glaubte er sei erkrankt, so

verstört war sein Aussehen; als er ihr aber von dem Ge-
schehenen Mitteilung machte, brach sie in lautes Wehklagen
aus. Nachdem sie etwas ruhiger geworden war sagte sie:
„Wie ist es nur möglich, dass wir uns trennen können! Wir
müssen sterben, denn getrennt voneinander können wir nicht
leben. Wenn wir Abschied nehmen, wird es ein Abschied
für ewig sein; ich fühle es, wir sehen uns nie wieder. Oh!
ich ahnte es, denn wir waren zu glücklich; derjenige, welcher
deinem Vater diesen Befehl gab, ist ein Mörder, denn unsere
Trennung ist mein Tod. Wenn du mich verlässt muss ich
sterben, ich bin ein schwaches, liebendes Weib und kann
ohne dich nicht mehr leben."

Er nahm sie in seine Arme, lehnte ihr Haupt an seine
Brust und suchte sie zu trösten indem er zu ihr sagte:

„Weine nicht! ich kann dich nicht weinen sehen, es
bricht mein Herz. Wohl wünschte ich, es bliebe immer
Frühling! unser jetziger Zustand ist der Winter, der auf hohem
Gebirge ruht und plötzlich ins Thal herabkommt, den Früh-
ling vertreibt und alle jungen Pflanzen tötet.

Zuletzt siegt aber doch der Frühling! Wir sind ja für
hundert Jahre miteinander verbunden, unsere Trennung kann
nur für kurze Zeit dauern und um so schöner wird unsere
Wiedervereinigung sein."

„Aber wie kann ich hier allein bleiben, während du in
der Hauptstadt weilst?" erwiderte sie. „Denke an die langen
ermüdenden Sommertage und an die endlosen Winternächte.
Niemand darf ich sehen und niemals werde ich etwas über
dich erfahren! wie soll ich das ertragen können."

„Wenn der König meinen Vater nicht so hochgeehrt
hätte, würden wir vielleicht nie voneinander getrennt worden
sein, aber da es doch nun einmal so geschehen ist, so bleibt
uns nichts anderes übrig als zu scheiden. Du musst mir aber
auch vertrauen und es glauben, wenn ich dir sage, dass ich
zu dir zurückkehren will. Nimm diesen Spiegel aus Berg-

krystall zum Pfande meines Versprechens", schloss er, indem er ihr einen kleinen Taschenspiegel überreichte.

„Gieb mir eine bestimmte Zeit an, zu der ich dich wiedersehen werde," bat sie ihn und ohne seine Antwort abzuwarten begann sie zu singen: „Wenn der abgestorbene Baum von neuem blüht und der tote Vogel wieder seinen Gesang beginnt, dann werde ich dich sehen. Wenn der Fluss das grosse Gebirge des Ostens in seine Tiefe begraben haben wird, dann werde ich meinen Liebling zu Schiffe zu mir kommen sehen."

Toh Ryung machte ihr Vorwürfe wegen ihrer Verzagtheit und gab ihr die Versicherung wiederzukehren. Endlich fasste sich Chun Yang, zog einen Ring von ihrem Finger und gab ihn ihrem Geliebten mit den Worten: „Nimm diesen Ring zum Andenken an meine Liebe, Geliebter. Meine Liebe ist wie dieser Ring, sie kennt nicht Anfang und nicht Ende. Gehen musst du, das begreife ich, aber meine Liebe geht mit dir! sie wird dich begleiten und beschützen, wenn du auf gefährlichen Wegen gehst oder reissende Flüsse passieren musst und sie wird dich auch einst in meine Arme zurückführen! Wende deine Zeit in der Hauptstadt nützlich an; studiere fleissig, damit du die öffentlichen Prüfungen mit Ehren bestehen mögest. Wenn du dann zu Rang und Würde gekommen bist, kannst du mich vor aller Welt als dein Weib anerkennen und in dein Haus aufnehmen. Ich will bis dahin meine Augen mit der Hand beschatten und nach deiner Heimkehr ausschauen!"

So trennten sie sich.

Die lange Reise schien Toh Ryung wie die Fahrt zu einem Begräbnis. Seine Gedanken weilten aber stets bei Chun und ihr Bild schwebte Tag und Nacht vor seiner Seele; äusserlich trug er jedoch ein sehr ernstes und ruhiges Wesen zur Schau, denn er hatte seinen Zukunftsplan mit grosser Selbstüberwindung entworfen.

Seine Eltern wunderten sich, in der Hauptstadt angelangt,

über sein zurückgezogenes und in sich gekehrtes Wesen,
denn er verschloss sich in sein Zimmer und lebte nur seinen
Büchern, ging nie aus, suchte keinen Verkehr mit anderen
Menschen und mied sorgfältig den Umgang junger Edelleute,
die sich vergeblich bemühten sich ihm zu nähern. So ver-
gingen Monate, die ihm schnell wie ein Traum vorüber-
flogen.

Unterdessen war ein neuer Präfekt in Nam Wou ange-
stellt worden, der, ein schlechter Mensch und noch schlech-
terer Beamter, ein liederliches Leben führte und sich wenig
um das Wohlergehen seiner Untergebenen kümmerte. Er
war noch nicht lange in seinem Amte, als er von der Schön-
heit Chun Yang Ye's hörte. Er beschloss, sich näher nach
den Verhältnissen derselben zu erkundigen und wenn das
Gerücht über ihre Reize sich bewahrheitete, sie zu heiraten.
Sein Sekretär erhielt daher den Auftrag, sich nach der
schönen Tänzerin zu befragen, brachte ihm aber den Be-
scheid, dass der Name Chun Yang Ye nicht mehr auf der
Liste der öffentlichen Tänzerinnen stände, weil Ye Toh Ryung,
der Sohn des früheren Präfekten, sie geheiratet habe und
dieselbe nun eine Dame von Rang geworden sei. „Du lüg-
nerischer Schuft von Schreiber," schrie ihn der Statthalter
an, der nicht duldete, dass jemand wagte ihm zu wider-
sprechen oder es gar versuchte, seine Pläne zu durchkreuzen,
„eines Edelmanns Sohn kann keine Tänzerin heiraten! Schere
dich zum Henker und bringe sofort dieser ‚Dame von Rang‘
meinen Befehl, augenblicklich vor mir zu erscheinen."

Der Sekretär musste dem Befehl nachkommen und
schickte Diener zu Chun Yang Ye, die ihr die Aufforderung
des Präfekten bestellen mussten. Die Diener, welche alle in
dem Distrikte geboren waren und Chun Yang kannten, führten
den Befehl nur sehr ungern aus. Reich mit Geschenken von
ihr entlassen, brachten sie die Botschaft zurück, Chun Yang
sei schwer erkrankt, läge zu Bett und könne nicht ausgehen.
Der Präfekt liess diese Diener auspeitschen und gab ihnen

den Befehl, Chun Yang krank oder gesund in einem Stuhle herbeizuholen und drohte, Ungehorsam mit dem Tode zu bestrafen.

So machten sie sich denn wieder auf den Weg und teilten Chun Yang den erhaltenen Befehl mit, wollten ihn aber, von ihrer Verzweiflung gerührt, nicht ausführen. Doch das gab das edle Wesen nicht zu. Sie beschmutzte ihr Gesicht, brachte ihr Haar in Unordnung, hüllte sich in Lumpen und begab sich zum Statthalter.

Sie weinte bitterlich, als sie vor ihm erschien, was diesen nur um so wütender machte, denn ihre Verkleidung und die Thränen, welche sie vergoss, liessen sie nur um so begehrenswerter erscheinen. Er drohte, sie durchprügeln zu lassen, wenn sie sich nicht sogleich beruhigen würde und fand sie noch weit schöner als das Gerücht sie geschildert hatte.

„Was bezweckst du eigentlich mit deinem Betragen, du ungeschliffener Edelstein", fragte er sie, „wie kannst du es wagen, nicht vor mir erscheinen zu wollen, wie es deine Pflicht als gee sang ist?"

„Wohl bin ich als gee sang geboren," war ihre Antwort, „aber durch meine Heirat bin ich zur Standesdame erhoben, und habe infolgedessen nicht nötig deinen Befehlen zu gehorchen."

„Schweig!" fuhr sie der Präfekt an. „Du wirst mit den anderen gee sang hierher zu mir kommen — oder die Folgen zu fürchten haben."

„Nie und nimmer tanze und singe ich vor dir! lieber tausendmal sterben! Du hast kein Recht mir zu befehlen! Du, als erster Diener des Königs, solltest der erste sein, welcher die Gesetze hält, statt sie zu missachten," entgegnete ihm kühn Pohs Gattin.

Der Präfekt wurde durch diese Antwort wie von Sinnen; er liess sie in Ketten legen und ins Gefängnis werfen. Alle Anwesenden weinten, doch das machte den ehrlosen Mann nur wilder. Er gab dem Gefängniswärter den Befehl, Chun

Yang besonders streng zu halten und ein wachsames Auge auf sie zu haben, damit sie nicht etwa von ihren Bemitleidern befreit würde und ihm entwischen könne.

Der Gefängniswärter versprach den Befehlen nachzukommen; im geheimen aber erwies er der Aermsten alle nur möglichen Wohlthaten. Chun Yangs Mutter besuchte ihr Kind im Gefängnis und beklagte ihre traurige Lage, fügte aber missmutig hinzu, dass sie eine Närrin sei, ihrem seit so langer Zeit abwesenden Gatten treu zu bleiben, der doch nie wiederkehren würde und sie ins Elend gestürzt habe. —

Alle anderen, welche dem Gespräche zuhörten, waren auf Chun Yangs Seite und schalten die Mutter, dass sie so thörichte Reden führte. Man sprach der weinenden Chun Yang Trost zu und suchte ihre Lage nach Möglichkeit zu verbessern.

Die unglückliche Gattin Toh Ryungs verbrachte die Nacht betend, indem sie die Geister der Vorfahren ihres Mannes anflehte, sie zu erlösen, und als ihre Mutter am nächsten Morgen wieder zu ihr ins Gefängnis kam, um sich nach ihrem Befinden zu erkundigen, sprach Chun mit so leiser, unverständlicher Stimme, dass jene heftig erschrak, denn sie glaubte, die Tochter wäre erkrankt.

„Noch bin ich am Leben", hauchte die Gefangene „aber ich fühle, dass ich sterben werde. Niemals werde ich Toh Ryung wiedersehen; wenn ich gestorben sein werde, so nehmt meinen Leichnam mit nach Sëoul und begrabt ihn an der Strasse, auf welcher mein Geliebter wandelt, damit ich ihm wenigstens im Tode nahe sein kann, wenn ich es im Leben nicht durfte."

Nun machte ihr die Mutter von neuem Vorwürfe darüber, dass sie Toh treu bleiben wolle und beschwor sie, von diesem Eigensinn abzugehen und lieber den Statthalter zu heiraten. Aber Chun Yang erwiderte ihrer Mutter, wenn sie nichts anderes wüsste, als mit ihr zu schelten und von dem Präfekten zu reden, sie besser daran thäte, nicht mehr ins Gefängnis zu kommen, um sie zu besuchen. „Ich folge,“ fügte sie hinzu „der Stimme meines Herzens und thue was recht ist. Wer kann die Zukunft voraussagen? Weil heute die Sonne scheint, ist noch nicht bewiesen, dass sie auch morgen scheinen werde. Ich bereue nicht, was ich bisher gethan habe und bitte dich, mich mit meinem Kummer allein zu lassen, statt ihn durch deine Vorwürfe und deine Unfreundlichkeit zu vermehren.“

Tage, Wochen und Monate vergingen Chun im Gefängnisse und immer blieb sie ihrem fernen Gatten treu. Sie war sehr krank und wäre gewiss längst ihren Leiden erlegen, wenn der treue nnd wohlwollende Gefängniswärter nicht für sie gesorgt hätte. Da träumte Chun Yang eines Nachts, dass sie wieder in ihrer Mutter Haus sei und sich ankleide, dabei ihren Kristallspiegel, das Geschenk Toh Ryungs, benützend, als dieser plötzlich in zwei Stücke zerbrach. Sie nahm diesen Traum als eine Vorahnung ihres baldigen Todes, denn was sollte das Zerbrechen des Spiegels in zwei Hälften für eine andere Bedeutung haben, als dass ihr Herz brechen würde? So sehr sie sich auch nach dem Tode sehnte, um endlich wieder frei und aus den Händen des Präfekts erlöst zu sein, so sehr bedauerte sie auch den Umstand, ganz allein und verlassen sterben zu müssen, ohne dass ihr geliebter Mann ihr nach dem Tode die Augen zudrücken könne. Da sie aber gern die genaue Deutung ihres Traumes wissen wollte, so bat sie den gütigen Gefängniswärter ihr einen Blinden zu holen, welcher die Kraft besässe, wie viele unter diesen Leuten, Träume auszulegen. Kaum hatte sie diesen Wunsch geäussert, als sie einen blinden Mann vorbei kommen hörte, denn sie vernahm das eigentümlich tickende Geräusch, welches die Blinden mit ihren Stöcken zu machen pflegen, und ausserdem stiess der Vorübergehende den, den Blinden üblichen Ruf aus. Als der blinde Mann eingetreten war und Platz genommen hatte, entdeckten beide, dass sie gute Bekannte waren. Der Blinde hatte früher, ehe ihn das

Unglück betroffen, sein Augenlicht zu verlieren, in guten Verhältnissen gelebt und war ein Freund ihres verstorbenen Vaters gewesen. Sie bat ihn daher, er möchte es mit ihr so gut meinen, wie mit ihrem Vater, als dieser noch lebte und ihr die Wahrheit sagen, wann und wo der Tod sie überraschen würde. Er antwortete ihr: „Wenn die Blüten abfallen, so sterben sie nicht, sondern bringen in ihrem Samen neues Leben hervor. Der Tod würde dich auch nur von deinem jetzigen Leben befreien, um dich dereinst im Jenseits glücklicher und in schönerer Gestalt wieder aufleben zu lassen."

Sie erzählte ihm nun ihren Traum und bat ihn, ihr denselben zu deuten. Er antwortete ihr nach einigem Zögern, dass es nichts Gutes bedeute, wenn man im Traume einen Spiegel ohne Ursache in zwei Stücke brechen sehe, und bat sie, ihm noch näheres über ihr Traumbild zu berichten. Da sagte sie ihm, dass sie gerade in dem Augenblicke, wo sie den Spiegel in zwei Hälften hätte brechen sehen, im Traume auch einen Vogel erblickt habe, der zum Fenster herein geflogen wäre. „Dies deute ich dir so," sagte der Blinde: „Der Vogel ist der Bote guter Nachrichten und der Spiegel bedeutet, dass die Nachricht von Toh Ryung kommt. Wir wollen erraten ob es gute oder böse Nachricht ist." Bei diesen Worten nahm er ein Bündel Stöcke aus den Falten seines Gewandes hervor, schüttelte dasselbe, brummte einen eintönigen Gesang dabei, indem er schliesslich die Stöcke zu Boden warf. Dann raffte er sie wieder auf und sagte: „Die Nachrichten sind gute. Deinem Manne geht es sehr wohl; er hat die öffentlichen Prüfungen vortrefflich bestanden und wird bald bei dir sein."

Chun Yang war zu glücklich bei diesen Worten, um an ihre Wahrheit glauben zu können, sie nahm vielmehr an, der Blinde hätte ihrem Traume nur diese Deutung gegeben, um sie zu beruhigen, wie wenn ein Vater seinem weinenden Kinde eine Geschichte erzählt, um es den Grund seiner Thränen vergessen zu lassen, um es zu erheitern. Aber die Auslegung des Traumes brachte ihr wieder neue Hoffnung und frischen Lebensmut.

Doch es ist Zeit, uns nach Toh Ryung umzusehen.

Tag und Nacht hatte er sich seinem Studium gewidmet; dafür sollte der Lohn nicht ausbleiben. Der König benützte den günstigen Zeitpunkt allgemeinen Friedens, und den Umstand, dass die Früchte einer sehr guten Ernte eingesammelt waren, um eine Proklamation ausschreiben zu lassen, dass er alle diejenigen, welche sich der öffentlichen Prüfungen unterziehen wollten, nach der Hauptstadt entbot, wo er selbst der guaga beiwohnen wolle. Bald kamen lange Züge von Männern, die alle wünschten eine öffentliche Prüfung zu bestehen, um dadurch ihre Lage zu verbessern, aus den Provinzen zur Hauptstadt. Darunter auch Toh Ryung, dessen Studium zu Ende war.

Der Tag der Prüfung kam und die angesammelte Menge der Prüfungskandidaten lagerte sich dem Pavillon gegenüber, den der König mit seinen Ministern inne hatte.

Toh Ryung erhielt als Thema für seinen Aufsatz eine Erzählung, in welcher man einen, unter einer Tanne spielenden Knaben annahm, dem ein vorübergehender Wanderer allerlei Fragen vorlegte. Nachdem Toh Ryung ein wenig nachgedacht hatte, begann er seinen Aufsatz zu schreiben. Er bewies dabei, dass er nicht nur einer solchen Aufgabe völlig gewachsen war, sondern bediente sich dabei auch so guter Ausdrücke, dass man hätte annehmen können, die Arbeit wäre von einem erfahrenen Gelehrten, statt von einem jungen Studenten gemacht. Besonderen Gefallen fanden der König und die Minister dadurch an seiner Ausarbeitung, dass er dem Alter die höchste Ehrfurcht darin erwies. Toh hatte, als er die Arbeit vollendet, sie ohne Namensunterschrift an den dazu bestimmten Platz gelegt und war der erste, welcher die Aufgabe gelöst hatte, während viele der Prüfungskandidaten noch gar nicht damit begonnen hatten. Der König liess sich Tohs Ausarbeitung vorlesen und war sehr zufrieden

mit den gut gewählten Ausdrücken und den musterhaft ge-
schriebenen Schriftzeichen, auch machte es ihm grosse
Freude als er erfuhr, dass es der Sohn seines Schatzmeisters
war, der diese gute Arbeit geliefert hatte. Er liess den
klugen jungen Mann in seinen Pavillon führen, lobte ihn
wegen seines Fleisses und beglückwünschte ihn wegen seines
guten Erfolges. Dann gab er ihm drei Becher voll Wein
zu trinken, das übliche Symbol für eine gut bestandene
Prüfung, und der junge Mann leerte dieselben mit grosser Beschei-
denheit auf das Wohl des Königs. Dann überreichte er ihm
noch einen Strauss Blumen und befahl, dass gleich im voraus
Tohs Arbeit als die beste erklärt werde, da sie von keiner
anderen übertroffen werden könne. Darauf brachte man Toh
den grossen Galahut mit den abstehenden Flügeln, welches
bedeuten soll, dass die Befehle des Königs so schnell aus-
geführt werden müssten, wie der Vogel fliegt, ferner prachtvoll
gearbeitete seidene Brustschilder, wie sie von den Beamten
getragen werden, welche der König zur Audienz befiehlt.
Dann wurde Toh auf ein Pferd gesetzt und unter Begleitung
von Musikanten umhergeführt. Drei Tage lang dauerten
diese Umzüge, bei welchen das Volk ihm zujubelte. Nach-
dem diesen Gebräuchen nachgekommen war, wallfahrtete er
zu den Gräbern seiner Vorfahren, die üblichen Opfer darzu-
bringen und beklagte sein Geschick, dass er sich seines
Erfolges nicht freuen konnte, denn seine Seele war in tiefer
Traurigkeit. Von den Gräbern begab er sich an den Hof
zurück, um sich beim Könige für die erwiesene Gnade zu
bedanken. Der König sagte dem jungen Manne, er möge
nur fleissig weiter studieren und sich seinen Vater als Vor-
bild nehmen und fragte ihn, welche Stellung er wohl gern
einnehmen möchte. Toh Ryung erwiderte, dass er sich in
jeder Stellung freuen würde seinem Könige zu dienen, wenn
es ihm aber erlaubt wäre darum zu bitten, so bäte er um
die Stellung eines „Ussa" (eines Regierungs-Inspektors) denn,
meinte er, die Ernten seien so gut ausgefallen, dass er be-

fürchte, schlechte Beamte würden sich das zu nutze machen, um dem Volke hohen Tribut zu erpressen, welchen sie dann durchbrächten, ohne ihn dem Könige abzuliefern. Toh bat deshalb um eine solche Stellung, weil er dabei Gelegenheit hatte Nachforschungen nach seiner Gemahlin anzustellen, ohne die Pflichten gegen den König zu verletzen, denn er sehnte sich ungemein nach Chun Yang, von der er seit so langer Zeit nichts gehört hatte.

Der König war sehr zufrieden damit, dass sich der junge Beamte gerade um diesen Posten bewarb, denn er suchte schon längst nach einen Ussa, auf welchen er sich verlassen konnte und glaubte einen solchen in Toh Ryung gefunden zu haben. Seine Ernennung ward sogleich unter den Augen des Königs ausgefertigt und das Patent dafür mit dem dazugehörenden Siegel dem neu ernannten Ussa an Ort und Stelle überreicht, während seine Ernennung der Menge gegenüber noch geheim bleiben sollte.

Als Bettler verkleidet, mit Strohsandalen an den Füssen, auf dem Haupte einen zerrissenen Hut, unter welchem das Haar nach allen Seiten hin herunterhing, denn er hatte das Band, mit welchem sonst das Haar zusammengehalten wird, nicht angelegt, begann Toh Ryung seine Inspektionsreise.

An seinem Anzuge war keine saubere Stelle zu sehen, sein Gesicht war beschmutzt, so dass er einem wirklichen Bettler aufs Haar glich.

Ausserhalb des Stadtthores, wo die Stallungen des Königs sind, wurden Pferde und Diener für den Ussa bereit gehalten, die ihm nach Vorweisung seines Amtssiegels überliefert wurden. Das Ziel seiner Reise war Nam Won, die Stadt in der sein Vater früher Präfekt gewesen war. Dort vor dem Stadtthore angelangt, schickte er seine Diener hinein, um die Zustände erforschen zu lassen, schlug aber selbst sein Quartier in einer unansehnlichen Hütte an der Mauer auf.

Es war wieder zur Frühlingszeit. Die Bäume begannen zu knospen, die Landleute pflügten ihre Aecker und sangen

Lieder zum Lobe ihres guten und gerechten Königs, vom Frieden des Landes und von ihrem Wohlstande. Der Ussa gesellte sich zu den auf dem Felde arbeitenden Leuten und fing mit ihnen zu scherzen an; aber seine Spässe schienen den Landarbeitern zu missfallen, denn sie gaben ihm grobe Antworten. Da vermahnte einer der älteren Männer einen Jüngling, wahrscheinlich seinen Sohn, vorsichtig mit seinen Reden zu sein, indem er sagte: „Bemerkt ihr denn nicht, dass des Mannes Sprache eine gewählte ist, denn er drückt sich nicht wie unsereins aus; dahinter steckt etwas. Ich glaube er ist ein Edelmann in Verkleidung." Darauf zog Toh Ryung den Alten in ein besonderes Gespräch und befragte ihn über verschiedene Dinge, endlich auch, was für ein Mann der Präfekt sei. Ob er ein Trunkenbold sei, ob er ein gerechter Richter oder ein Bedrücker seiner Unterthanen wäre, ob er seinen Pflichten als Stadtoberhaupt nachkäme oder seine Zeit mit Schlemmereien verprasste?

„Vom Präfekten wissen wir wenig," antwortete ihm der alte Mann, „er kümmert sich nicht um uns und die einzige Sorge des Volkes ist es, ihm aus dem Wege zu gehen, denn sein Herz ist hart wie Stein. Er erpresst Geld und Reis auf die ungerechteste Weise und verprasst beides mit Seinesgleichen. Das schlimmste, was mir von ihm bekannt geworden, ist, dass er die schöne Chun Yang ins Gefängnis geworfen hat, weil sie sich weigerte ihn zu heiraten, da sie ihrem Manne, dem Sohne unseres früheren, guten Präfekten, treu bleiben will, obwohl dieser sie verlassen hat. Ye Toh Ryung war empört, als er von der grausamen Behandlung seiner Gattin hörte und beschloss sobald als möglich dem schlechten Beamten seine gerechte Strafe zukommen zu lassen. Er war so aufgeregt von dem, was er gehört, dass er keine Lust zur Fortsetzung der Unterhaltung verspürte und als er sich entfernte hörte er die Landleute singen: „Warum giebt es einige Leute, die in schönen Palästen

wohnen und andere, welche kaum eine Hütte haben, um in
der Nacht auszuruhen? Warum werden einige reich geboren
und dürfen heiraten und andere sind arm und müssen Hungers
sterben?"

Toh Ryung empfand inniges Mitleid mit diesen armen,
unterdrückten Menschen und setzte nachdenklich und seuf-
zend seinen Weg fort. So kam er durch ein Thal, welches
ein Bach in zwei Hälften teilte; am Ufer des Baches stand
eine kleine Hütte und vor der Thür derselben sass ein alter
Mann. Toh ging auf ihn zu und begrüsste ihn; der Alte
nahm jedoch keine Notiz von ihm. Er wiederholte seinen
Gruss, als der Alte ihn vom Kopfe bis zum Fusse betrachtete
und sagte: „Alter zählt nicht viel im Staatsdienste, sondern
nur Rang und Würde; ein weisshaariger Greis kann gezwungen
werden, sich vor einem jungen Fant zu beugen, der sein
Vorgesetzter sein kann. Hier gilt dies nicht, hier wird das
Alter geehrt und wie kannst du, elender Wicht, es wagen
mich anzusprechen?" Der Ussa bat den Greis um Ver-
zeihung und ersuchte ihn um Antwort auf die Frage, ob
es wahr sei, dass der Präfekt die Tänzerin Chun Yang Ye
zu heiraten beabsichtige.

„Nenne diesen Namen nicht, denn du bist nicht wert,
dass er über deine Lippen kommt," erwiderte ärgerlich der
Alte. „Du darfst überhaupt nicht von Chun Yang reden,
denn sie liegt sterbenskrank im Gefängnisse zum Lohn für
die Treue, welche sie ihrem Gemahl, dem hündischen Schuft,
hält, der sie treulos verlassen hat."

Toh Ryung konnte und wollte nichts mehr hören. Er
begab sich eiligst nach seiner Hütte an der Stadtmauer
zurück, um den Dienern zu sagen, dass er schleunigst die
Stadt betreten wolle, damit der Präfekt nicht von seiner An-
kunft erführe und wegen seiner Person Verdacht schöpfe.
Er musste sich aber noch gedulden, denn die Diener waren
noch nicht zurückgekommen. Bald kehrten sie heim und
bestätigten alles was Toh Ryung schon selbst von anderen

Leuten über die Schlechtigkeit des Statthalters gehört hatte.
Sowie er das Stadtthor durchschritten, ging er sogleich nach
dem Hause, in welchem Chun Yang Ye's Wohnung gewesen
war. Man hatte alle Möbel verkauft, um für den Erlös dem
armen Wesen einige Erleichterung im Gefängnisse zu ver-
schaffen. Die alte Uhl Mah sah ihn an der Hausthür stehen,
erkannte ihn nicht und fuhr ihn kreischend an: „Bist du so
fremd, dass du an mein Haus kommst, um zu betteln? Hast
du nichts von meinem Unglück gehört? Mein Mann ist
schon längst tot, meine Tochter liegt sterbend im Gefäng-
nisse, mein Hab und Gut ist verloren, was willst du von
mir? ich kann dir nichts geben.“

„Betrachte mich genau,“ sagte der angebliche Bettler,
„erkennst du mich nicht? ich bin Toh Ryung, dein
Schwiegersohn!“

„Du sollst Ye Toh Ryung sein? Es ist unmöglich, du,
ein Bettler? Unsere ganze Hoffnung hatten wir auf dich
gesetzt. Ach, ich sehe es jetzt, ich täuschte mich in dir!
Oh! mein armes Kind! meine schöne Chun Yang muss nun
sterben.“

Toh stellte sich, als wenn er von nichts wüsste und
fragte, was denn geschehen sei. Die Frau erzählte nun alle
uns bekannten Begebenheiten und schonte ihren Schwieger-
sohn dabei nicht, dem sie die Schuld an allem gab. Er liess
sich von ihr ins Gefängnis führen und Uhl Mah freute sich
im stillen doch vielleicht darüber, dass sie recht behalten und
der junge Mann das Vertrauen ihrer Tochter missbraucht habe.

Im Gefängnis angelangt unterdrückte sie jedoch ihre Scha-
denfreude nicht mehr, sondern rief ihrer Tochter zu: „Hier
ist dein vornehmer Gatte! Du wolltest ihn ja so gern wieder-
sehen ehe du stirbst. Hier siehst du ihn — einen Bettler.
Für ihn hast du so viel gelitten und auf ihn so lange ge-
wartet. Fluche ihm und dann schicke ihn fort.“

Da rief Toh sie beim Namen und sie erkannte seine
Stimme. „Ich träume sicherlich,“ sagte sie mit matter

Stimme und versuchte es vergebens sich aufzurichten, denn
der Eisenring, welcher ihren Hals umschloss, hinderte sie
daran, sich zu erheben; mit leiser Wehklage sank sie zurück.
Da ihr Gatte kein Wort zu ihr sprach, fühlte sie sich bitter
gekränkt und rief ihm mit wehmütigem Tone zu: „Warum
kehrtest du nicht früher zu uns zurück? Warst du im öffent-
lichen Leben so sehr beschäftigt oder waren die Ströme zu
tief, so dass du keinen Mut hattest sie zu durchschiffen?
Oder bist du so weit fort gewesen, dass du alle Zeit ge-
brauchtest, um mich wieder zu finden?“ Doch, kaum aus-
gesprochen, thaten ihr diese Worte leid und sie sagte: „Ich
weiss nicht, was ich vor Freude thun soll, denn ich glaubte
dich erst im Jenseits wiederzusehen und nun habe ich dich
noch auf Erden wieder. Lasse die Leute den Ring von
meinem Halse und die Ketten von meinen Gliedern ab-
nehmen, dass ich zu dir kommen kann.“

Da erblickte er ein kleines Fensterchen oben am Ge-
mäuer, durch welches den Gefangenen ihre Nahrung gereicht
wurde. Durch dieses versuchte er seine Frau zu sehen.
Als sie ihn und seine schlechte Kleidung erblickte, brach sie
in Thränen aus und rief: „Oh, was haben wir verbrochen,
dass wir so schwer heimgesucht werden? Der Himmel hat
uns verlassen, du bist jetzt ein Bettler und ich muss sterben,
denn du kannst weder dir noch mir helfen.“

„Angenommen ich bin arm, so können wir doch glück-
lich zusammen leben,“ entgegnete Toh, „ich hielt mein Ver-
sprechen, zu dir zurück zu kommen. Gieb die Hoffnung
nicht auf, die Zukunft kann uns noch heiter lächeln.“

Sie rief nun nach ihrer Mutter, die sie in höhnischem
Tone fragte, was sie ihr thun könne, da ja doch der von
ihr so sehnsüchtig herbeigewünschte Gatte da sei? Chun
Yang nahm von den grausamen Worten ihrer Mutter keine
Notiz, gab ihr aber eine Stelle im Hause an, wohin sie einige
ihrer Juwelen gerettet und versteckt habe: „Verkaufe diese“
bat sie die Alte mit sanfter Stimme, „und für den Erlös

schaffe meinem Manne neue Kleider und Nahrung an. Nimm
ihn mit dir; er soll in meinem Zimmer schlafen und du
darfst ihm keine Vorwürfe über geschehene Dinge machen,
die nicht mehr zu ändern sind."

Toh Ryung begleitete Uhl Mah zwar bis in ihr Haus,
blieb jedoch nicht dort, sondern suchte seine Diener auf,
welche ihm mitteilten, dass der Statthalter ein grosses Fest
zur Feier seines Geburtstages gäbe, an welchem der Wein
wie Wasser fliessen solle. Die gee sang der ganzen Um-
gegend hätten zu erscheinen, um vor den versammelten
Gästen zu tanzen und zu singen; man könne schon von
ferne die Uebungen der Musikanten hören. Das Fest würde
dem Ussa Gelegenheit geben sich von der zügellosen Aus-
schweifung und Verschwendung des Präfekten zu überzeugen.
Toh Ryung beschloss zu dem Feste zu gehen und dabei
seine Pläne, die Bestrafung des ungerechten Beamten betreffend,
auszuführen. Am frühen Morgen des nächsten Tages stellte
sich Toh schon vor die Thür am Hause des Präfekten. Die
Diener wiesen ihn fort, indem sie sagten, es würde dort kein
Fest für Bettler gefeiert. Toh ging aber nicht, sondern
wartete auf eine passende Gelegenheit, um sich ins Innere
des Gebäudes zu schleichen. Diese Gelegenheit fand sich
bald und sich wie ein Unsinniger durch das Gewühl der
Diener hindurchschlagend, gelangte er in den Festsaal. Der
Präfekt, welcher schon betrunken war, wunderte sich nicht
wenig den Bettler zu erblicken und befahl, ihn sogleich zu
entfernen, den Pförtner aber, der ihn eingelassen, tüchtig
durchzuprügeln. Beide Befehle wurden sogleich ausgeführt,
doch Toh fand eine offene Stelle in der Mauer, durch welche
er wieder seinen Eintritt bewerkstelligte, und stand bald von
neuem vor dem Präfekten. Dieser konnte vor Wut nicht
sprechen und Toh benutzte seine stumme Verwunderung,
indem er sagte: „Ich bin nur ein Bettler, aber ich will auch
lustig sein! Gieb mir Trank und Speise." Die Gäste wollten
sich über den Mann totlachen und baten den Präfekten ihm

seinen Willen zu thun, denn sie hielten ihn für verrückt.
Da willfahrte er den Wünschen seiner Gäste und gab Befehl
dem Bettler Trank und Speise zu geben und ihm eine Ecke
des Saales einzuräumen, wo er sich niedersetzen konnte.
Doch damit war der Bettelmann nicht einverstanden, er
wollte wie alle anderen Gäste behandelt werden und auch
eine gee sang haben, die ihm Wein kredenze und vor ihm
sänge und tanze. Diese Unverfrorenheit amüsierte die An-
wesenden ganz ungemein und sie baten den Gastgeber, ihm
auch diesen Wunsch zu erfüllen. Die gee sang, welche man
ihm überliess, fühlte sich nicht sehr geehrt, vor dem Bettel-
mann singen zu sollen und sagte zu ihm: „Du siehst mir
nicht danach aus, dass dir mein Gesang erst die Kehle zum
Trinken öffnen müsse,“ aber sie sang ihm ein Lied, in
welchem sie ihm baldigen Tod statt langen Lebens wünschte.

    Nachdem der Gastgeber und die Gäste eine geraume
Zeit lang ihren Mutwillen an dem vermeintlichen Bettler aus-
gelassen hatten, erhob sich dieser und sagte: „Ich bedanke
mich für die freundliche Aufnahme, die ich hier gefunden,
ebenso wie für Speise und Trank und will nun aus Erkennt-
lichkeit dafür einige Verse aufschreiben, über welche ihr
euch freuen könnt,“ und bei diesen Worten ergriff er einen
neben ihm liegenden Bogen Papier und schrieb darauf:
„Das Oel, mit welchem der Beamte seine Nahrung würzt,
ist nichts anderes als das Lebensblut der armen Unterdrückten,
deren Thränen dem betrügerischen Beamten so viel gelten
als die fallenden Tropfen einer Kerze.“

    Als man diese Worte gelesen hatte, verbreitete sich
eine grosse Unruhe in der Versammlung der Gäste. Sie
schüttelten die Köpfe, flüsterten miteinander und meinten
Unglück für den Präfekten in diesen Versen zu argwöhnen;
die meisten von ihnen schützten wichtige Geschäfte vor und
verliessen so schnell als möglich das Regierungsgebäude.
Der Präfekt lachte sie aus, ward aber im stillen auch ängst-
lich und befahl seinen Dienern den Fremdling zu peitschen

und ins Gefängnis zu werfen. Doch als er ergriffen werden sollte, erschienen auf ein vorher mit ihnen verabredetes Zeichen seine Diener und er wies sein Amtssiegel vor, so dass jene zurückprallten. Als die trunkenen Gäste das Siegel des Königs erblickten, wurden sie vor Schreck totenbleich und der gewissenlose Präfekt versuchte zu fliehen, wurde aber von den Dienern des Ussa gefangen genommen und in Ketten gelegt. Einer der Gäste verfing sich mit dem Haar an einem Nagel und glaubte sich ebenfalls gefangen, so dass er aus Leibeskräften zu schreien begann und um sein Leben bat. Alles lief im Hause zusammen, so dass man glauben konnte, ein Erdbeben hätte es heimgesucht.

Der Ussa liess sich seine Amtstracht anlegen und gab mit sicherer Stimme und ruhigem Wesen seine Befehle. Den Präfekten schickte er unter guter Bewachung zur Bestrafung nach der Hauptstadt und unterwarf dann alle schwebenden Amtshandlungen und Geschäfte einer genauen Prüfung. Seine Diener schickte er mit einem Tragstuhl zu Chun Yang Ye ins Gefängnis, verbot ihnen aber, etwas von dem Vorgefallenen zu erzählen, sondern sie nur ins Regierungsgebäude überzuführen.

Chun Yang glaubte, dass der betrunkene Präfekt nach ihr geschickt habe, um sie zu töten und bat die Diener, ihr den fremden Bettler zu holen. Diese sagten ihr aber, dass er nicht kommen könne, weil er sich, wahrscheinlich ihretwegen, bereits in den Händen des Präfekten befände. Dann nahmen sie Chun die Ketten ab und brachten sie zu Toh Ryung, der sie mit verstellter Stimme barsch anfuhr und fragte, was sie ihm zu sagen habe. Die Aermste wollte ihn aber nicht anschauen und noch weniger antworten, sondern hielt ihre Augen zu Boden gesenkt und öffnete ihren Mund zu keiner Silbe. Als der Ussa nun einsah er habe seinen Zweck verfehlt, bat er sie mit seiner gewöhnlichen Stimme, indem er sagte: „Du kannst mich getrost ansehen, teure Chun Yang!"

Ueberrascht schlug sie die Augen auf, sank aber ohnmächtig zur Erde, als sie ihren Gatten in voller Schöne und Männlichkeit und in seiner prachtvollen Amtstracht erblickte. Man trug sie in die Frauengemächer, woselbst auch bald ihre Mutter erschien. Die alte Uhl Mah hatte gerade ihrer Tochter etwas Essen ins Gefängnis bringen wollen, als das in Scharen versammelte Volk ihr die grosse Neuigkeit erzählte. Vor Freuden warf sie Essen und Teller hin und rief: „Welche schöne Geburtstagsüberraschung für den Präfekten!"

Alle Freunde und Nachbarn freuten sich sehr über den glücklichen Lebenswechsel der treuen Chun Yang, meinten aber zugleich, dass die Mutter soches Glück nicht verdiene. Der neue Ussa ernannte einen anderen Magistrat, damit vor ihm die Vermählungsformalitäten abgemacht würden und dann wurde später die Hochzeit der standhaften Chun Yang öffentlich in der Hauptstadt gefeiert und Ye Toh Ryung erhielt an diesem Tage seine Ernennung zu einem noch höheren Beamten-Posten. Seine Eltern waren stolz auf ihren vortrefflichen Sohn und ihre schöne Schwiegertochter; das ganze Volk liebte Toh Ryung wegen seiner Leutseligkeit und Gerechtigkeit und jedermann lobte seine tugendhafte Gemahlin, die ihn mit vielen blühenden Kindern beschenkte.

5.

Ching Yuh und Krjain oo, die Liebe der Sterne.

Ching Yuh und Krjain oo waren Sterne, welche der Sonne zu dienen hatten. Sie verliebten sich ineinander und heirateten, nachdem sie die königliche Erlaubnis dazu erhalten hatten. Diese Verbindung war eine sehr glückliche Zeit für sie, denn sie lebten einer für den anderen und lasen sich die Wünsche an den Augen ab. Sie hielten sich fortwährend umfangen, und es schien, als wolle ihr Honigmonat nie zu Ende gehen. Da sie jedoch durch ihre Liebeständelei unaufmerksam und lässig in ihrem Berufe wurden, so beschloss der Herr des Himmels sie zu bestrafen. Er trieb sie auseinander, und verbannte den einen an die äusserste Spitze des östlichen Himmels, den anderen an das äusserste Ende in entgegengesetzter Richtung, dem grossen Flusse gegenüber, welcher die Ebene des Himmels teilt (die Milchstrasse). Auf diese Weise waren sie so weit voneinander getrennt, dass sie gerade ein halbes Jahr gebrauchten, um sich zu treffen, oder ein ganzes Jahr zu der Hin- und Rückreise. Da sie aber zur jährlichen Inspektion auf ihren Posten sein mussten, und die weite Reise nicht für die kurze Freude, auf eine Nacht zusammen sein zu können, unternehmen wollten, selbst wenn sie den erhaltenen Befehlen ungehorsam gewesen wären, so mussten sie sich damit begnügen, sich von den Ufern des breiten Stromes aus zu besuchen und dies ging nur zu der Zeit möglich zu machen, wenn die Krähen die grosse Brücke über den Fluss fertig gemacht hatten. Die Krähen tragen nämlich das Material zu dieser Brücke auf ihren Köpfen herbei, was jedermann wissen muss, der sich die Mühe gegeben hat zu beobachten, wie kahl die Köpfe der Krähen im siebenten Monat des Jahres sind.

Natürlich werden die Liebenden sehr entmutigt und traurig darüber, dass sie sich nach einer so kurzen Glücksdauer so bald und so weit wieder trennen müssen und man wird es nicht wunderbar finden, wenn sie vor Kummer weinen. Sie weinen dann aber so viel, dass die ganze Erde davon mit Regen überschüttet wird. Diese traurige Zusammenkunft kommt mit seltener Ausnahme nur einmal im Jahre vor und zwar am siebenten Tage des siebenten Monats. In einem solchen Ausnahmefall tritt die gewöhnliche Regenzeit nicht pünktlich ein, und dann vereinigt die durstige und vertrocknete Erde ihre Klagen mit denen der Liebenden, deren vermehrte Leiden sie so traurig machen, dass selbst die Thränen sich weigern, ihnen Erleichterung zu verschaffen.

I.

You Tah Yung war ein sehr weiser Beamter und ein ausgezeichnet guter Mensch. Mit grossem Unbehagen sah er auf die Schlechtigkeit der meisten seiner Kollegen und beschloss um die Erlaubnis einzukommen, sich vom öffentlichen Leben zurückziehen zu dürfen, damit er den Rest seines Lebens auf dem Lande zubringen könne. Da er so glücklich gewesen war eine vortreffliche Frau gefunden zu haben, so hoffte er, sich die Einförmigkeit des Landlebens doch so angenehm wie möglich zu machen. Seine Gattin war eine Dame von hervorragenden Eigenschaften des Herzens und des Geistes, so dass sie bei den gleichen Lebensansichten und Neigungen den Verkehr mit ihren Mitmenschen nicht vermissten.

Nur eine Sorge hatten sie: Ihre Ehe war kinderlos.

Wenn You Tah Yung seine Länderein übersah und sich ihres guten Gedeihens freute, so fühlte er, dass er doch nur ganz glücklich sein könne, wenn er einen Erben besässe. — Er füllte seine Zeit mit dem Fischfang aus und lauschte dem Gesange der Vögel, um sich in der schönen Natur zu vergnügen. Wenn aber im Frühjahr die Vögel sich paarten, wurde er ganz missgestimmt und beklagte sein trauriges Geschick, dass mit ihm sein Name aussterben sollte, denn er war der letze seines Geschlechtes. Er machte sich darüber besonders schwere Gedanken, dass seine Vorfahren erzürnt darüber sein würden, wenn er kinderlos stürbe; ja er fürchtete, sie im Jenseits nicht wieder zu sehen, wenn er nicht einmal jemand hinterliesse, der an seinem Grabe betete und seinem Geiste Opfer brächte. Auch sein treues Weib klagte mit ihm und riet ihm, sich von ihr zu scheiden, und eine andere Frau zu nehmen; davon wollte er aber nichts hören und sagte, er würde unter keinen Umständen den schönen Frieden ihrer Ehe stören.

Statt dass das Unglück diese guten Menschen trennte, führte es sie nur um so inniger zusammen; da beide aber sehr fromm waren, so vereinigten sie ihre Gebete um einen Erben. Einmal geschah es, dass die Frau mitten im Gebet einschlief und einen wunderbaren Traum hatte. Sie sah eine Erscheinung in der Nähe des Nordsternes. Ein bildschöner Knabe kam, auf einem weissen Fächer reitend, vom Sterne herab auf sie zu. Als sie ihn fragte, wer er sei und woher er käme, antwortete er ihr: „Ich bin ein Diener des Nordsterns und ward eines begangenen Fehlers halber für lange Zeit auf die Erde verbannt; ich habe den Auftrag dir den weissen Fächer zu übergeben, welcher dereinst dein Leben und das meinige retten wird.“

Als die Frau aufwachte, sah sie zu ihrem Schmerze, dass alles nur ein Traum gewesen und nun dachte sie an nichts anderes mehr als an diesen schönen Traum.

Und wirklich, im Laufe der Zeit ward jener Traum Erfüllung; als die grosse Flut kam, gebar sie einen Knaben. Die ganze Nachbarschaft verwunderte sich des schönen Kindes und alle Leute hatten ihre Freude an seiner Klugheit.

Die ersten zehn Jahre nach der Geburt des Knaben vergingen den Eltern wie ein Festtag. Sie nannten ihren Sohn „Pan Noo“ und da der Familienname „You“ war, so hiess das Kind You Pan Noo.

Die ersten Anfangsgründe der Wissenschaft lehrte ihn die Mutter, doch je älter er wurde desto klüger ward er auch und bald waren weder Vater noch Mutter im stande das Kind zu unterrichten, welches so aussergewöhnliche Fortschritte machte. Zu der Zeit lebte in einer entfernten Provinz ein berühmter Lehrer, namens Mam Yuh Qon, dessen Klugheit von jedermann bewundert ward; zu diesem beschlossen die Eltern ihren Sohn zu geben, obwohl ihnen die Trennung von ihm sehr schwer wurde. Als der Trennungstag herangekommen, entliessen ihn die Eltern mit ihren Segenswünschen und gaben ihm einen wunderbar schönen Fächer, ein altes Familienstück, mit auf den Weg. Sie gaben ihm auch den Rat, recht sorglich auf den Fächer zu achten, von dem sie glaubten, er würde Pan Noo zu einem Talisman werden, weil derselbe jenem so gliche, den die Mutter damals im Traume gesehen.

II.

Ein ganz ähnlicher Vorfall, so unwahrscheinlich dies auch klingen mag, spielte sich fast zu derselben Zeit in einer entfernten Provinz in der Familie Cho Sung Noo ab. Auch Sung Noo war ein rechtschaffener Mann und auch er hatte sich in das Privatleben zurückgezogen. Er wie seine Frau, mit der er im besten Einvernehmen lebte, bedauerten, gleichfalls wie die Familie You Tah Yung, das Unglück keine Leibeserben zu haben.

Ungefähr zur selben Zeit als bei letzteren der Sohn geboren wurde, sass Sung Noo's Weib auf einem Hügel, der dicht an ihrem Hause lag. Es war eine klare Mondnacht und Sung's Frau blickte zum Himmel empor, denn sie hoffte Augenzeuge von der Zusammenkunft Ching Yuhs mit Krjain oo zu sein. Während sie so ganz ruhig in der Stille der Nacht allein sass, schlief sie ein und hatte ebenfalls einen merkwürdigen Traum. Sie träumte, dass die vier Winde ihr einen Stuhl brächten, welcher auf Wolken ruhte. Er war aus Gold gemacht, mit kostbaren Edelsteinen verziert und ein reizendes kleines Mädchen ruhte darin. Als der Stuhl sich ihr genähert hatte, rief sie das Kind an und fragte: „Wer bist du, liebliches Wesen?" „Es freut mich, dass du mich schön findest," antwortete die Kleine, „dann wirst du mir wohl die Erlaubnis geben, bei dir bleiben zu dürfen!"

„Ich würde dich schon gern bei mir behalten," sagte die Frau, „aber du hast meine Frage noch nicht beantwortet; wer bist du?"

„Ich bin eine Dienerin der Himmelskönigin" erwiderte die Kleine, „und habe, unabsichtlich zwar, etwas recht Unartiges gethan, wofür ich zur Strafe auf die Erde verbannt bin. Willst du mir nicht erlauben bei dir zu bleiben?"

„Wohl möchte ich dich bei mir behalten," sagte Sungs Frau, „aber was hast du gethan, dass du so streng bestraft wurdest?"

„Ja, siehst du," seufzte das Mädchen, „immer wenn alljährlich die Zusammenkunft zwischen Ching Yuh und Krjain öö stattfindet, hörte ich sie klagen, dass sie sich nur einmal im Jahre sehen können, während doch die Sterblichen Tag und Nacht zusammen leben dürfen. Sie vergassen dabei, dass dies höchstens achtzig Jahre lang dauert, während wir doch ewig leben und dass wir gerade deshalb, weil wir ewig leben, die Bevorzugten sind. Für ihren Neid wollte ich sie nun bestrafen, ohne ihnen aber Böses zu thun. Als nun die Brücke beinahe fertig war, trieb ich die Krähen auseinander und zerstörte den Liebenden die Hoffnung sich zu treffen, wenn die Brücke fertig sei. In meinem Leichtsinn gedachte ich aber nicht der Thränen, welche sie weinen würden, und deren wurden nun so viele in diesem Jahre, dass grosse Ueberschwemmungen stattfanden und den Menschen viel Kummer und grosser Schaden verursacht wurde. Ich that diesen Streich aber nur aus Leichtsinn, nicht aus Bosheit und doch wurde ich zur Erde verbannt, wo ich den Menschen so viel Herzeleid bereitet habe. Aber ich bitte dich nun so sehr, behalte mich bei dir." Als das Kind die Erzählung beendet hatte, fingen die Winde wieder an zu wehen und trugen den goldenen Stuhl davon, während das schöne Kind auf der Erde zurück blieb.

Da erwachte die Frau und merkte, dass sie nur einen Traum gehabt hatte, obwohl sie sich kalt fühlte, denn der Wind wehte mächtig.

Kurze Zeit darauf wurde den Leuten eine Tochter geboren und man wird es der Mutter verzeihen, wenn sie dieselbe mit jenem himmlischen Kinde in Zusammenhang brachte, um so mehr, als es ein Wunder von Schönheit war und sich sehr schnell und glücklich entwickelte. Alle Menschen liebten die Kleine und nannten sie bis zu ihrem zehnten Jahre nur „das himmlische Kind," denn die Mutter hatte allen ihren Traum erzählt.

Uhn Hah, so hatte Sung Noo seine Tochter genannt, war zehn Jahre alt geworden, als sich ein Vorfall abspielte, um den sich ihr ganzes späteres Leben drehen sollte.

Eines Tages trug ihre alte Amme sie zu ihrer Grossmutter und hatte sich gerade an einen kühlen Platz gesetzt, um auszuruhen, da es sehr heiss war, als unser Freund Pang Noo, auf seinem Schulwege begriffen, vorüberkam. Uhn Hah war noch zu jung, um nach koreanischer Sitte verschleiert zu sein, daher war Pang Noo ganz bezaubert als er das reizende Gesichtchen des kleinen Mädchens erblickte und konnte sich von dem Anblick gar nicht wieder losreissen. Er fand keine Worte, um seiner Bewunderung Ausdruck zu verleihen, verfiel aber endlich auf folgenden Ausweg. Uhn

Hah hatte einige Apfelsinen auf ihrem Schoss und da sagte Pang Noo sehr höflich und bescheiden zu der alten Wärterin: „Ich heisse Pang, gehe zur Schule und bin sehr durstig; möchtest du nicht die Kleine bitten mir eine Apfelsine zu geben?" Uhn Hah, die auch sofort sehr von der Schönheit des Knaben eingenommen war, gab ihm sogleich zwei, statt der erbetenen einen Apfelsine. Pang sagte darauf zu Uhn: „Auch ich will dir ein Gegengeschenk machen; wenn du es mir erlaubst, will ich deinen Namen auf diesen Fächer schreiben und ihn dir schenken." Nachdem er des Kindes Namen erfahren hatte und dieses sich willig gezeigt, das Geschenk anzunehmen, schrieb er auf den Fächer: „Es giebt kein schöneres Kind als Uhn Hah. Ihr verlobe ich mich und will kein anderes Mädchen heiraten als sie." Darauf schaute er noch einmal voll Entzücken auf das bildschöne kleine Mädchen und setzte dann seinen Weg zur Schule fort. Da Pang den Fächer geschlossen, bevor er ihn seiner Angebeteten gab, so dachte niemand daran, zu lesen was er auf denselben geschrieben hatte und Uhn Hah steckte ihn sorgfältig fort, ohne eine Ahnung von der Erklärung zu haben, die auf ihm stand.

III.

Pang Noo studierte fleissig und lernte in drei Jahren mehr, als selbst die begabtesten Schüler sonst in zehn Jahren, so dass sein Lehrer einsah, jener könne nichts mehr von ihm lernen und dass ein fernerer Schulbesuch nutzlos sei. Da Pang übrigens auch seine Eltern besuchen wollte, so nahm er unter vielen Thränen Abschied von seinem Lehrer und trat den Weg in seine Heimat an, wobei ihn sein treuer Diener begleitete, welchen ihm sein Vater mit in die Fremde gegeben hatte. Zu Hause angelangt, freute sich seine Mutter, die ihr Kind in der Zeit der Abwesenheit nicht gesehen hatte, über sein gutes Aussehen, seine Klugheit und sein vornehmes Benehmen, sein Vater aber vermisste sogleich den Fächer und fragte Pang wo er ihn habe. Der Sohn wollte seinem Vater nicht die volle Wahrheit eingestehen und gebrauchte die Ausrede, dass er ihn auf der Landstrasse verloren hätte. Darüber war begreiflicherweise der Alte sehr ärgerlich, vergab aber bald seinem einzigen Kinde diese grosse Nachlässigkeit und die ganze Familie lebte in grösstem Frieden und Eintracht.

Sechszehn Jahre alt geworden, war Pang der Liebling des ganzen Dorfes, jedoch fiel es den Eltern auf, dass er stets traurig und still blieb, was sie auf die Anstrengung seiner Studienjahre zurückführten. Zu dieser Zeit kam ein sehr hoher Beamter zu Pang's Vater mit der Absicht, seine Tochter an den jungen Gelehrten zu verheiraten.

You Tah Yung war hocherfreut über das Glück, welches sich ihm darbot, seinem Sohne eine Gemahlin aus so guter Familie und von so hoher Schönheit geben zu können, dass er sogleich in den Vorschlag einwilligte.

Wer beschreibt aber seinen Kummer, als Pang sagte, er wolle nicht heiraten. Er war so beredt in seiner Weigerung und gab so gute Gründe dafür an, dass sein Vater seine schon gegebene Zustimmung wieder rückgängig machen musste.

Pang Noo sollte bald eine Gelegenheit haben sich auszuzeichnen, um seinen Vater die gehabte Enttäuschung durch andere angenehme Zwischenfälle vergessen zu machen. Eine grosse quaga (öffentliche Prüfung) ward ausgeschrieben und Pang Noo gab sofort seinen Entschluss kund, sich nach der Hauptstadt aufmachen zu wollen, um sich in die Liste der Prüfungskandidaten aufnehmen zu lassen. Die Prüfung wurde an einem abgeschlossenen Platze des Palastes abgehalten. Der König, von seinen Ministern umgeben, war selbst anwesend und sass in einem für diesen Zweck erbauten Pavillon. Tausende von Männern und Jünglingen waren aus allen Teilen des Reiches zusammengekommen und sassen auf Matten am Boden, von mächtigen Papierschirmen beschattet.

Pang war bald mit der ihm gestellten Aufgabe fertig
und sobald er sie an dem dazu bezeichneten Platze niedergelegt
hatte, wurde sie von einem Diener in den Pavillon des
Königs getragen.

Der König war ganz überrascht von der Vortrefflichkeit
der Arbeit und der Klarheit der Schrift, dass er sogleich
einen Boten ausschickte, um den Verfasser aufzufinden. Pangs
Arbeit hatte den grössten Erfolg und alsbald wurde von
einem Herold unter Trompetengeschmetter verkündigt, dass
Pang als Lohn für seinen Fleiss die höchsten Ehren zu teil
werden sollten. Pang ward zu dem Könige beschieden und
dieser hatte so grosses Wohlgefallen an ihm, dass er nicht
nur ihn in den Beamtenstand erhob, sondern auch seinen
Vater zum Präfekten einer Provinz ernannte. Pang ging nach
diesem Ehrenerfolge sogleich zu den Gräbern seiner Vor-
fahren, brachte die gewöhnlichen Opfer und Huldigungen
dar und machte sich dann wieder auf, seine Mutter zu be-
suchen. Während seiner Abwesenheit verlieh ihm der König
den Rang eines Ussa, denn er glaubte, dass ein Mann von
so ausgezeichneten Kenntnissen sich gut für ein Amt eigne,
dem es obläge schlechte Beamte zu entlarven und die
Stimmung des Volkes zu ergründen. (Ein Ussa ist der-
jenige Beamte, welcher verkleidet im Lande umherreist und
schlechte Verwalter ausfindig macht, um sie zur Bestrafung
nach der Hauptstadt zu schicken.) Pang war ganz erstaunt,
so bald eine so gute Stellung erlangt zu haben und freute
sich um so mehr derselben, als er hoffte auf seinen Reisen
den Aufenthalt seiner stillen Liebe zu finden. Auch nahm
er sich vor, nach Möglichkeit das Leben der ärmeren Volks-
klasse zu verbessern und begab sich sofort an die Ausübung
seines Amtes, nachdem er sich die notwendigen Verkleidungen
verschafft hatte.

IV.

Uhn Hah war unterdessen auch herangewachsen und
ihre Schönheit noch lieblicher geworden als in ihrer Kindheit.

Auch sie gedachte noch oft ihrer Begegnung mit Pang und betrachtete häufig den Fächer, welchen er ihr geschenkt hatte. Als sie endlich zufällig die Inschrift las, die er für sie auf denselben geschrieben, ward sie sehr froh und nahm sich sogleich vor, niemand anders als ihn zu heiraten, denn sie glaubte, er sei der für sie vom Geschick bestimmte Gemahl.

Da ereignete es sich, dass ein vornehmer General, der ebensowohl durch seine Tapferkeit berühmt, als durch seine Grausamkeit gefürchtet war, sich in der Nähe des Wohnorts von Uhn Hah's Eltern niederliess und nachdem er von der Schönheit des jungen Mädchens gehört hatte, sogleich den alten Cho Sung Noo aufsuchte, um dessen Tochter als Gemahlin für seinen Sohn zu begehren. Kaum hatte der hohe Herr ihn verlassen, so teilte Sung der Tochter seinen Entschluss, sie an den Sohn des Generals zu verheiraten, mit; wer beschreibt aber seinen Kummer, als Uhn Hah sich wie eine Rasende gebärdete und nichts von dem ihr erkorenen Gemahl wissen wollte. Sie nahm von da ab weder Speise noch Trank zu sich und wurde zusehends elender. Die Eltern waren ausser sich vor Betrübnis, bis endlich Uhn ihrer Mutter das Geheimnis mitteilte und versicherte, dass sie nie einen anderen als Pang heiraten werde.

Der Vater war in grösster Verlegenheit und machte seiner Tochter die bittersten Vorwürfe darüber, dass sie ihrer Mutter nicht schon früher Vertrauen geschenkt hatte, denn nun fürchtete er die Rache des Generals. Nebenbei sagte er: „Deine Weigerung ist kindischer Unsinn, denn jener Jüngling wird längst eine andere Lebensgefährtin gefunden haben." Doch Uhn Hah bat ihn unter Thränen, er möge es nicht von ihr verlangen, dass sie einen anderen Mann heirate, denn sie betrachte sich jetzt schon als Pang's Weib und wäre fest davon überzeugt, dass er sein Wort halte. „Töte mich lieber," schluchzte das schöne Mädchen „ehe ich gezwungen werde, einem anderen Manne als Pang anzugehören."

Die Eltern liebten ihr Kind viel zu sehr, um seinem Flehen nicht Gehör zu schenken und Cho Sung Noo schrieb einen sehr höflichen Brief an den General, in welchem er für die Ehre dankte, mit ihm verschwägert zu werden. Dieser Brief hatte aber den gefürchteten Erfolg, denn der General geriet in fürchterliche Wut und machte bereits Anstalten den Vater Uhn Hah's zu bestrafen, als er nach der Hauptstadt berufen wurde, wo er den Befehl erhielt einen Streifzug gegen Räuberbanden zu unternehmen, welche das Land unsicher machten. Bevor er aber fortging, liess er dem Präfekten der Provinz den Auftrag zurück, er möge den alten Sung ins Gefängnis werfen und ihn nicht eher frei lassen bis er seine Einwilligung zur Heirat Uhn Hah's gegeben habe. Der Beamte, welcher diesen Befehl zu vollstrecken hatte, war ein sehr guter Mann, der den General seiner Grausamkeit halber hasste. Er glaubte was Cho Sung Noo ihm erzählte und fühlte Mitleid mit ihm und seiner schönen Tochter, gab ihnen jedoch den Rat, ihre Habseligkeiten zu sammeln und nach einer anderen Provinz auszuwandern. Cho befolgte mit tiefem Dank gegen den guten Ratgeber dessen Weisung und verliess seine bisherige Heimat. Der gütige Beamte berichtete dem General, dass er seine Befehle nicht habe ausführen können, da Cho Sung Noo mit seiner Familie die Gegend verlassen habe und nach einer ihm unbekannten Provinz verzogen sei.

V.

Während Pang nun im Lande umherreiste, sehr traurig, dass er den Aufenthalt seiner Braut nicht erfahren konnte, kam er auch an den Ort, wo sein Onkel wohnte und dieser war zufälligerweise derselbe gute Beamte, der Uhn's Vater den Rat gegeben hatte auszuwandern. Dieser fand, dass sein Neffe sehr krank und elend aussah und liess sich von ihm die Ursache des Kummers, der sein Aeusseres so sehr verändert hatte, erzählen und war nun glücklich, ihm melden zu können, dass er Uhn's Familie vor der Rache des Generals bewahrt hatte, bedauerte aber sehr, dass ihm der jetzige Wohnort derselben unbekannt sei. Nun wurde Pang so entmutigt, dass er um Entlassung aus seiner Stellung einkam, vor Aufregung über sein Missgeschick aber in eine lange Krankheit verfiel und sich, kaum genesen, von neuem auf den Weg machte die Verschwundene zu suchen, die Richtung nach der Hauptstadt einschlagend.

VI.

Die vertriebene Familie war von den anstrengenden Tagesmärschen ganz krank geworden und hatte sich vorderhand in einer einsamen, leeren Hütte, die abseits der Landstrasse stand, niedergelassen. Leider verschlimmerte sich der Zustand der Eltern so sehr, dass sie beide bald hintereinander starben. Uhn Hah wusste nicht, was sie vor Schmerz und Verzweiflung, ohne Geld, ohne Nahrungsmittel, an einem fremden Orte ohne Beschützer beginnen sollte. Ihre alte Amme tröstete sie und vermochte es endlich, sie durch langes Zureden dazu zu bewegen Männerkleidung anzulegen und dann die Reise fortzusetzen.

In dieser Verkleidung, zu der sie noch ihre langen Haare nach Art unverheirateter Männer zu einem Zopfe geflochten hatten, langten sie auch in der Hauptstadt des Bezirkes an, ohne irgendwie unterwegs behelligt zu werden. Bei ihrer Ankunft trafen sie gleich den Präfekten, der kein anderer als Pang's Vater war und standen ehrerbietig zur Seite, um den Gouverneur und sein Gefolge vorbei zu lassen.

Zufällig bemerkte You Tah Young den ihm bekannten Fächer in den Händen Uhn Hah's und befahl, die beiden Männer gefangen zu nehmen und auf die Präfektur zu führen. Dort angelangt und befragt, wie der Fächer in seine Hand gekommen sei, antwortete das verkleidete Mädchen, dass er ein Vermächtnis seiner Familie sei. Darüber wurde der Präfekt sehr ungehalten, nannte den vermeintlichen jungen Mann einen Lügner, sagte ihm der Fächer sei sein Eigentum und ein Heiligtum seiner Familie und ihm auf unerklärliche Weise fortgekommen.

Da der alte You Tah Young ein sehr gutmütiger Mann war, wie man weiss, so bot er eine hohe Summe, um sich wieder in den Besitz des Fächers zu setzen. Aber Uhn Hah wollte nichts davon hören und sagte, sie wollte lieber sterben als den Fächer aufgeben. Nun liess der Gouverneur die beiden verkleideten Frauen ins Gefängnis werfen.

Pang's Vater lag aber so viel an dem Fächer, dass er heimlich jemand dorthin schickte, um die Gefangenen zu bereden, den Fächer gegen eine gute Entschädigung heraus zu geben. Alle Vorschläge waren aber vergebens bei Uhn Hah, die fest bei ihrer Weigerung blieb; als die alte Amme sich auch bemühte, sie zum Aufgeben des Fächers zu bereden, schalt sie dieselbe eine Heuchlerin und schlief endlich weinend im Gefängnisse ein. In der Nacht träumte sie von einem wunderbaren Palaste, in welchem eine Menge Frauen versammelt waren, die ihr blutrote Binsen zeigten. Sie sagten, die vielen Thränen, welche sie um ihren verlorenen Geliebten geeint, wären zu blutigem Regen geworden und hätten die grünen Binsen, die am Ufer des Flusses blühen, in blutrote verwandelt. Sie solle aber nicht verzagen, es sei ihr aussergewöhnliche Kraft verliehen und sie würde auch ihren Geliebten, der einen hohen Rang bekleide, wiedersehen, obwohl er jetzt krank sei, weil er sich so sehr gräme, von ihr getrennt zu sein, ohne sie finden zu können.

Uhn Hah erwachte neu gestärkt aus dem Schlafe und war freudig überrascht, als der Gouverneur sie frei liess. Der Gefangenwärter, dem der hübsche Jüngling gefiel, schenkte ihm einige cash (koreanisches Geld), gab beiden Speise und Trank und entliess sie mit guten Wünschen, ohne sich von ihnen ihr Reiseziel nennen zu lassen und ohne ihre Verkleidung zu merken.

VII.

Zu dieser Zeit langte Pang, noch immer leidend an Geist und Körper, in seiner Heimat an. Der König bot ihm einen hohen Posten bei Hofe an, doch er lehnte denselben ab, zog sich von allen Menschen zurück und vermied es auszugehen. Sein Vater versuchte es, ihn zu bewegen, sich zu verheiraten, weil aber solche Unterredungen nur dazu dienten, ihn noch kränker zu machen, so stand er davon ab, hoffend, dass die Zeit ihm Linderung bringen werde. Da kam jener Beamte, sein Oheim, dessen Bekanntschaft wir schon gemacht haben, Geschäfte halber nach Soül und weil ihm der junge Mann sehr bemitleidenswert schien, so erzählte er die wunderliche Geschichte, die er von ihm erfahren, seinem Vater. Diesem fiel sogleich seine Begegnung mit dem schönen Knaben ein, dessen Mut, lieber in den Tod gehen zu wollen, als den Fächer aufzugeben er noch immer bewunderte. Dann dankte er im stillen dem Himmel, der seinem Sohne eine so gute Frau zugedacht hatte. Er machte seinem Sohne grosse Vorwürfe über das geringe Vertrauen, welches er zu ihm, dem Vater, hege und erzählte ihm, wie nahe er daran gewesen sei, jene beiden Männer zu bestrafen. Er liess dann die genauesten Nachforschungen anstellen, jedoch war nichts Bestimmtes über die beiden verkleideten Frauen zu erfahren, von denen ein alter Mann nur zu sagen wusste, sie seien in einen Distrikt gezogen, wo der Bürgerkrieg ausgebrochen sei. Dieser Alte sowohl als der freundliche Gefängniswärter wurden von Vater und Sohn mit Wohlthaten überhäuft.

„Oh! du unnatürlicher Sohn!" klagte You Tah Young, „heimlich verlobst du dich diesem edlen Mädchen, lässt es entfliehen und wärest beinahe durch dein thörichtes Stillschweigen die Ursache ihres Todes geworden. Wir können noch nicht das Ende dieser traurigen Geschichte absehen! Möge nicht das Blut dieses treuen Mädchens über dein Haupt kommen und du Schmach und Schande auf deinen alten

Vater bringen! Auf! schüttle deinen thatenlosen Liebesgram von dir, suche beim Könige eine Audienz zu erlangen, bitte ihn um einen Soldatenposten und dann ziehe in die Gegend, wo der Krieg ist und suche deine Verlobte aufzufinden." Darauf ging Pang Noo ein und der König, der nicht wenig erstaunt über das Gesuch seines Günstlings war, gab ihm auf den Rat des alten Generals den Posten eines Truppenbefehlshabers, da jener im Stillen hoffte, Pang würde im Kriege umkommen und er dann freies Spiel haben, um seinem Sohne die schöne Uhn Hah zu vermählen.

Der junge Krieger war bald reisefertig und erreichte in Eilmärschen sein Ziel. Die Strasse führte an einem hohen Gebirge vorbei und Pang, der eine Vorahnung seines Todes hatte, liess in riesengrossen Schriftzeichen folgende Inschrift in den Felsen hauen, die so leicht nicht übersehen werden konnte:

„Ich, You Pang Noo, der ich im Begriff bin in die Schlacht zu gehen, beuge mich dem Willen des Schicksals, sei es Sieg oder Tod. Der Himmel allein kennt das Ende. Mein einziger Wunsch auf Erden ist der, vor meinem Tode das Antlitz meiner Cho Gah zu sehen."

Er hoffte, dass wenn seine Angebetete in diesem Distrikt weile, sie auch die Inschrift erblicken und ihn aufsuchen würde. Er lieferte mehrere Schlachten und war stets siegreich. Doch bald gingen die Lebensmittel der Truppen zu Ende und alle Bitten, ihm solche nachzusenden, blieben erfolglos. Die Soldaten wurden krank und viele unter ihnen starben Hungers, noch mehr aber brachten sich selbst um, weil sie einen schnellen Tod dem langsamen Verhungern vorzogen. You Pang Noo beabsichtigte nun, sich mit seinen Truppen zurückzuziehen, ohne erst die Königliche Genehmigung einzuholen, als die Rebellen noch einen verzweifelten Angriff machten und alle seine Soldaten erschlugen; nur sein Leben ward auf den Rat des Anführers geschont, um ihn als Geissel zurück zu behalten.

VIII.

Wiederum hatte das Geschick die Liebenden getrennt. Uhn Hah hatte erfahren, dass sich Pang vom öffentlichen Leben zurückgezogen habe, bei seinem Vater wohne und dort erkrankt sei. Da beschloss sie, von ihrer alten Amme begleitet, sich wieder auf den Weg zur Hauptstadt aufzumachen, um ihn zu suchen und hoffte diesmal ihr Ziel zu erreichen. Als sie einstmals viele Stunden gewandert waren, überraschte sie die Nacht, bevor sie in einem Dorfe ein Unterkommen gefunden hatten. Sie erblickten zu ihrer Freude in der Ferne ein Licht, gingen darauf zu und fanden eine alte verfallene Hütte, welche ein Greis bewohnte. Als derselbe sie auf sich zukommen sah, legte er das Buch fort, in welchem er zu lesen schien und lud sie ein, näher zu treten. Sie thaten es, nachdem die üblichen Begrüssungen ausgetauscht waren; doch statt dass der alte Mann sie nach Namen und Stand befragte, redete er Uhn Hah gleich mit Cho Nang Juh an (Bezeichnung für Frau). „Ich bin keine Nang Juh", entgegnete das tapfere Mädchen, „ich bin ein Mann!"

„Versuche es nicht, mich zu täuschen", antwortete ihr lächelnd der Greis, ich weiss alles. Ich kenne deine Verkleidung und weiss wer du bist und dass du deinen Zukünftigen suchst. Aber ängstige dich nicht, du bist ganz sicher bei mir. Nein, frage mich nichts", führ er fort, als er bemerkte, dass das erstaunte Mädchen ihn um Aufklärung bitten zu wollen schien, „ich habe hier lange schon auf dich gewartet, denn ich wusste, du würdest zu mir kommen. Du hast grosse Dinge zu vollbringen, auf welche ich dich vorbereiten will. Lass dich nicht durch Kummer und Hunger anfechten, sondern nimm diese Pille, welche dir übernatürliche Kraft und grossen Mut verleihen wird." Mit diesen Worten gab er ihr ein duftendes Kügelchen, welches sie ass und worauf sie einschlief. Auch die alte Amme sank in Schlaf und als sie am Morgen beide erwachten, erstaunten sie nicht

wenig, als sie bemerkten, dass sie unter freiem Himmel ge-
schlafen hatten und dass weder von dem alten Manne, noch
von der Hütte eine Spur zu sehen war. Sie mussten also an-
nehmen, dass der Greis ein Abgesandter des Himmels ge-
wesen war und dankten ihm demutsvoll für das Zeichen,
welches er ihnen gegeben hatte. Dann setzten sie ihren
Weg fort bis sie zu einem Landmanne kamen, von dem sie
sich Lebensmittel verschafften.

Während sie dort ausruhten und Nahrung zu sich nahmen,
kam einer von den blinden Bettlern vorüber, welche den
Leuten die Zukunft zu verkündigen pflegen. Als er vor Uhn
Hah stand, sagte er: „Dieser Mann ist ein verkleidetes Weib,
welches seinen Gatten sucht, der gegen die Rebellen kämpft.
Er ist dem Sterben nahe, wird aber gesund und frei werden,
denn er ist gefangen und sie wird ihn befreien." Bei diesen
Worten wurde Uhn Hah froh und betrübt zu gleicher Zeit.
Sie erzählte ihre wundersame Geschichte dem Landmann,
der sie beide sogleich in sein Frauengemach führte, wo man
sie sehr freundlich behandelte.

Sie brachen aber sehr bald wieder auf, denn sie war
sehr eilig, ihren Geliebten an dem Orte zu finden, wo sie ihn
vermutete und die grossen Thaten zu verrichten, von denen
ihr jener himmlische Bote nur Unbestimmtes gesagt hatte.
Sie nahm Abschied von ihren Gastgebern und langte nach
weiter und beschwerlicher Reise auf dem Kampfplatze an.
Das Erste, was ihre Augen dort erblickten, war jene in den
Stein gegrabene Inschrift; sie fing bitterlich zu weinen an,
denn sie glaubte nun zu spät gekommen zu sein. Die alte
Wärterin versuchte vergebens sie zu trösten, brachte sie aber
in ein nahe gelegenes Gasthaus, wo man sie freundlich auf-
nahm. Da bemerkte Uhn Hah, dass die Frau des Wirtes
fortwährend weinte und befragte sie nach der Ursache ihrer
Thränen. „Ich beweine die armen Soldaten", wehklagte die
Frau, „welche Hungers sterben mussten, weil man ihnen keine
Lebensmittel aus der Hauptstadt schickte; am meisten be-

dauere ich aber den armen Anführer, den unglücklichen You
Pang Noo, den die Rebellen nach der letzten gewonnenen
Schlacht zum Gefangenen machten und in das Gebirge
schleppten." Bei diesen Worten brach die zum Tode er-
schrockene Uhn Hah ohnmächtig zusammen und es gelang
ihrer alten Amme erst nach langem, vergeblichen Bemühen
sie ins Leben zurück zu bringen. Im Laufe des Gespräches
erfuhren die beiden Frauen von ihren Wirtsleuten, dass sie
Leibeigene von You Pang Noo seien und ihrem Herrn bis
hierher gefolgt waren; sie erzählten ihnen auch, dass der
bösartige General die Schuld daran trage, dass aus der Haupt-
stadt keine Lebensmittel ankamen, weil er Pang hasste, dessen
Erfolge er beneidete und den er verderben wollte.

Nun schrieb Uhn Hah einen Brief an Pangs Vater, in
welchem sie ihm alles mitteilte, was sie gehört hatte; leider
traf der Bote den Präfekten nicht auf seinem Landsitze an
und machte sich nun auf den Weg zur Hauptstadt. Zu seinem
Schrecken erfuhr er dort, dass der falsche General den alten
You Tah Young ins Gefängnis geworfen habe, weil auf sein
Anstiften dem Könige berichtet worden war, Pang Noo sei
ein Verräter, welcher die königlichen Truppen den Rebellen
übergeben habe und dann mit ihnen geflohen sei. Dem
Boten, es war der Wirt selbst, bei welchem Uhn Hah ein-
gekehrt, gelang es aber doch, den alten Pang im Gefängnis
zu sprechen, wo der Vater seinem Sohne die Schuld an dem
ihn betroffenen Unglücke beimass, weil er durch sein Schwei-
gen das Geschehene herbeigeführt habe. Er schrieb aber
einen Brief an den Onkel, welchen der Wirt auch sogleich
besorgte, in dem er ihn bat, sich seiner anzunehmen. Der
Onkel war auch bereit zu helfen, so weit es in seiner Macht
stand und befahl ihm, Uhn Hah in sein Haus zu geleiten;
er gab Geld zu standesgemässer Kleidung für die Braut
seines Neffen und auch für die Amme und für die Stuhl-
träger. Nach einer langen und beschwerlichen Reise brachte
der Wirt Uhn Hah zu dem Onkel, der sie sehr liebevoll

aufnahm. Doch jetzt ward die treue Uhn nur um so trau-
riger. Weil sie für gar nichts zu sorgen hatte und prächtig
untergebracht war, so dachte sie unaufhörlich an ihren un-
glücklichen Liebhaber. Sie kam auf den Gedanken, eine
Bittschrift an den König zu richten, in welcher sie bat, ihr
Soldaten anzuvertrauen, um You Pang Noo zu befreien und
die Rebellen zu bestrafen; aber auf den Rat des hinterlistigen
Generals blieb dieselbe ohne Erfolg. Da sie jedoch uner-
müdlich war, den König um Erhörung ihrer Bitte anzuflehen,
so ward er selbst begierig, diese so tapfere Frau kennen zu
lernen und gab den Befehl, sie zu ihm zu führen.

Als sie den Audienzsaal betrat, gewann sie sowohl den
König, wie die Minister durch ihre Schönheit, ihre Bescheiden-
heit und ihr anmutiges Wesen für sich.

Beinahe wäre ihr Bittgesuch bewilligt worden, als der
General eintrat und sagte, ehe man einer Frau Truppen über-
gebe, müsse sie doch öffentlich zeigen, dass sie Mut, Kraft
und Geschicklichkeit besässe, die ihr anvertrauten Truppen
zu führen und dadurch fähig sei, ihr Vorhaben zu Ende zu
bringen. Dieser Einwurf schien dem Könige sehr richtig und
er fragte sie, womit sie ihre Geschicklichkeit und ihre Kraft
beweisen könne. Uhn Hah schickte ein Gebet an die Geister
ihrer verstorbenen Eltern und erinnerte sich der Pille, welche
der alte Mann ihr gegeben, indem er ihr unnatürliche Kraft
versprochen hatte. Darauf bückte sie sich zur Erde und hob
einen grossen Felsblock auf, den sie mit grösster Leichtigkeit
über die Schlossmauer warf, gerade als wenn er nichts wöge,
während er doch so schwer war, dass ihn zehn Männer nicht
aufheben konnten. Dann nahm sie das Schwert des Generals
und begann es über ihrem Haupte zu schwingen, immer
schneller und schneller, bis zu einer solchen Geschwindigkeit,
dass es wie ein glühender Reif aussah. Bald wirbelte sie es
in der Luft, bald um ihre eigene Person, dann so dicht vor
den Augen des verräterischen Generals, dass er sich vor
Furcht bis in die äusserste Ecke des Saales zurückzog.

Der König war ebenso befriedigt als erfreut über die Beweise von Kraft und Geschicklichkeit, welche Uhn Hah zeigte, dass er eigenhändig ihre Ernennung ausschrieb und ihr den Befehl über ein Bataillon der besten Truppen übergab, die er sonst selbst angeführt hatte.

Mit freudigem Herzen bedankte sich Uhn Hah bei dem Könige für diese Gnade, legte dann wieder Männerkleidung an und zog an der Spitze ihrer Soldaten den Rebellen entgegen. Sobald sie aber den Kampfplatz erreicht hatten, fing es so fürchterlich zu regnen an, dass es unmöglich war, irgend etwas zu unternehmen.

Da erschienen nachts die Geister der verstorbenen Soldaten vor den Offizieren und sagten, dass dieser Regen so lange anhalten würde, Tod und Niederlage so lange den königlichen Truppen folgen würde, bis der Tod der von Pang Noo befehligten Soldaten, die der alte General hatte Hungers sterben lassen, an ihm gerächt sei. Man überbrachte dem Könige diesen Rapport, der auch schon früher ähnliche Klagen gehört hatte, ihnen aber nie Glauben schenken wollte. Jetzt liess er die Sache untersuchen und der überführte General ward ins Gefängnis geworfen. Sein Sohn aber, derselbe der Uhn Hah hatte heiraten wollen, wurde öffentlich hingerichtet.

Nachdem das Blut des Gerichteten in alle vier Windrichtungen versprengt war und den Manen der verstorbenen Soldaten ein Festmahl gebracht, hielt der Regen inne und die Sonne kam wieder zum Vorschein. Die königlichen Truppen erfochten unter Uhn Hahs Führung einen grossen Sieg über die Rebellen und stellten dann Ruhe und Frieden im Lande her. Den jungen Pang Noo konnte man jedoch nirgends finden. Endlich verriet einer der Rebellen das Versteck, wo er gefangen gehalten wurde und führte Uhn Hah, nachdem sie ihm für sein verwirktes Leben Gnade versprochen hatte, zu dem Orte.

Es verging eine geraume Zeit bis die Liebenden sich

erkannten, denn beide hatten sich sehr verändert. Aber sie erinnerten sich ihrer Gelübde und beschlossen in ihrem Sinne zu handeln.

You Pang Noo übernahm jetzt den Oberbefehl über 'die Truppen und Uhn Hah begleitete den Zug zur Hauptstadt in einem prächtigen Tragstuhle.

Dort angelangt wurde der glückliche Befreite sogleich zum Gouverneur einer Provinz ernannt und sein Vater unter grossen Ehrenbezeigungen in sein altes Amt und seine früheren Würden wieder eingesetzt, während der verräterische General zum Tode verurteilt, seine Güter eingezogen und von der Krone beschlagnahmt wurden.

Da Cho Uhn Hah keine Eltern mehr hatte, so adoptierte sie der König und wünschte, dass die Hochzeit in dem grossen Saale gefeiert würde, in welchem nur königliche Familienmitglieder ihre Hochzeitsmähler hielten.

Alles geschah nach den Wünschen und Befehlen des Königs, der Yuh Pang Noo mit den höchsten Ehrenämtern Koreas bekleidete, während die Tugenden seiner Gattin in Liedern und Balladen besungen wurden und sie anderen Frauen als nacheiferungswürdiges Beispiel vorgestellt ward.

6.

Sim Chung, die gute Tochter.

Sim Hyung, oder kurzweg Herr Sim genannt, war in dem Dorfe, in welchem er lebte, hoch geachtet. Er gehörte der Klasse der Yang-Ban, den Edelleuten, an und machte daher, wenn er die Strassen entlang ging, immer dieselben langsam schwingenden Bewegungen mit seinen Extremitäten, wie sie dieser Klasse eigen sind. Wenn er auf seinem Lieblingsesel ritt oder im Stuhle getragen seinen Beschäftigungen nachging, lief stets ein Diener voraus, welcher den Leuten, die ihm begegneten, zurief, Platz zu machen, damit sein Herr ungehindert passieren könne. Er bekleidete keinen hohen Rang, obgleich seine Kenntnisse hochgeschätzt wurden; das Gehalt, welches ihm seine Stelle einbrachte, genügte kaum zu den nötigsten Bedürfnissen, Privatvermögen besass er nicht und konnte daher nur bei grösster Sparsamkeit seinem Stande gemäss leben.

Er war so glücklich gewesen von seinen Eltern an ein eben so schönes als gut erzogenes Mädchen verheiratet worden zu sein. Dasselbe ward wegen seiner Schönheit und Liebenswürdigkeit von jedermann gerühmt und seine geistigen Fähigkeiten wurden weit und breit anerkannt. Nicht allein konnte es sein ernum lesen, sondern war auch in den chinesischen Schriftzeichen bewandert. Aber diese hochgebildete Jungfrau war auch in allen weiblichen Handarbeiten sehr geschickt. Ihre kunstvoll in Seide und Gold ausgeführten

Stickereien waren der Stolz ihrer Eltern und Freunde und als sie einst einen Abschnitt der Geschichte Koreas mit prachtvollen chinesischen Schriftzeichen in Seide gearbeitet hatte, machte ihr Vater dem Könige damit ein Geschenk. Diesem gefiehl die schöne Arbeit so sehr, dass er sie zu einem Wandschirm verwenden liess, den er stets neben die Matte, auf welcher er sass, zu stellen befahl, um die kunstvolle Arbeit immerfort anschauen zu können.

Sim war zuerst gar nicht von der Wahl seiner Eltern erfreut, da er ein Vorurteil gelehrten Frauen gegenüber hatte, als aber seine Zukünftige bei der Hochzeitsfeierlichkeit ihr Antlitz entschleierte und er ihre bezaubernden Züge sah, war er so sehr von ihrer Lieblichkeit berauscht, dass er kaum das Ende der Zeremonien erwarten konnte, um sie für ewig sein zu nennen.

Die Ehe war eine überaus glückliche. Einer schien für den anderen geschaffen zu sein und jeder gerade die Eigenschaften zu besitzen, die der andere am höchsten schätzte, sodass beide Teile sehr mit der Wahl zufrieden waren, welche die beiderseitigen Eltern getroffen hatten. Oft sassen sie abends beim Mondschein im Garten, der sich an die Frauengemächer anschloss und machten Pläne für die Zukunft. Ihr einziger Wunsch bestand darin, einen Sohn zu haben; doch Jahre gingen dahin, ohne dass ihnen ein Kind geboren wurde. Die Frau befragte Priesterinnen und der Mann wurde ganz trübsinnig und zog sich von allem Verkehr mit Menschen zurück, denn er glaubte die Leute rechneten es ihm zur Schande an, kinderlos zu sein. Er lebte nur mit seinen Büchern und vernachlässigte seine Gattin, welche er nie mehr in ihren Gemächern aufsuchte, vollkommen. Infolge dieser ununterbrochenen geistigen Thätigkeit und des einsamen Lebens fing er an zu kränkeln, wurde mager und bleich und seine Augen verloren ihren Glanz. Seine Frau trug ihr Missgeschick standhafter und gab die Hoffnung, Kinder zu bekommen, nicht auf, obwohl sie sich schämte keinen anderen

Namen zu haben als „die Frau des Sim" und es doch so sehnlich gewünscht hatte, sich „die Mutter des kleinen Sim" genannt zu hören, von dem sie beide Tag und Nacht geträumt hatten. Endlich blieben auch diese Träume aus.

So waren ihnen fünfzehn Jahre vergangen, als die Frau wieder einen Glück verheissenden Traum hatte: sie sah einen Stern vom Himmel auf sich herabfallen. Sogleich schickte sie zu ihrem Gemahl und sagte ihm, dass sie fest glaube, jetzt würde sich ihr Wunsch erfüllen — und ihre Hoffnung täuschte sie nicht. Ein Kind wurde ihnen geboren; aber statt des erwarteten Knaben war es nur ein Mädchen. Trotzdem beide Eltern gern einen Sohn gehabt hätten, freuten sie sich doch sehr, dass sie nach fünfzehnjährigem Warten doch noch ein Kind bekommen hatten und nahmen sich vor, ihre kleine Tochter recht herzlich zu lieben.

Das Elternpaar wurde durch dieses gemeinsame Familienband wieder inniger verbunden und das Kind wuchs unter ihren Augen prächtig heran. Es blieb von allen Kinderkrankheiten verschont und überwand selbst die Pocken so glücklich, dass sein Gesicht nicht von den schrecklichen Narben verunziert wurde, welche diese Krankheit so oft hinterlässt. Als die Kleine drei Jahre alt war schien es, dass sie noch schöner als ihre Mutter werden würde. Ihre Wangen glichen aufgeblühten Rosen und jedesmal wenn sie ihren kirschroten Mund öffnete und ihre kleinen Perlenzähne zeigte, sagte sie etwas Kluges und Angenehmes oder brach in ein silberhelles Lachen aus. Die früher so trübseligen Eltern lebten in dem Kinde wieder auf und waren voll Stolz über das Lob, welches seiner Klugheit und Schönheit gezollt wurde. Der Vater vergass fast, dass es ein Mädchen war und behielt es den ganzen Tag um sich, seine Schritte behütend und es vor allem Schaden bewahrend.

Doch dies Glück war zu gross, um für lange Zeit zu dauern. Die Mutter der kleinen Sim ward krank und starb plötzlich. Der Gatte war der Verzweiflung nahe, weinte und wehklagte Tag und Nacht über den Verlust seines Weibes und als er endlich seine Gemächer verliess und sich vor Menschen zeigte war seine Gestalt gebeugt, sein Haar gebleicht und seine Augen von den vielen vergossenen Thränen tot. Er war erblindet. Da der Vater sich nun nicht mehr um den Lebensunterhalt seines Kindes durch eigene Arbeit kümmern konnte, so fing er an Stück für Stück seines ganzen Eigentums zu verkaufen und nach zehn Jahren war alles, selbst das Haus, in dem sie wohnten, in andere Hände übergegangen. Jetzt musste der Vater betteln und seine Tochter, die inzwischen zur Jungfrau herangewachsen war, durfte ihn nach den Landesgesetzen, welche den erwachsenen Mädchen in einem gewissen Alter verbieten auszugehen, nicht mehr begleiten. Eines Tages hatte der arme Blinde das Unglück in eine mit Wasser angefüllte Grube zu fallen. Lange Zeit bemühte er sich vergebens aus derselben herauszukriechen, als er sich ihm nähernde Schritte hörte und nun um Hilfe rief: „Hilf mir Armen," schrie er, „ich bin blind und nicht etwa betrunken."

„Ich weiss, dass du nicht betrunken, sondern erblindet bist, doch dir kann geholfen werden," antwortete die Stimme des Herankommenden.

„Wer bist du, dass du so genau über meine Verhältnisse Bescheid weisst?" fragte Sim.

„Ich bin der Priester aus dem Tempel der Bergfeste," erwiderte der Fremde.

„Du meinst, das Augenlicht könne mir wiedergegeben werden?" fragte der Blinde.

„Ja," gab ihm der Priester zur Antwort, „ich hatte einen Traum, dich betreffend. Im Falle du dem Buddha meines Tempels ein Opfer von dreihundert Sack Reis bringst, wirst du dein Augenlicht wieder erhalten. Du wirst dann einen hohen Beamtenposten bekommen und reich an Ehren und Würden werden und deine Tochter wird zur vornehmsten Frau im ganzen Reiche erhoben."

„Aber ich bin alt und arm,“ entgegnete Sim, „wie kann ich wohl solch fürstliches Opfer bringen?“

„Du brauchst es nicht gleich zu geben,“ sagte der Priester, „gieb mir nur ein schriftliches Versprechen, den Reis zu opfern, die Zeit der Erfüllung aber überlasse ich dir.“

„Schon recht,“ antwortete Sim, „gieb mir Papier und Tinte, dann will ich versuchen die Schrift zu verfassen.“ Sie gingen in ein Haus und dort schrieb der Blinde, dem der Priester die Hand führte, das Versprechen, dreihundert Sack Reis zu geben, wofür er wieder sehend werden sollte. Müde, hungrig und an allen Gliedern wie zerschlagen kehrte Sim in seine Wohnung zurück, wo er sich lächelnd seines Versprechens, dreihundert Sack Reis zu liefern, erinnerte, während er nicht so viel Reis besass, um seinen Hunger stillen zu können.

Endlich war es ihm gelungen eine Beschäftigung zu finden, bei welcher er einen kärglichen Verdienst hatte. Man beschäftigte ihn mit Reinigen und Aushülsen von Reis. Es war schwere Arbeit für ihn, Tagelöhnerdienst zu verrichten, aber er that sie gern, denn so konnte er sich selbst und sein Kind vor der bittersten Not schützen. Kam er dann abends von der Arbeit heim, so fand er stets einen sauber gedeckten Tisch mit Speisen, welche von seiner Tochter selbst bereitet waren. Eines Abends als er sich gerade auf die Matte vor seinem Tisch niedergelassen hatte und sein einfaches Mahl verzehren wollte, erschien der Priester aus dem Tempel der Bergfeste, um ihn an sein Versprechen zu erinnern. Sim verging aller Hunger, denn nun musste er seiner Tochter von dem schriftlich gegebenen Versprechen erzählen, wovon er bisher geschwiegen hatte. So sehr diese sich auch freute, dass die Erfüllung des Versprechens ihrem Vater das Augenlicht wiedergeben sollte, so war sie doch von der Unmöglichkeit überzeugt, es jemals einlösen zu können.

Sie dachte Tag und Nacht darüber nach, auf welche

Weise sie wohl solche Menge Reis herbeischaffen könne und
flehte endlich den Himmel an, er solle sich ihres Vaters
erbarmen und ihm die verlorene Sehkraft wiedergeben. Da
hatte sie einen Traum, in welchem ihr die verstorbene
Mutter erschien und ihr sagte, sie solle sich nicht grämen,
es würden sich schon Mittel und Wege finden, um die drei-
hundert Sack Reis zu beschaffen, damit ihr Vater wieder
sehend werde und dann solle auch Glück und Zufriedenheit
wieder Einzug bei ihnen halten.

Sim Chun, so hiess die Tochter des blinden Sim, hörte
am nächsten Tage, dass ein reicher Kaufmann, welcher viele
Schiffe nach China gehen liess, in grosser Verlegenheit sei.
Seine Schiffe konnten nie eine besonders gefährliche Stelle
im Meere passieren, ohne grossen Verlust an Zeit und Men-
schenleben zu erleiden, ja einige Schiffe hatte er sogar mit
Mann und Maus verloren. Die Priester, welche er befragte,
was er wohl thun solle, um den Gott der Gewässer zu be-
sänftigen, sagten ihm, das Unglück würde nur dann auf-
hören seine Flotte zu verfolgen, wenn er eine Jungfrau opfere.

Nun hatte der Kaufmann grosse Summen geboten, wenn
sich eine Jungfrau opfern lassen wollte, aber er hatte keine
solche gefunden.

Sim Chun, die nun diese Geschichte mit ihren Träumen
in Zusammenhang brachte, fasste den Entschluss sich dem
Meergotte zu opfern. Sie zog die schlechtesten Kleider an,
die sie besass, und nahm auf dem langen Wege zur Residenz,
denn da wohnte der Kaufmann, keine Nahrung zu sich, da-
mit sie ein recht erbärmliches Aussehen bekäme und der
Kaufmann nicht etwa, ihre Schönheit bewundernd, sie als
Opfer ausschlüge. Sie bereitete für ihren Vater das Essen
und sagte ihm, sie wolle das Grab ihrer Mutter aufsuchen,
um ihr dafür zu danken, dass sie ihr nachts erschienen sei.
Dies that sie auch, setzte aber dann ihren Weg zur Residenz
fort. Dort beim Kaufmanne angelangt, war dieser über die
Schönheit Sim Chuns ganz erstaunt, denn die schlechten

Kleider, Hunger und Müdigkeit hatten sie nur um so schöner gemacht. Der Mann antwortete auf ihr Anerbieten, ihm läge gar nichts daran, Menschen zu opfern und am wenigsten ein so schönes Mädchen wie sie sei. Aber als das holde Wesen darauf bestand sich opfern zu lassen und dafür zum Lohn dreihundert Sack Reis verlangte, sagte der Mann, mit dem sie unterhandelte: „Ach, ich sehe es jetzt ein, du willst dein Leben aus Kindesliebe opfern; bisher glaubte ich nur, dass solche Geschichten in den Märchen vorkämen, von denen unsere Voreltern erzählen. Ich werde nun aber meinen Herrn von deinem Vorhaben benachrichtigen“ — Sim Chun hatte nämlich nur mit dem Oberaufseher des Kaufmannes verhandelt — „und der wird dir den ausbedungenen Preis schon auszahlen lassen.“

Es geschah, wie sie es gewollt hatte. Die dreihundert Sack Reis wurden ihr ausgeliefert, ihr Schicksal war damit besiegelt. Sie führte dem Priester den Reis zu, wodurch das Versprechen ihres Vaters erfüllt wurde. Aber nun befiel sie eine grosse Traurigkeit, was man leicht begreifen kann, wenn man bedenkt, welches Los ihr bevorstand. Sie mochte ihrem Vater nichts von dem Opfer erzählen, welches zu bringen sie im Begriff war. Wie lange mochte es wohl dauern, bis ihrem Vater das Augenlicht wiedergegeben sei, wie sollte er bis dahin leben? Diese Gedanken peinigten sie sehr, denn sie hatte nur noch vier Stunden Zeit bis zu dem Opfer, welches sie mit ihrem Leben dem Meergotte darzubringen hatte. Endlich brach sie in bittere Thränen aus und Sim, welcher seine Tochter noch nie hatte weinen hören, fragte sie, selbst sehr bekümmert, nach der Ursache ihrer Thränen. Da beichtete Sim Chun ihrem Vater alles, denn sie hielt es für besser, wenn sie ihm die volle Wahrheit berichtete, als wenn er davon durch fremde Leute erführe. Der Vater gebärdete sich aber wie unsinnig, bis seine eigenen Thränen sich mit denen der Tochter mischten und ihm Erleichterung brachten. Er umarmte jetzt die schöne und edle Sim Chun und sagte:

„Nie und nimmer lasse ich dich von mir! Was nützt mir mein Augenlicht, wenn ich dich nicht mehr sehen kann, meine arme Tochter!" Als die Nachbarn das Weinen und Wehklagen in der Wohnung der sonst so ruhigen Familie hörten, liefen sie alle herbei und wollten die Ursache davon wissen und als sie vom alten Sim die heldenmütigen Absichten der guten Tochter erfahren hatten, brachen auch sie in lautes Jammern aus. Sim Chun bat die guten Leute, sich zu beruhigen und ihr das Herz nicht noch schwerer zu machen, denn nichts würde sie von ihrem Plan zurückbringen; dann empfahl sie ihren armen alten Vater der Mildthätigkeit ihrer Freunde und die guten Nachbarn versprachen auch, sich seiner getreulich annehmen zu wollen. Während dieses rührenden Auftrittes hatte sich ein Fremder der Hütte genähert, stieg von dem Maultiere herab, auf dem er ritt und fragte, ob ihm nicht jemand die Wohnung der Familie Sim zeigen könne. Man sagte ihm, er sei an Ort und Stelle, worauf er sich als Bote des Kaufmannes zu erkennen gab, der geschickt sei, um Sim Chun abzuholen. Als er nun das grosse Herzeleid sah, gab er dem Vater noch einen Schein auf fünfzig Sack Reis, damit er etwas zu leben habe, wenn seine Tochter fort sei. Sim Chun wünschte, dass die Nachbarn sogleich diesen Reis für ihren Vater herbeiholten und benützte dann eine Ohnmacht, von welcher der arme Blinde vor Trennungsschmerz befallen wurde, machte sich fertig und ging mit dem Fremden fort.

Am Hafen angelangt setzte man die heldenmütige Jungfrau in einen mit Blumen bekränzten Kahn, dem zahllose andere Kähne folgten und führte sie zu der Stelle, wo der Meergott leben sollte. Man hatte ihr Brautgewänder angethan, die der Kaufmann gespendet hatte und dieser wollte auch versuchen, ein anderes Opfer zu bringen, da ihm das schöne Mädchen so sehr leid that, doch Sim Chun wollte nichts davon hören; sie nahm von den Umstehenden Abschied und sprang von dem Kahn in die See, wo sie bald vor aller

Augen in den Wogen verschwand. Der Gott der Gewässer schien befriedigt, denn das Meer beruhigte sich, der Wind hörte auf zu toben und die Flotte des Kaufmannes konnte ungefährdet ihrem Bestimmungsorte zusegeln.

Sim Chun hatte bei ihrem Sprunge die Besinnung verloren und war sehr erstaunt, als sie wieder zu sich kam, sich in einem kleinen Boote zu befinden, welches von zwei Fischen gezogen wurde. Neben ihr sassen zwei Meerjungfern, welche ihr aus einer kostbaren, mit Perlen besetzten Schale zu trinken gaben. Auf Sim Chuns Frage, wer sie seien und wohin man sie führe, antworteten ihr die Meerjungfern, dass sie die Dienerinnen des Königs der Gewässer wären und den Auftrag hätten, sie zu seinem Palaste zu geleiten.

Sim Chun wunderte sich sehr darüber, dass sie die Sprache der Meerjungfern verstand und hätte wohl gern gewusst, ob der Zustand, in welchem sie sich jetzt befand, der Tod sei. Wenn dies der Fall wäre, meinte sie bei sich selbst, so wäre es ein sehr angenehmes Dasein. Sie kam an grossen Wäldern der schönsten Wasserpflanzen, an herrlichen Korallenbäumen vorüber und sah grosse Mengen Fische in allen Farben und Gestalten sich dicht bei ihr umhertummeln und ihr freundlich zunicken. Endlich hielt das Boot vor den Mauern des Palastes. Sie war ganz starr vor Erstaunen, als sie die Pracht sah, die sich ihren Blicken darbot. Die Mauern selbst waren aus den kostbarsten Edelsteinen gefertigt, die sie bisher nur aus Bildern kannte. Das Eingangsthor war aus Kristall gemacht und die Köpfe der goldenen Nägel, mit welchen es verziert war, bestanden aus glänzenden Perlen. Ueberall strahlte ihr das herrlichste Edelgestein entgegen, die Wege waren mit schwarzen Marmorplatten bedeckt, welche das glitzernde Meerwasser in allen Farben schillern liess.

Bald liess sich Musik hören — der König nahte sich. Er war von grossen und kleinen Fischen begleitet, welche seidene Fahnen trugen und auf Muscheln bliesen und wurde selbst in einem goldenen Stuhl von hundert Fischen getragen.

Sein Gefolge zählte nach Tausenden. Sim Chun hatte noch nie so schöne Mädchen gesehen, wie die Tänzerinnen des Königs, welche sich in dem Gefolge befanden. Die Meerjungfern, die sie hergeleitet hatten, kleideten sie um und führten sie dann vor den König. Dieser war sehr freundlich zu ihr und das ganze Gefolge machte ihr tiefe Verbeugungen.

Da sagte Sim Chun in ihrer Bescheidenheit: „Ich bin nur das Kind eines armen Bettlers, welches sein Leben für seinen Vater opferte und bin der Ehrenbezeigungen, die man mir darbringt, nicht wert.

Der König lächelte gnädig und antwortete ihr mit freundlicher Stimme: „Ich weiss ganz genau Bescheid und kenne dich besser, als du selbst dich kennst. Du musst nicht vergessen, dass ich der Seekönig bin, der ganz genau das Leben der Sterne kennt, die mich in schönen Nächten besuchen. Du bist auch einst ein Stern gewesen und zwar ein sehr reizender. Du hast deinen Dienst als Mundschenk des Sternenkönigs versäumt, indem du deine Verehrer begünstigtest und sogar deinem Liebhaber Gelegenheit gabst von dem Weine des Königs zu trinken. Unglücklicherweise trank dieser immer die gleiche Sorte, von der überhaupt nur sehr wenig vorhanden war und als der Sternenkönig seinen Lieblingswein so schnell abnehmen sah, liess er eine strenge Untersuchung anstellen. Wie er den Grund des Abnehmens erfuhr, ward er sehr ungehalten und ihr beide wurdet zur Strafe in die Verbannung auf die Erde geschickt. Aber nicht zu gleicher Zeit ereilte euch die Strafe, da ihr euch sonst gleich wiedergefunden hättet und der Zweck der Strafe verfehlt gewesen wäre. Er schickte also deinen Geliebten sogleich fort und behielt dich noch eine lange Zeit in strengem Gewahrsam zurück, bis er dich endlich auch auf die Erde herabsandte und zwar als Kind des Ehepaares Sim. Da du aber dein Himmelsdasein vergessen musstest wie du zur Erde kamst, so konntest du Sim nur als deinen wahren Vater betrachten und brachtest ihm in kindlicher Liebe dein Leben zum Opfer.

Der Sternenkönig nahm dein Opfer an und erkannte daraus, dass sich dein Sinn geläutert habe; nun will er dir Vergebung schenken und deine edle That lohnen."

Als der König der Gewässer seine Rede geendet hatte, winkte er die Meerjungfern herbei und übergab ihnen das schöne Mädchen, welches ganz sprachlos geworden war.

Man brachte Sim Chun in köstbare Gemächer, damit sie sich dort ausruhen könne, bevor sie ihre Rückreise sich Erde anträte. Als sie genug geruht hatte und noch viel schöner als früher geworden war, weckte man sie aus ihrem Schlummer und brachte eine wundervolle Blume zu ihr in das Gemach. Dann sagten ihr die Meerjungfern sie solle sich in der Blume verstecken, deren Duft und Saft sie auf der Rückreise ernähren würden. Der König erschien wieder und nahm Abschied von ihr; sie dankte ihm für die Güte, die er ihr erwiesen hatte, verabschiedete sich auch von der Umgebung und nahm dann im Innern des Blumen- kelches Platz.

Die Blume selbst erschien alsbald auf derselben Stelle an der Oberfläche des Wassers, wo Sim Chun ins Meer gesprungen war und trieb leise auf den Wogen umher. Nicht lange Zeit verging, als ein Schiff in Sicht kam, welches zu der Flotte des Kaufmannes, der sie geopfert hatte, gehörte. Der Schiffer, welcher es führte, war nicht wenig erstaunt an der Stelle, wo ihm sonst nur Unheil und Verderben zustiess, eine solche wundervolle Blume zu erblicken und er sowohl wie die Mann- schaft war ganz von dem herrlichen Dufte berauscht, welcher derselben entströmte. Der Kaufherr, welcher sich auch auf diesem Schiffe befand, beschloss die wunderbare Blume an Bord zu nehmen und damit dem Könige ein Geschenk zu machen, wenn das Schiff glücklich den Heimatshafen er- reichen würde. Ohne besondere Mühe gelang es, die Blume aufzufischen und der Hafen war bald erreicht. Der Kauf- mann übergab gleich nach der Ankunft dem Könige die schöne Blume und dieser hatte grosse Freude an derselben.

Er ward nie müde die köstliche Blüte zu bewundern und hatte einen grossen Glaskasten bauen lassen, den er im innersten Hofe des Palastes aufstellte. In hellen warmen Mondschein-Nächten kam Sim Chun aus der Blume hervor, um im Garten zu lustwandeln. In einer solchen Nacht fühlte sich der König nicht wohl und dachte bei sich, der Duft der Blume könne ihn gesund machen; er stand auf und ging in den Garten. Dort erblickte er Sim Chun und diese erblickte den König — da war es aber für sie zu spät in den Kelch der Blume zurückzukehren. Der König war nicht wenig erschrocken, als er das schöne Wesen sah, ging aber darauf zu und fragte, wer es sei und woher es käme? Sim Chun war ebenfalls sehr erschrocken und wollte sich schnell in ihren Blumenkelch flüchten; als sie schon dicht davor stand, verschwand aber die Blume plötzlich vor ihren Blicken. Der König entsetzte sich nun und glaubte einen Spuk vor sich zu haben, doch das schöne Mädchen sagte: „Fürchte dich nicht, ich bin kein Geist, sondern Sim Chun, ein menschliches Wesen." Nicht ohne Zögern näherte sich ihr der König, war aber ganz entzückt von ihrer Anmut und Lieblichkeit als er ihr ganz nahe war. Er wollte sie anreden, wurde aber durch einen grossen Lärm daran gehindert, der sich im Palaste vernehmen liess. Alle Eunuchen kamen aus dem Thore und meldeten dem Könige, dass sämtliche Generäle und Staatsoberhäupter den König zu sprechen begehrten, da es sich um eine Sache von grösster Wichtigkeit handele. Mit höchst unzufriedener Miene begab sich der König in das Sitzungszimmer, um die Ursache dieser nächtlichen Störung zu erfahren. Man berichtete ihm auf seinen Befehl, dass einer der Beamten, welchen die Sterndeuterei oblag, gesehen habe, dass ein Stern vom Himmel in den Palast gefallen sei und dass man daraus etwas sehr Gutes für den König prophezeie. Nun erzählte der König seinem versammelten Hofstaate die wunderbare Begebenheit von der schönen Blume, welche der Kaufmann ihm aus dem Meere gefischt und als Geschenk dargebracht habe und der Erscheinung, die er in der nämlichen Nacht, in welcher die Sterndeuter den Stern hätten herabfallen sehen, gehabt hatte.

Da nun vor kurzem die Königin gestorben war, so schlugen die Staatsräte vor, dass der König die Blumenjungfrau heiraten solle. Dieser Vorschlag gefiel ihm sehr gut; die Vorbereitungen zur Hochzeit wurden sofort in Angriff genommen und bald darauf feierte der König sein Vermählungsfest mit Sim Chun. Noch niemals war jemand so sehr von seiner Gemahlin eingenommen gewesen wie der König von seiner Blumenfee, wie er die junge Königin nannte. Tag und Nacht war er mit ihr vereint und bewunderte ihre Schönheit, so dass er die Staatsgeschäfte vernachlässigte. Aber Sim Chun sah ein, dass der König damit ein Unrecht beginge und riet ihm, sich wieder den Regierungsgeschäften zu widmen, denn sie fürchtete, Unzufriedene könnten sich die Thatenlosigkeit des Königs zu nutze machen und ihn vom Throne stürzen. Der König antwortete ihr, dass er sich von nun an tagsüber der Regierung seines Reiches und nachts ihr widmen würde.

Nachdem das königliche Paar einige Monate in ungetrübter Glückseligkeit verlebt hatte, bekam Sim Chun grosse Sehnsucht ihren alten, blinden Vater wiederzusehen. Sie wurde immer trauriger, bis die Thränen, die sich in ihrem Herzen angesammelt hatten, ihren Augen entströmten. So fand sie eines Tages der König und befragte sie sehr besorgt, um die Ursache ihres Kummers. Da erzählte ihm die schöne Königin, sie sei im Traume so geängstigt worden, indem ihr ein blinder Mann mit flehentlicher Geberde erschienen sei, so dass sie den Wunsch hege, alle Blinden des Reiches um sich zu versammeln und ihnen eine Erleichterung ihres Elendes zu verschaffen. Der König war über die Gutherzigkeit seiner Gemahlin so gerührt, dass er ihr sagte, er würde alles gewähren, was sie von ihm verlangte. Da bat Sim Chun, er möge ihr alle Blinden aus dem Reiche zu einem Mahle einladen, bei welchem sie ihnen Geld und Kleider schenken wolle. Der König liess einen Befehl ausschreiben und an einem bestimmten Tage nahte sich eine ungeheuere Menge blinder Leute dem Palaste.

Schon seit drei Tagen hatte die Königin von ihren Gemächern aus die Gäste einziehen sehen, ohne dass sie unter ihnen ihren Vater erkannt hätte und glaubte nun, derselbe sei bereits gestorben und sie würde ihn nie wiedersehen; da nahte sich ganz zuletzt ein alter, in Lumpen gehüllter, blinder Greis, der so elend aussah, dass ihm die Diener den Eintritt verwehrten. Als die Königin diesen aber erblickte, gab sie sofort den Befehl, ihn neu zu kleiden und an die Tafel zu führen, während sie die ungehorsamen Diener streng bestrafen liess. Als der alte Mann sich erholt und seinen Hunger gestillt hatte, liess sie ihn in ihren Pavillon führen. Dort betrachtete sie ihn lange Zeit und brach dann zum grössten Erstaunen ihres Gefolges in die Worte aus: „Mein Vater, mein Vater!" und sank ohnmächtig zu Boden.

Die Hofleute benachrichtigten den König von dem sonderbaren Benehmen seiner Gemahlin und er erschien darauf selbst im Pavillon, um Näheres von Sim Chun zu erfahren. Nachdem die Königin wieder zum Bewusstsein zurückgebracht worden war, erzählte sie ihrem Gemahl die wunderbare Geschichte ihres Lebens, von welcher ihm aber schon früher einiges bekannt geworden war, so dass er gar nicht so sehr darüber erstaunte. Der alte Sim konnte sich aber schwer beruhigen und rief einmal über das andere aus: „Wie ist es nur möglich, dass die Toten wiederkehren!"

Dann, in der höchsten Aufregung kratzte er mit den Fingernägeln in seine Augen indem er schrie: „Fort mit den toten, glanzlosen Dingern, ich höre dich, fühle deine Gestalt und kann dich nicht sehen!" Da mit einem Male fiel es wie Schuppen von den Augen des Greises — er konnte wieder sehen.

Das Erkennen zwischen Vater und Tochter war herzrührend und kein Auge der Umstehenden blieb trocken.

Der König, hoch erfreut darüber, dass seine Gemahlin ihren Vater wiedergefunden hatte und dass ihr nun kein Grund zur Traurigkeit mehr blieb, ernannte den alten Sim zu seinem Palastbeamten und befahl zu gleicher Zeit, dass ein anderer der hohen Beamten ihm seine Tochter zur Frau geben solle. Auf diese Weise ward die Prophezeiung des Priesters vom Tempel der Burgfeste erfüllt.

7.

Hong Kil Tong oder die Geschichte des Knaben, welcher sich zurückgesetzt glaubte.

Unter der Regierung des dritten Königs von Korea lebte ein Edelmann von hohem Range, welcher aus der berühmten Familie Hong stammte und den Titel eines Ye Cho Pansa führte. Er hatte aus der Ehe mit seiner rechtmässigen Gattin zwei Söhne und einen Sohn aus der Verbindung mit einer Sklavin. Letzterer, welcher von Geburt an viel von sich reden machte, wird der Held folgender Geschichte sein.

Als Hong Pansa nur erst zwei Söhne besass, träumte ihm eines nachts, dass ein Drache von so ungeheurer Grösse in sein Zimmer käme, dass er selbst keinen Platz mehr darin hatte.

Der Träumer erwachte und begriff sofort, dass ihm etwas Gutes bevorstände. Da er hoffte, es würde ihm ein dritter Sohn geboren werden, hatte er nichts Eiligeres zu thun als seiner Gemahlin den Traum mitzuteilen. Doch diese wollte ihn nicht sehen, da sie es ihm sehr übelgenommen, dass _er_ sich eine Konkubine aus der Klasse der Tänzerinnen genommen hatte. Der grosse Mann war darüber sehr traurig und zog sich unverrichteter Sache in seine Gemächer zurück, wo er allein über seinen Traum und die ihm möglicherweise bevorstehenden Ereignisse nachdachte.

Bald darauf wurde ihm von einer seiner Konkubinen

ein Sohn von so tadelloser Schönheit geboren, dass seine erste, rechtmässige Gemahlin sehr neidisch, er selbst aber höchst unglücklich darüber ward, denn. er wäre begreiflicherweise hoch erfreut gewesen, wenn dieser Sohn eine standesgemässe Geburt gehabt hätte und dadurch befähigt gewesen wäre die Beamtenlaufbahn, einzuschlagen. So wurde der schöne Knabe einfach Kil Tong oder Hong Kil Tong genannt. Je grösser er wurde, desto mehr entwickelte sich seine Schönheit und sein Verstand. Er lernte sehr leicht und seine Umgebung bewunderte seinen Scharfsinn und seine Geisteskräfte ebenso wie das Ebenmass seines Körpers und seine schönen Gesichtszüge. Als er heranwuchs ärgerte er sich sehr darüber, dass ihm sein Platz bei der Dienerschaft angewiesen wurde und er nicht die Erlaubnis hatte seine Eltern bei dem Namen zu nennen. Die anderen Söhne seines Vaters lachten ihn aus und verspotteten ihn, so dass sein Leben ihm sehr unglücklich erschien und eines Tages warf er während des Schulunterrichts voll Missmut seinen Tisch um und erklärte, er wolle Soldat werden. In der nächsten hellen Mondscheinnacht sah ihn Hong Pansa im Hofe Waffenübungen machen und fragte ihn, höchst verwundert darüber, was er damit bezwecke. Kil Pang antwortete ihm unumwunden, dass ihm die steten Ungerechtigkeiten, deren er in seinem Hause ausgesetzt sei, zuwider wären. Er wolle sich daher auf diese Weise für seinen späteren Beruf vorbereiten, damit alle Menschen dann Ehrfurcht und Achtung vor ihm haben sollten. „Denn," sagte er, „der Himmel hat alles für den Gebrauch der Menschen erschaffen, diese müssen es nur verstehen, richtig damit umzugehen und der Himmel unterstützt diejenigen, welche sich selbst zu helfen wissen."

„Welch ein bewunderungswürdiger Knabe," sagte Hong Pansa zu sich selbst, „wie sehr bedauere ich es, dass er nicht mein anerkanntes Kind ist und was für Ehre würde ich mit ihm einlegen. Wie die Sache aber jetzt liegt, befürchte ich noch viel Unangenehmes mit ihm zu erleben." Laut rief er Kil zu, es sei ihm besser schlafen zu gehen. Kil antwortete ihm, dass, wenn er sich auch zum Schlafen niederlege, ihm alle Ungerechtigkeiten, die ihm tagsüber widerfahren wären, in den Sinn kämen und er so lange darüber nachdächte, bis ihn die Thränen den Schlaf verscheuchten und er wieder aufstände. Da seufzte sein Vater und liess ihn stillschweigend gewähren.

Hong Pansa's rechtmässige Gattin und eine der Konkubinen, jene ehemalige Tänzerin, welche die Ursache der Zwietracht zwischen den Eheleuten gewesen war, einigten sich jedoch in einem Punkte, dem grossen Aerger über die Zuneigung, welche der Hausherr zu seinem Sohne Kil gefasst hatte. Beide hassten den schönen Knaben und beschlossen ihn zu beseitigen, oder doch wenigstens unschädlich zu machen. Sie riefen also eine mootang oder Zauberin herbei, der sie sagten, ihr Glück und ihre Zufriedenheit sei durch das Kind einer Rivalin gestört und ihre Herzensruhe könne nur zurückkehren, wenn jener Knabe aus dem Hause verschwände. „Nichts ist leichter als das," beruhigte sie die mootang. „Am Ostthor wohnt eine kluge, alte Frau, ruft sie herbei und befehlt ihr, sie solle den Vater gegen den Sohn beeinflussen, was ihr ein Leichtes sein wird und das Uebrige wird sich von selbst finden." Das alte Weib wurde gerufen und kam gerade zu der Zeit an, als Hong Pansa sich in den Frauengemächern befand und dort mit grossem Entzücken von seinem Kil Tong erzählte. Die Alte wurde gemeldet und verbeugte sich tief vor dem Hausherrn und seinen Frauen. Hong Pansa fragte sie, was sie wolle und erhielt zur Antwort, sie habe so viel von dem wunderbaren Kil Tong gehört, dass sie sich persönlich von seinen Tugenden überzeugen und ihm seine Zukunft deuten wolle. Hong Pansa liess seinen Sohn rufen und sobald das alte Weib ihn erblickte, machte es ihm eine tiefe Verbeugung und sagte zu seinem Vater: „Schicke alle fremden Leute aus dem

Zimmer." Nachdem dies geschehen, fuhr sie in feierlicher Weise fort: „Dieser Knabe wird ein grosser Mann werden. Wenn nicht selbst König, wird er noch grösser wie ein König sein und einst seine Familie töten, eingedenk der Ungerechtigkeiten, die er in seiner Jugend erdulden musste."

Als die Alte zu Ende war befahl ihr Hong Pansa mit niemand von ihrer Weissagung zu reden und tiefstes Schweigen zu bewahren. Kil Tong ward sofort eingesperrt und scharf bewacht. Er war nun über dies neue Missgeschick, welches ihn betroffen, sehr betrübt, ertrug dasselbe aber mit der Zeit leichter, da der Vater ihm Bücher in seinem Gewahrsam zukommen liess. Er benutzte die Gelegenheit aus chinesischen Werken die Sternkunde zu erlernen und beschloss, später nach einem entfernten Distrikt zu entfliehen, um dort zu zeigen, was er verstände. In der Zwischenzeit war es ihm aber nicht erlaubt seine Mutter zu sehen, die er sehr liebte und sein unbarmherziger Vater war viel zu furchtsam ihn zu besuchen; so bereitete er allein alles zu seiner Flucht vor.

Hong Pansa's Gattin und die Tänzerin sprachen aber stets von dem Unglück, welches Kil über seine Familie bringen könne und redeten dem Vater zu, seinen Sohn doch lieber töten zu lassen, „denn," sagten sie, „der Knabe wird, wenn er erwachsen ist, viel Unheil anrichten und der König wird dich, den Vater, dafür verantwortlich machen."

Der ewigen Quälereien überdrüssig und selbst das Schlimmste von Kil Tong befürchtend, beschloss der feige Hong Pansa Mörder zu dingen, welche den Knaben töten sollten. Sobald er den Befehl zu dieser schlechten That gegeben hatte, ward er von einer schweren Krankheit befallen, die er für eine Strafe des Himmels hielt und deshalb seinen Befehl widerrief.

Als keine Arzenei dem kranken Manne helfen wollte, rief man wieder die mootang herbei. Diese liess ihre Zaubertänze aufführen und ihre Trommeln schlagen, aber vergebens, der Hausherr blieb so krank wie vorher. Da sagte endlich eine der Konkubinen: „An Hong Pansas Krankheit ist nur Kil schuld; wenn dieser tot ist, wird jener wieder gesunden." Wieder wurden die Mörder herbeigerufen und erschienen auch bald mit ihren Schwertern bewaffnet und von dem alten Weibe vom Ostthor begleitet. Während nun diese alle zusammen den Plan zur Ermordung entwarfen, sass der unglückliche Kil im Gewahrsam und dachte über die Ungerechtigkeit nach, die den Vätern gesetzlich erlaubte, sich Konkubinen zu halten, dagegen den Kindern, welche ihnen diese schenkten, die Rechte verwehrte, welche die der ersten Gattin besassen. Da schreckte ihn das Krächzen einer Krähe aus seinem Brüten auf und er bemerkte, dass auf dem, seinem Fenster gegenüber stehenden Baume ein solcher Unglücksvogel sass, der dreimal hintereinander sein heiseres Geschrei ertönen liess. „Das bedeutet mir Unheil" sagte Kil zu sich selbst und in demselben Augenblicke öffneten die von seinen Feinden gedungenen Mörder die Thür seines Gefängnisses und fielen über ihn her; — wer beschreibt aber ihr Erstaunen, als sich plötzlich das Gemach in ein düsteres Felsenthal verwandelte, der gefangene Knabe verschwunden war und die Bösewichter sahen, dass sie statt des Knaben, jenes alte Weib vom Ostthor erschlagen und sich selbst untereinander verwundet hatten. Ein mächtiger Sturm erhob sich, der grosse Felsblöcke umherschleuderte, als wenn es Kieselsteinchen wären. Entfliehen konnten sie nicht und wollten sich schon selbst den Tod geben, als sie plötzlich Musik erschallen hörten und einen Knaben erblickten, der, auf einem Esel reitend, sich ihnen näherte. Er befahl ihnen, ihm ihre Waffen auszuliefern und an seiner Stimme erkannten sie in ihm Kil Tong.

Sie flehten jämmerlich um ihr Leben, und der schöne Jüngling versprach ihnen, sie nicht zu töten, wenn sie ihm geloben wollten, nie wieder einen Menschen umbringen zu wollen. Das thaten sie bereitwillig und Kil Tong warnte sie davor, wortbrüchig zu werden, „denn" sagte er, „ich würde es sofort erfahren und dann würde mich nichts hindern euch sogleich zu töten." Darauf verliess er die Männer, wandte seinen Esel der Vaterstadt zu und besuchte dort seinen Vater, der, zu Tode erschrocken, ihn für den Geist seines gemordeten Sohnes hielt; Kil Tong gab ihm eine wunderthätige Arznei, nach deren Genuss er sogleich gesund ward, nahm darauf Abschied von seiner Mutter und begab sich auf Reisen.

Der Vater war sehr froh, dass sein Sohn den Händen der Mörder entgangen war. Seine frühere Zuneigung zu der Tänzerin, die er zu seiner Konkubine erhoben hatte, verwandelte sich in Hass und er schwor, dass dieselbe nie wieder vor sein Angesicht kommen solle. Diese jedoch, so wie seine rechtmässige Gemahlin hielten ihr Vorhaben nur für aufgeschoben und hofften, dass sich bald eine Gelegenheit bieten würde, bei der sie sich rächen könnten und dann sollte Kil Tong ihnen nicht entschlüpfen.

Nachdem Kil Tong die Thore seiner Vaterstadt hinter sich hatte, schlug er seinen Weg in der Richtung nach Süden ein und begann die dortigen hohen Gebirge zu erklimmen. Dort hausten viele Tiger, von denen er einige erlegen wollte, doch diese schienen sich vor ihm zu fürchten, und ihm aus dem Wege zu gehen, so dass er ungefährdet bis zur höchsten Spitze vordrang und hier Rast machte. Er freute sich darüber, dass er fern von den Menschen und ihren ungerechten Gesetzen, dafür aber mit Kräften ausgerüstet war, welche andern Sterblichen fehlten.

Er liess seine Blicke umherschweifen und glaubte in dem Nebel ein grosses Steinthor zu erkennen, welches in einen Felsen gehauen war. Er ging näher und sah, dass er sich nicht getäuscht hatte — ein mächtiges Steinthor, dessen eine Seite unverschlossen war, stand vor ihm; er öffnete es ganz und sah sich vor einer grossen, rings von hohen Gebirgen eingeschlossenen Ebene. Auf derselben tummelten sich viele Pferde, ungefähr zweihundert Stück und eine grosse Schar bewaffneter Männer war mit denselben beschäftigt.

Als diese den Jüngling erblickten, stürtzten sie sich, augenscheinlich nicht in der besten Absicht, auf ihn und fragten ihn nach seinem Namen und seinem Vorhaben, nachdem sie sich seiner Person bemächtigt hatten. „Ich bin sehr erstaunt hier Menschen anzutreffen," antwortete Kil, „ich heisse Hong Kil Tong, bin der natürliche Sohn Hong Pansas und da ich mir weder die Ungerechtigkeiten der Erwachsenen, noch die Spöttereien der Kinder länger gefallen lassen wollte, gedachte ich den Menschen für immer Lebewohl zu sagen und mich in diese einsame Gebirgsgegend, die ich unbewohnt glaubte, zurückzuziehen. Wer aber seid ihr, die ihr hier so allein lebt? vielleicht führt uns gleiches Leid zusammen?"

„Man nennt uns Diebe," erwiderte derjenige, der ihm der Anführer der Bande zu sein schien, „aber" fuhr dieser fort, „wir nehmen nur den Beamten, welche das Volk durch ungerechte Erpressungen quälen, das Blutgeld wieder ab. Wir sind stets bereit, den Armen und Unterdrückten zu helfen, aber niemand darf unser Lager lebend verlassen, ohne einer der unsrigen geworden zu sein. Um dies jedoch zu werden, muss er uns erst beweisen, dass er Mut und Kraft besitzt. Bist du nun im Stande diese Proben glücklich zu bestehen, sollst du in unsere Mitte aufgenommen werden, wenn nicht, musst du sterben.

Kil Tong nahm diesen Vorschlag mit grosser Freude an. Sie gaben ihm verschiedene Aufgaben, mit denen er seine Kraft beweisen sollte, aber er zog es vor diese durch seine eigene Wahl zu zeigen. Auf einem aus dem Felsen hervorragenden Vorsprung hatten sich einige der Räuber zum schlafen niedergelegt. Auf diesen Felsen ging Kil Tong zu, brach das Stück Gestein mit den schlafenden Männern darauf los und warf es zu aller Erstaunen hoch in die Lüfte; am meisten erstaunt waren aber die Schläfer, welche auf so unsanfte Weise aus ihren Träumen erweckt wurden. Selbstverständlich nahm man ihn in die Genossenschaft auf und bereitete ein Festmahl zu seinen Ehren. Man machte

einen schriftlichen Kontrakt, dem ein Siegel angehängt wurde,
welches man aus dem Blute eines jeden der Räuber und auch
aus dem Kil Tongs herstellte, dann wurde ihm der Ehren-
platz angewiesen und alle anderen bedienten ihn.

Kil Tong war nun sehr begierig seinen neuen Kameraden
auch Proben seines Mutes zu zeigen. Und dazu bot sich sehr
bald eine Gelegenheit dar. Seine Genossen beklagten sich,
dass es ihnen trotz aller verschiedenen Versuche nicht ge-
lungen war, einen in der Nähe stehenden Buddhistentempel
zu berauben. Diese Tempel sind gewöhnlich nichts weiter
als eine Art Vergnügungsort der vornehmen Beamten, wohin
diese sich zu Zeiten begaben, um zügellosen Schlemmereien
zu fröhnen.

Sie erlaubten den Priestern das Volk mit unaufhörlichen
Erpressungen zu quälen, bis jene dadurch sehr reich ge-
worden. Alle Versuche der Räuber ihnen diese unehrlich
erworbenen Reichtümer wieder abzunehmen, scheiterten an
der grossen Wachsamkeit der Priester und an der sehr guten
Befestigung des Tempels. Kil Tong nahm sich daher vor,
dieses Vorhaben siegreich zu Ende zu führen oder dabei
sein Leben zu lassen.

Eines Tages legte er rote Gewänder an, wie sie jung
verheiratete Männer zu tragen pflegen, bestieg einen Esel
und machte sich mit einem als Diener verkleideten Räuber
auf den Weg nach dem Tempel. An Ort und Stelle ange-
langt, begehrte er den Oberpriester zu sehen und sagte zu
ihm, er sei der Sohn Hong Pansa's. Sein Vater und auch
er selbst habe so viel von dem berühmten Buddha-Tempel
und der Weisheit seiner Mönche erfahren, dass er beschlossen,
seine Erziehung bei den Priestern vollenden zu lassen und
mit diesen Worten überreichte er einen angeblich von seinem
Vater geschriebenen Brief, den er jedoch gefälscht hatte.
Ferner bestellte er, dass sein Vater noch heute auf hundert
Pferden zweihundert Säcke Reis schicken würde und zwar
vor Eintritt der Dämmerung, damit die Leute nicht nötig

hätten, bei Nacht das Gebirge zu passieren, wo es so un-
sicher sein sollte. Ein jedes der Pferde sei von einem bis
an die Zähne bewaffneten Diener begleitet. Die habgierigen
Priester kamen gar nicht auf den Gedanken, dass der Brief
gefälscht sein könne und sie damit in eine Falle gingen,
sondern freuten sich sehr über diese reiche Gabe.

Sie setzten sich zur Tafel und räumten ihrem neuen
Schüler den Ehrenplatz daran ein. Die Gerichte wurden in
solcher Menge aufgetragen und so viel Weinkrüge aufgestellt,
dass die sich gegenüber sitzenden Personen einander nicht
sehen konnten.

Kaum hatte man sich zum Mahle niedergelassen, als der
Pförtner den Zug mit den Reissäcken meldete. Ein Diener
wurde daher beauftragt, den Reis in Empfang zu nehmen
und sich um die Pferde zu kümmern, während die Mönche
sich nicht bei der Mahlzeit stören liessen. Plötzlich schrie
Kil Tong laut wie vor Schmerz auf und fuhr mit der Hand
an die Wange, auf diese Weise die ganze Aufmerksamkeit
der essenden Priester auf sich lenkend. Zum grossen Be-
dauern der neben ihm sitzenden Mönche holte er einen
Kieselstein aus dem Munde hervor, den er selbst vorher
hineingesteckt hatte und rief wütend: „Was meint ihr eigent-
lich damit, mir Reis mit Kieselsteinen vorzusetzen? Ist das
die Art und Weise, wie ihr die Söhne von Edelleuten be-
wirtet? Bin ich deswegen zu euch gekommen, ihr Schufte?“

Ganz niedergeschlagen und beschämt beugten die Priester
ihre kahlen Häupter. Auf ein von Kil gegebenes Zeichen
trat ein Teil der als Diener verkleideten Räuber, welche die
Pferde begleitet hatten, in den Speisesaal und banden die
Priester, ehe diese überhaupt etwas von ihrer Ankunft be-
merkt hatten.

Die anderen Räuber, welche statt Reis in den Säcken
gesteckt hatten, fesselten unterdessen alle übrigen Bewohner
des Tempels und beluden die Pferde mit allem, was nur des
Mitnehmens wert war.

Ein alter Priester jedoch entschlüpfte den Räubern und eilte zur nächsten Kaserne, um Soldaten herbeizuholen. In kürzester Zeit erschienen diese auch und Kil ging ihnen, als Priester verkleidet, entgegen, indem er sagte, er wolle sie einen verborgenen Gang entlang führen, von wo aus sie die Räuber hinterrücks überfallen könnten, ohne sich selbst einer Gefahr auszusetzen. Anstatt aber die Soldaten auf die Fährte der Räuber zu führen, leitete er sie nach der entgegengesetzten Richtung und liess sie dort warten, während seine Genossen, denen er auch dann nachfolgte, sich und die geraubten Schätze längst in Sicherheit gebracht hatten. Die Priester begriffen es nun, dass sie Kil Tong angeführt hätte und ihr ganzer Tempel ausgeplündert war.

· Die Räuber waren so sehr von diesem Erfolge befriedigt, der ein Beweis von dem Mute und der List war, mit welchen Kil Tong zu handeln pflegte, dass sie ihn zu ihrem Hauptmann erwählten und er nicht zögerte, einen neuen Streifzug zu unternehmen.

Der Gouverneur einer benachbarten Provinz war eben so sehr seines Hochmutes als der Erpressungen halber verhasst, mit denen er die Bewohner derselben quälte und der sich dadurch unermessliche Reichtümer aufgehäuft hatte. Diesen wollte er bestrafen und hauptsächlich auch demütigen, indem er annahm, dass alle Leute sich ebenso darüber freuen würden, wie über die Bestrafung der Priester aus dem Buddha-Tempel. Er gab seinen Mannen den Befehl, sich alle einzeln nach der Stadt zu begeben, in welcher der böse Gouverneur wohnte, und hiess sie dazu einen Markttag wählen, um es weniger auffällig erscheinen zu lassen, dass eine so grosse Anzahl Fremder in die Stadt käme. Auf ein gegebenes Zeichen sollten einige der Räuber etliche der ausserhalb des Stadtthores gelegenen Häuser in Brand stecken, die anderen aber nach dem Hause des Gouverneurs gehen. Dieser Befehl ward genau ausgeführt. Der Gouverneur liess sich auf einem Tragstuhle zu der Brändstätte tragen, wohin auch eine grosse

Menge Volkes strömte. Die Räuber hatten daher leichte
Arbeit. Ein Teil fesselte die im Gouvernementsgebäude be-
findlichen Diener, während der andere Teil sich aller Wert-
sachen und Waffen bemächtigte. Kil Tong schrieb dann
auf die Wand eines der Zimmer: „Der schlechte Gouverneur,
der Bedrücker der Armen, ist durch mich, Kil Tong, von seinen,
dem Volke gestohlenen Reichtümern befreit worden."

Den Räubern gelang es, ihre Bergfeste glücklich zu
erreichen, und Kil Tongs Name ward im ganzen Land be-
kannt. Grosse Belohnungen wurden auf seinen Kopf gesetzt,
doch niemand hatte den Mut, einen so tapferen, und toll-
kühnen Mann zu suchen. Endlich aber erbot sich ein Be-
amter, den Räuber ohne irgend fremden Beistand zu fangen
und ihn dem Könige auszuliefern. Der König bewunderte
den Mut des Mannes und liess ihn ziehen. Dieser Beamte
wurde der Pochang genannt und war weit und breit be-
kannt, denn er hatte die Oberaufsicht der Gefängnisse zu
besorgen.

Der Pochang machte sich alsbald in der Verkleidung
eines Reisenden, nur von einem einzigen Diener begleitet,
auf den Weg. Er ritt einen Esel, und kam nach langer,
beschwerlicher Reise gerade zu der Zeit vor einem Wirtshause
an, als ein anderer Reisender, ebenfalls auf einem Esel reitend,
dort auch Unterkunft verlangte. Dieser zweite Reiter war
kein anderer als Kil Tong, welcher von der Absicht des
Pochang gehört hatte, und es versuchte, sich ihm auf diese
Weise zu nähern. Er fing sogleich eine Unterhaltung an,
indem er sagte: „Das ist hier eine gefährliche Gegend!
Ich wurde so eben von Kil Tong verfolgt und konnte ihm
nur mit grosser Mühe entkommen." „Kil Tong sagst du?"
erwiderte ihm der Pochang, „Wie würde ich mich doch freuen,
wenn er mir nachgejagt wäre, denn ich möchte gar zu gern
den Mann zu sehen bekommen, vor dem sich alle Welt
fürchtet."

„Das Vergnügen kann dir leicht werden und du wirst

befriedigt sein, wenn du ihn einmal gesehen hast,“ sagte Kil Tong. „Du wirst den Wunsch nicht zum zweiten Male hegen.“

„Wie so das?“ meinte der Pochang, „ist er denn so schrecklich, dass man vom blossen Ansehen schon Angst bekommt, oder ist er so hässlich?“ „Nicht im geringsten,“ war die Antwort. „Er sieht eben so aus wie andere Sterbliche, er beträgt sich nur anders als diese.“

„Das ist es ja eben,“ entgegnete der Pochang, „die Leute ängstigen sich vor ihm, wenn sie ihn nur sehen. Bringe mich zu ihm, so wird die Sache ganz anders werden, versichere ich dir.“

„Wenn du ihn denn durchaus sehen willst,“ erwiderte der verkleidete Kil Tong, „so gehe nur ins Gebirge; ich bin überzeugt, du wirst dort seine Bekanntschaft machen.“

„Willst du mich wohl führen?“ fragte der Pochang. „Nein, ich danke bestens,“ erhielt er zur Antwort, „ich habe ihn einmal gesehen und es gelüstet mich nicht ein zweites Mal. Aber ich will dir einen Platz sagen, wo du ihn sicher treffen kannst.“ „Auch das genügt mir, eilen wir nur damit, denn sonst entflieht mir der Räuber. Finde ich ihn wirklich an dem von dir angegebenen Orte, so sollst du fürstlich belohnt werden, und ich werde dich ferner vor dem Diebe schützen.“

Nach vielem Zureden liess sich Kil Tong doch bewegen den Führer zu spielen und den Pochang zu dem Platze zu geleiten, wo er den Räuber treffen sollte. Nachdem sie ihr Nachtmahl beendigt, machten sie sich auf den Weg. Als die Nacht immer dunkler wurde, schien der Führer sehr unruhig zu werden und versuchte es, den Pochang von seinem Vorhaben abzubringen, was aber vergebens war. Endlich gelangten sie an das Steinthor, welches offen stand, sich aber sogleich schloss, als sie es überschritten hatten. Der Führer war verschwunden und der Pochang befand sich allein inmitten der Räuber, die von allen Seiten, wie aus dem Erdboden hervorgeschossen, auf ihn zu eilten. Der

Mut entsank dem Pochang, so dass er mit leichter Mühe an Händen und Füssen gefesselt in eine Halle gebracht wurde, in welcher eine Art Thron stand, auf dem er zu seinem Schrecken den Mann sitzen sah, welcher ihm als Führer gedient hatte. Nun sah der prahlerische Beamte ein, dass er in eine Falle geraten war, fiel vor Kil Tong auf das Knie und flehte um sein Leben.

Kil Tong lachte ihn aus und sagte ihm nur, er möchte bei der nächsten Gelegenheit nicht so grossmäulig sein, dieses Mal wollte er ihm kein Leid thun, sondern einen Becher Wein mit ihm trinken. Man brachte Wein und alle tranken. In den für den Pochang bestimmten Becher war aber ein Schlaftrunk gemischt; noch ehe er ihn geleert, sank er betäubt zu Boden. Dann wurde er von den Räubern in einen Sack gesteckt und auf einen hohen Berg geschleppt, von dem man die Haupstadt und den Palast des Königs sehen konnte. Als der Pochang am nächsten Morgen erwachte und sich hoch auf dem Gebirge in einem Sacke steckend fühlte, ward er von einer so grossen Scham befallen, dass er sich von der Bergspitze herabstürzte. Sein, bis zur Unkenntlichkeit entstellter Körper wurde von Vorübergehenden gefunden. Als der König von dem Tode seines Pochang hörte, erzürnte er sich sehr über die Frechheit der Räuber, um so mehr, als aus allen acht Provinzen Nachrichten von zahllosen Räubereien kamen, von denen man vermutete, dass Kil Tong seine Hand mit im Spiele habe.

Da erliess der König Befehle an die acht Gouverneure der acht Provinzen, den Räuber Kil Tong zu fangen und nach der Hauptstadt zu bringen.

Diesem Befehle ward so gut folge geleistet, dass eines schönen Tages acht gefangene Kil Tong in der Haupstadt abgeliefert wurden. Unterdessen hatte sich der König nach Kil Tongs Familienverhältnissen erkundigt und die Folge davon war, dass Hong Pansa an den Hof befohlen wurde. Der König fragte ihn sehr zornig, was er denn eigentlich

damit bezwecke, einen solchen Sohn grossgezogen zu haben?
Hong Pansa wurde vor Schreck ohnmächtig und wäre sicher-
lich gestorben, wenn man ihm nicht eine belebende Arznei
eingeflösst hätte. Er hatte seinen ältesten Sohn mitgebracht
und dieser erklärte, dass Kil Tong nur der Sohn einer Sklavin
seines Vaters sei, von Jugend auf unverbesserlich und längst
seiner Zuchtrute entlaufen wäre.

Der König wollte nun wissen, wer von diesen acht ein-
gelieferten Leuten der echte Kil sei und da der Alte aussagte,
sein Sohn habe am rechten Schenkel eine Narbe, so liess
er sie untersuchen. Da stellte es sich heraus, dass ein jeder
von ihnen eine Narbe am rechten Schenkel hatte, worauf
der König befahl, sie alle acht hinzurichten. Die Soldaten
wollten dem Befehle Folge leisten und die Männer ergreifen,
aber, siehe da — sie hatten sich in Strohpuppen ver-
wandelt. —

Bald darauf fand man an den Mauern des Palastes Plakate,
welche an den König gerichtet waren und ihm mitteilten,
dass Kil Tong alle Feindseligkeiten einstellen wolle, wenn
der König ihm den Rang eines Pansa verleihen und den
Flecken seiner Geburt von ihm nehmen würde. Natürlich
wollte der König nicht auf ein so hohes Verlangen eingehen,
denn er mochte keinen Mann zum Beamten ernennen, der
früher Räuber gewesen. Seine Minister jedoch rieten ihm,
auf Kil Tongs Vorschlag anscheinend einzugehen, und wenn
dieser dann bei Hofe erscheinen würde, um sich zu bedanken,
sich seiner zu entledigen, indem er ihn ermorden liesse.

Es wurde daher an solchen Orten, von wo aus Kil sie
leicht erkennen konnte, Bekanntmachungen angeschlagen, die
seine Ernennung zum Pansa enthielten und zugleich seinem
zweiten Wunsche Rechnung trugen. Kil erfuhr von diesen
Bekanntmachungen und zeigte sich also bald vor dem Stadt-
thore, um sich von da aus zum Könige zu begeben, obwohl
er sehr genau wusste, was man gegen ihn im Schilde führte.
Eine Menge Volkes begleitete ihn. Als er bereits die Thore

des Palastes durchschritten hatté und vom Könige bemerkt worden war, liess sich plötzlich eine überirdische Musik vernehmen, und eine Wolke senkte sich hernieder, die ihn ganz verhüllte und ihn seinen Feinden entführte.

Kurze Zeit darauf lustwandelte der König, nur von wenigen Dienern begleitet, in seinem Garten. Es war in einer hellen, linden Mondnacht, so dass man alle Gegenstände nah und fern wohl zu erkennen vermochte. Da hörte der König plötzlich die leisen Töne einer Flöte, und gewahrte einen Mann, auf einem Storche reitend, der sich ihm näherte. Er glaubte, dass ein Gott ihn mit seinem Besuche beehren wolle und schickte sogleich zu seinem Oberkämmerer, damit dieser die notwendigen Begrüssungen mache. Ehe dieser aber damit angefangen, sagte der Mann auf dem Storche: „Fürchte dich nicht, o König, ich bin nur Hong Pansa (so lautete Kil Tongs neuer Titel), der dir seine Verehrung und den Dank für die Ernennung darbringen will und möchte von dir selbst die Bestätigung meines Titels hören."

Der König that wie Kil wünschte, denn er sah ein, er könne ihm nichts anhaben und sagte dann zu ihm:

Ich habe alles gethan, was du begehrtest, was willst du noch von mir?"

„Ich will auswandern," antwortete Kil Tong demütig, „und mich anderswo in Frieden niederlassen, gieb mir dazu 3000 Sack Reis und lasse mich in Gnaden ziehen."

„Wie kannst du denn eine so grosse Menge Reis fortschaffen?" meinte der König.

„Das lasse nur meine Sorge sein," antwortete der neue Hong Pansa. „Gieb nur den Befehl, dass man mir den Reis ausliefere, ich will ihn schon bei Tagesanbruch fortschaffen."

Der König erliess den Befehl und mit nächstem Morgengrauen erschienen einige Schiffe vor den Speichern, welche so schnell die 3000 Sack Reis verluden und dann verschwanden, dass die Leute kaum etwas davon merkten.

Kil Tong segelte gen Westen und fand bald eine unbe-

wohnte Insel, auf welcher er sich niederliess. Seinen Leuten
lehrte er den Boden zu bearbeiten und brachte seinen ganzen,
bisher in Versteck gehaltenen Reichtum auf diese Insel, wo
er mit ihnen in Ruhe und Zufriedenheit lebte, bis er einen
Ausflug zu einer benachbarten Insel unternahm.

Auf dieser gedieh eine sehr giftige Pflanze, mit deren
Saft man die Spitzen der Pfeile benetzte und dieses Gift
wollte sich Kil verschaffen. Daselbst angelangt sah er über-
all Proklamationen angeschlagen, in welchen bekannt gemacht
wurde, dass die halbwilden Gebirgsbewohner die einzige
wunderschöne Tochter eines reichen, vornehmen Mannes ge-
raubt und mit sich in die Berge geschleppt hätten und dass
der unglückliche Vater demjenigen eine hohe Belohnung zu-
sichere, der ihm die Tochter wiederbrächte.

Kil Tong klomm Tag und Nacht, bis er die höchste
Spitze des Gebirges erreicht hatte, auf welcher die Pfeilgift-
pflanze wuchs und machte Anstalten, sich zur Nachtruhe ein-
zurichten, um für den nächsten Tag frische Kräfte zu sam-
meln, als er einen Lichtschimmer gewahrte. Diesem folgte
er bis er ein Haus bemerkte, aus dem das Licht hervordrang.
Ersteres war unter einem Felsenvorsprung erbaut und schien
sehr schwer zu erreichen. Er ging näher und näher bis er
hineinblicken konnte und eine grosse Anzahl schmutziger,
notdürftig bekleideter Männer mit langem, schwarzen Haar be-
merkte, welche rauchten und tranken und recht guter Dinge
zu sein schienen.

Der Aelteste unter ihnen, welcher ihr Anführer sein
musste, quälte ein junges Mädchen, indem er ihm den Schleier
zu entreissen suchte, mit welchem es das Gesicht verhüllt
hatte. Kil Tong konnte diese Bosheit nicht ruhig mit an-
sehen, ergriff seinen Bogen, um den Alten einen vergifteten
Pfeil ins Herz zu senden. Leider war die Entfernung zu
gross, denn statt den Bösewicht zu töten, verwundete er ihn
nur am Arm. Die Männer waren höchst bestürzt darüber,
denn sie konnten Kil Tong nicht sehen, und in der Ver-

wirrung, die über sie kam, gelang es dem jungen Mädchen
zu entfliehen. Kil Tong suchte sich einen entlegenen Platz
aus und legte sich nieder, um zu schlafen. Ganz früh am
Morgen des nächsten Tages fanden ihn die wilden Männer
dort noch schlafend und machten ihn zu ihrem Gefangenen.
Sie fragten ihn, wer er sei und was er auf dieser Insel wolle.
Da antwortete er ihnen, dass er ein Arzt sei und hierher
käme, um eine Medizinpflanze zu suchen, die nur hier zu
finden sein solle. Diese Antwort gefiel den Männern sehr
gut, und sie erzählten Kil Tong, dass ihr Anführer von einem
Pfeile verwundet worden sei, der aus den Wolken gefallen
wäre und fragten ihn, ob er ihn wohl heilen könne. Kil
Tong versprach, es zu versuchen; man führte ihn an das
Lager des Verwundeten und er sagte ihnen, in drei Tagen
wolle er ihn gesund machen. Schnell nahm er etwas von
dem Safte der Giftpflanze und tröpfelte es in die Wunde
des Alten, der sogleich seinen Geist aufgab, denn das Gift
hatte eine ganz plötzliche Wirkung. Sobald die wilden
Männer den Tod ihres Häuptlings bemerkten, wurden sie
sehr wütend und fielen über Kil Tong her. Doch dieser,
eingedenk seiner Macht über die Dämonen (quay sin), rief
diese zu seiner Hilfe herbei. Alsobald füllte sich der ganze
Raum mit sausenden Schwertern, welche solange in der
Luft umherflogen, bis kein Kopf der Wilden mehr auf ihren
Schultern sass, und die ganze Bande sich in ihrem Blute wälzte.

Nun sah er sich im Hause um und öffnete ein Neben-
gemach, in welchem er zwei verschleierte Frauen sitzend
fand; annehmend, es seien die Weiber der Wilden, wollte
er auch sie töten, doch da lüfteten sie ihre Schleier und
baten um Gnade. Kil Tong erkannte sofort die Jungfrau,
welche er am Abend vorher gesehen und diese erzählte ihm,
sie sei mit ihrer Dienerin von den Wilden geraubt worden
und verdanke ihr Leben nur einem Gotte, der den Anführer
der Bande aus den Wolken mit einem Pfeile verwundet habe.

Doch als Kil Tong erzählte, dass er es gewesen sei,

welcher den Alten verwundet, leuchteten die Augen des schönen Mädchens, dessen Herz dem kühnen und stattlichen Jünglinge schon entgegen geschlagen hatte, in Liebe auf. Schnell versuchte sie es, das Antlitz mit dem Schleier wieder zu verdecken — aber es war zu spät. Auch sein Herz hatte sich dem holden Wesen erschlossen, sie liebten sich und fühlten, dass keines mehr ohne das andere leben könne.

Nun erinnerte sich Kil Tong auch der Bekanntmachungen, welche er bei seiner Ankunft auf der Insel gelesen hatte und beschloss, das geraubte Mädchen dem betrübten Vater zuzuführen. Er hielt es für das Beste, wenn die Frauen, ebenso wie er selbst, Esel bestiegen und nach dem einige Stunden entfernten Wohnorte ritten, wobei sie sich auch weniger der Gefahr aussetzten mit andern Wilden zusammen zu stossen. Der Vater seiner Geliebten war allerdings Unterthan des Königs von Korea, bewohnte aber als Statthalter die Insel, welche ihm gehörte und regierte die Einwohner derselben nach eigenen milden und gerechten Gesetzen. Er war sehr gerührt und erfreut als er seine schon verloren geglaubte Tochter wiedersah und berief sogleich die Grossen seines Reichs zusammen. Diese waren sehr erstaunt als sie die Kunde von der wunderbaren Errettung der Tochter ihres Regenten hörten und waren ganz damit einverstanden, dass der Vater Kil Tong mit einem hohen Beamtenposten betraute, ehe er ihm die Tochter zur Frau gab.

Das junge Ehepaar lebte sehr froh und glücklich zusammen und Kil Tong vermehrte durch seine Klugheit und Tapferkeit den Reichtum an Ländereien und Besitztümern seines Schwiegervaters.

Nach einiger Zeit ward der junge Gatte aber sehr traurig und erzählte seiner Gemahlin, die ihn mit Liebkosungen und freundlichen Worten trösten wollte, dass er mit bangen Ahnungen erfüllt sei und glaube, sein Vater läge vielleicht im Sterben oder sei gar schon tot; er hielte es für seine Kindespflicht nach seiner Heimat zu gehen, um sich nach dem Stande der Dinge dort zu erkundigen, obgleich es ihm sehr schwer würde, seine Frau zu verlassen. Diese bestärkte ihn aber in seinem Vorhaben und er machte sich sogleich bereit seine Reise anzutreten. Er belud sein Schiff mit kostbaren Marmorplatten, aus welchen er seinem Vater ein Grabgewölbe erbauen wollte und andere Schiffe folgten ihm, welche mit 3000 Sack Reis beladen wurden.

Bald langte er in der Hauptstadt an. Nachdem er sich das Haar abgeschnitten, ging er zu dem Hause seines Vaters und ward an dem Thore desselben von einem Diener empfangen, welcher ihn für einen Priester hielt, der gekommen sei, den alten Hong Pansa, der wirklich gestorben war, zu bestatten. Der Leichnam war noch nicht beerdigt, da man noch keinen Platz für das Grabmal bestimmt hatte. Kil Tong suchte also einen geeigneten Ort dafür aus, gab sich zu erkennen und nahm dann den ihm gebührenden Platz unter den Leidtragenden ein. Zum Schluss der Feierlichkeit liess er herrliche Sandsteinbilder auf dem Hügel errichten und sandte dann die 3000 Säcke Reis an den König zurück, begleitet von einem ehrerbietigen Dankesschreiben, in welchem er sein grosses Bedauern darüber ausdrückte, dem Könige nicht persönlich seine Hochachtung ausdrücken zu können, weil er Familientrauer habe. Dann trat er die Rückfahrt an, von seiner eigenen Mutter und der rechtmässigen Gemahlin seines verstorbenen Vaters begleitet. Hong Pansa's betrübte Witwe starb bald darauf; Kil Tong's Mutter lebte aber noch viele Jahre mit ihrem Sohne, treulich gepflegt von ihm und seiner Gemahlin und von zahlreichen Enkelkindern geliebt und verehrt.

Druck von C. Schönert, Leipzig-R.

Inhaltsverzeichnis.

KOREA.

Märchen und Legenden

nebst einer Einleitung über

Land und Leute, Sitten und Gebräuche Koreas.

Deutsche autorisierte Uebersetzung

von

H. G. Arnous

am Royal Coreum Custom in Fusan.

Mit 16 Abbildg. im Text nach Originalphotogr. u. dem Korean. Nationalwappen.

LEIPZIG,

Verlag von Wilhelm Friedrich.

 **Im gleichen Verlage erschienen:**

Anrep-Elmpt, Reinhold, Graf von. — **Australien.** Eine Reise durch den ganzen Weltteil. 3 Bde. 1886. IV, 552, 505, 248 S. Gr. 8⁰. Brosch. 24 Mk.

——— **Die Sandwich-Inseln oder das Inselreich von Hawaii.** 1884. XXII, 368 S. Gr. 8⁰. Brosch. 8 Mk.

Becquer, Gustav Ad. — **Ausgewählte Legenden und Gedichte.** Aus dem Spanischen übersetzt von A. Meinhardt. 1880. VIII, 175 S. 8⁰. Brosch. 3 Mk. Geb. 4 Mk.
Inhalt: Legenden: Meister Perez, der Organist. — Die grünen Augen. — Der Mondesstrahl. — Das Teufelskreuz. — Der Kuss. — Der Smaragdschmuck. — Der Christus mit dem Totenschädel. — Das Miserere. — Gedichte.

Boeninger, Dr. Eugen. — **Eine Reise um die Erde.** Beobachtungen und Erinnerungen. 1892. 140 S. 8⁰. Brosch. 2 Mk.

Brauns, Prof. Dav. — **Japanische Märchen und Sagen.** 1884. XXIV, 439 S. Gr. 8⁰. Geb. 8 Mk.

Brugsch, Prof. Dr. Heinrich. — **Die Aegyptologie.** Abriss der Entzifferungen und Forschungen auf dem Gebiete der ägyptischen Schrift, Sprache und Altertumskunde. 1890. Gr. 8⁰. VIII, 535 S Brosch. 24 Mk. Geb. 25 Mk.

Carthaus, Emil. — **Aus dem Reich von Insulinde.** Sumatra und der malaiische Archipel. 1891. 8⁰. Brosch. 5 Mk.

Chalatianz, Grikor. — **Märchen und Sagen.** Mit einer Einleitung. 1887. XXXVIII, 147 S. 8⁰. Brosch. 1 Mk. 50 Pf.

Drosinis, Georgios. — **Land und Leute in Nord-Euböa.** Ländliche Briefe. Mit einem Anhange: Die Polyphem-Sage in moderner hellenischer Gestalt aus dem „athenischen Märchen" von Fräulein Marianne Kampúroglu. Deutsche autorisierte Uebersetzung von Prof. Dr. August Boltz. 1884. XII, 180 S. 8⁰. Brosch. 3 Mk.

Flegel, Eduard. — **Vom Niger-Benue.** Briefe aus Afrika, herausgegeben von Karl Flegel. 1890. 126 S. Gr. 8⁰. Brosch. 3 Mk.

Goldschmidt, Wilhelm. — **Russische Märchen.** 1882. 196 S. 8⁰. Brosch. 3 Mk. Geb. 4 Mk.

Grunzel, Josef. — **Die kommerzielle Entwickelung Chinas in den letzten 25 Jahren.** 1891. 100 S. 8⁰. Brosch. 3 Mk.

Horowitz, J. Victor. — **Marokko.** Das Wesentlichste und Interessanteste über Land und Leute. 1887. 215 S. Gr. 8⁰. Brosch. 4 Mk.

Katscher, Leop. — **Bilder aus dem englischen Leben.** Studien und Skizzen. (Erste Auflage 1881.) Zweite Auflage 1883. VIII, 342 S. 8⁰. Brosch. 3 Mk.

Kleist, Oberstabsarzt Dr. Hugo. — **Bilder aus Japan.** Schilderungen des japanischen Volkslebens. Mit 30 Abbildungen nach Originalphotographien. 1890. XXVI, 275 S. Gr. 8⁰. Brosch. 6 M.

——— und Freiherr Albert von Schrenck von Notzing. **Tunis und seine Umgebung.** Ethnographische Skizzen. 1888. 293 S. 8⁰. Brosch. 5 Mk.

역자 **송재용**

단국대학교 문리과대학 국어국문학과 및 동 대학원 졸업(문학박사)
단국대학교 동양학연구소 연구원 · 연구교수 · 연구실장 역임.
비교민속학회 출판이사 및 일반이사, 동아시아고대학회 연구이사 역임.
현재 단국대학교 인재개발원 교수, 동아시아고대학회 총무이사,

역자 **추태화**

단국대학교 문리과 대학 국어국문학과 졸업.
독일 뮌헨대학교 석사.
독일 아우그스부르크대학교 박사(기독교 문예학)
기독교 학문연구소 연구위원 역임.
현재 안양대학교 기독교문화학과 교수.

조선의 설화와 전설

초판인쇄 2007년 8월 10일 | **초판발행** 2007년 9월 17일
역자 송재용 · 추태화 | **발행** 제이앤씨 | **등록** 제7-220호

132-040
서울시 도봉구 창동 624-1 현대홈시티 102-1206
TEL (02)992-3253 | FAX (02)991-1285
e-mail, jncbook@hanmail.net | URL http://www.jncbook.co.kr

ISBN 978-89-5668-531-1 93810   정 가 18,000원

이 책은 2003년도 정부(교육인적자원부)의 재원으로 한국학술진흥재단의
지원을 받아 수행된 연구과제임(KRF-2003-005-A00010)